古典文獻研究輯刊

四 編

潘美月・杜潔祥 主編

第 **24** 冊

《說文解字》釋義析論

柯明傑 著

國家圖書館出版品預行編目資料

《說文解字》釋義析論／柯明傑著 — 初版 — 台北縣永和市：
花木蘭文化出版社，2007〔民 96〕

目 2+152 面；19×26 公分
（古典文獻研究輯刊 四編：第 24 冊）
ISBN：978-986-6831-23-2（全套精裝）
ISBN：978-986-6831-17-1（精裝）
1. 說文解字－註釋
802.226   96004476

ISBN - 9866831171

古典文獻研究輯刊
四 編 第二四冊   ISBN：978-986-6831-17-1

《說文解字》釋義析論

作　　者　柯明傑
主　　編　潘美月　杜潔祥
企劃出版　北京大學文化資源研究中心
出　　版　花木蘭文化出版社
發 行 所　花木蘭文化出版社
發 行 人　高小娟
聯絡地址　台北縣永和市中正路五九五號七樓之三
　　　　　電話：02-2923-1455／傳眞：02-2923-1452
電子信箱　sut81518@ms59.hinet.net
初　　版　2007 年 3 月
定　　價　四編 30 冊（精裝）新台幣 46,500 元

《說文解字》釋義析論

柯明傑　著

作者簡介

柯明傑，臺灣雲林縣人，國立中央大學中國文學博士，現任國立屏東教育大學中國語文學系助理教授。學術研究範圍為文字學、聲韻學、訓詁學、漢語語法學、修辭學。主要著作有「《說文解字》釋義析論」、「朱駿聲《說文通訓定聲》異體字之研究」。另又發表〈《說文解字》「同體字」探析〉、〈《說文通訓定聲》之假借說淺析〉、〈朱駿聲《說文通訓定聲》釋形用語之商兌〉、〈《說文解字義證》引「本書」釋義淺析〉、〈《說文》段注「以許證許」淺析〉等多篇論文。

提　　要

　　《說文》為吾國形書之濫觴，字學理論之發軔。其說解，率為學者讀經通義之依據，實文字之鈐鍵，訓詁之指歸。本文之作，非所以探究許書之全貌，亦非所以論析許君收字條舉之是非，以其體大枝廣，任一部分皆可專題析論。職是，乃以許君所釋之字義為研讀之鵠的。首論字、詞之異同，以知《說文》與《爾雅》釋義之所以別殊之由；次明許書釋義之依據、原則、方法、用語，分其訓詁之類型；次析許君釋義之價值、訓詁之得失。綜此以窺許君《說文》釋義之梗概。

目錄

本文略例

1、本文援引之《說文解字》（簡稱《說文》），以圈點段注本（經韻樓刻本）爲據，頁次准是。

2、本文援引之經文，以阮刻《十三經注疏》本爲據，頁次准是。

3、本文援引之《史記》，以日人瀧川龜太郎《史記會注考證》爲據，頁次准是。所引之《漢書》，以鼎文書局之新校本廿五史爲據，頁次准是。

4、本文援引典籍，於首見之文下，標其出版者，復見之者不與焉。

5、本文援引典籍，凡原文附加之注語者，以圓括弧（　）示之。

6、本文援引典籍，凡原文中附加筆者之案語者，以方括弧〔　〕示之。

7、本文援引典籍，其新式標點，若先正業已校釋者，則參稽之；否則，俱爲筆者所加。

8、本文援引典籍，首標以單引號「　」；單引號內之引文，則標以雙引號『　』。雙引號內復有引文，則反標以單引號，如此循環爲用。

9、本文援引典籍，書名均以《　》標之，篇名則以〈　〉標之。

10、本文援引典籍，於其文後，均標以頁次；若爲叢書，則列其冊次、卷數、頁碼，以便稽查；其原書所不列者，蓋闕如也。

11、本文援引典籍，若爲單篇論文，則隨文記述，不別作說明。

12、本文援用之古聲、古韻，以黃季剛先生「古聲十九紐」、「古韻二十八部」爲據。

第一章 導 論

　　《詩》云：「昔吾有先正，其言明且清。」﹝註1﹞然則古人之言未有不明且清者也。乃今讀三代之遺書，類多詰曲聱牙而不可通，何歟？及讀高郵王氏父子《讀書雜志》、《經義述聞》，乃知古人之言所以詰曲聱牙者，由於不明句讀、不審字義、不通古文字假借之故也！蓋自周初訖今垂三千年，其訖秦漢亦且千年。此三千年中，語言文字之變化脈絡，文獻典籍之散逸流亡，不盡可尋，故遺書文字有不可盡識者，勢也；古代文字假借至多，自周至漢，音亦屢變，假借之字，不能一一求其本字，故遺書文義有不可強通者亦勢也。自來釋古字者，欲求無一字之不識、無一義之不通，苟昧其形變而為言，闇其音轉而立說，則穿鑿附會生焉！職是之故，讀〈禹貢〉而不知「河」之為「菏」，則地理淆矣﹝註2﹞！讀《儀禮》而不知「導」之為「禫」，則服制疑矣﹝註3﹞！讀《周官》而不知「濯」之為「祧」，則廟制失矣﹝註4﹞！不知其所以通，故異義於是乎蠭起！

﹝註1﹞ 《禮記・緇衣》：「《詩》云：『昔吾有先正，其言明且清。國家以寧，都邑以成，庶民以生。誰能秉國成？不自為正，卒勞百姓。』」（頁 933）案：「昔吾有先正」句，今本《詩》文未見。餘見《詩・小雅・節南山》：「誰秉國成？不自為政，卒勞百姓。」（頁 396）一作「正」，一作「政」。鄭《注》：「不自以所為者正，盡勞來百姓。」孔《疏》：「不自為正者，得其正道，能用仁恩，盡勞來百姓。」鄭《箋》：「昊天不自出政教，則終窮苦。」夫「政者，正也」，則鄭雖一言「正道」，一言「政教」，其實一也。

﹝註2﹞ 《書・禹貢》：「浮于淮泗，達于河。」（頁 82）《經典釋文》：「河，如字，《說文》作菏。」

﹝註3﹞ 《儀禮・士虞禮》：「中月而禫。」鄭《注》：「禫，祭名也……古文『禫』或為『導』。」（頁 513）

﹝註4﹞ 《周禮・春官・守祧》：「守祧，掌守先王、先公之廟，祧其遺服藏焉。」鄭《注》：「遷主所藏曰祧。……故書『祧』作『濯』，鄭司農：『濯讀為祧。』」（頁 328）

-1-

　　昔夫子有言曰：「必也正名乎！」鄭康成謂正書字也〔註5〕。自周內史達書名之職廢而文字之間無復考訂。漢人改篆爲隸，但求便美，罔顧形聲，此許叔重於是有《說文解字》之作者也。古人制字之精意，粗有存者，此書之力也。許書立部五百四十，收字九三五三，據形系聯，始一終亥，殆以形爲主者也。然許自〈敘〉以爲「厥誼可傳」；沖上書以爲「六藝群書之詁」，是形爲之身，而義爲之神者，明矣！故許君雖以形爲主，然於各部下俱云：「凡某之屬皆从某」，言形而義在焉耳。是許君分五百四十部，即爲五百四十類，其於義之重者亦明矣！惟義類既繁猝不易檢尋，故許君之作是書也，援據典籍，以糾舉謵誤；根柢經義，以諟正邪辭；旁稽通人，以詮釋古意；博采眾議，以補削闕疑；綱舉目張，以整紛剔蠹。每下一說，輒使其義切切然信而有徵矣！此《史籀》、《三倉》自漢至唐所以遞至放失，而《說文》所以專行於世者也。

　　夫許君隱栝有條例，剖析窮根源，創爲睹字例、窺微恉之作，故鄭氏注書，往往引以爲證〔註6〕。及其後也，學者誦習，代有發明。閭里書師，以此爲教，千百年來，莫不專守《說文》，以爲倉頡時書，盡萃於斯，何得改易？故自清以降，學者業此，何止百家〔註7〕，於《說文》之字學，爬羅剔抉，張皇幽渺，不爲無功也。卷帙雖繁且富，然於《說文》之闕誤者，莫得敢議，即若行文之際，或略有正其是非者，然率以爲版本之異文，無關許君釋義之糾舉耳〔註8〕。清末民初，地下文物出土日益，前賢所不得見、不得考者，於今見之、考之；昔所疑而不能決者，至今

〔註5〕《論語·子路》：「子路曰：『衛君待子而爲政，子將奚先？』子曰：『必也正名乎！』」劉寶楠《論語正義》引鄭玄曰：「正名謂正書字也。古者曰名，今世曰字。《禮記》曰：『百名已上，則書之於策。』孔子見時教不行，故欲正其文字之誤。」

〔註6〕郝懿行曰：「鄭氏〈雜記〉注，明引許氏《說文解字》一條，其它隨類援證，難以悉數。又陸璣《詩疏》『山有栲』下，亦引《說文》爲證。」案：《周禮·考工記·治氏》：「重三鋝。」鄭《注》：「許叔重《說文解字》云：『鋝，鍰也。』」（頁616）《儀禮·既夕禮》：「既正柩，賓出，遂、匠納車于階閒。」鄭《注》：「許叔重說：『有輻曰輪，無輻曰輇。』」（頁486）《禮記·雜記上》：「以輇車入自門，至於阼階，下而說車。舉自阼階，升適所殯。」鄭《注》：「許氏《說文解字》曰：『有輻曰輪，無輻曰輇。』」（頁710）是其例。他若相合，而未揭櫫《說文》之名者，豈止一二耑邪？

〔註7〕丁福保《說文解字詁林·自序》曰：「計各家撰述都百八十二種，千三十六卷矣！」于右任先生亦曰：「許氏《說文》一書，爲研究國學必備之籍。惟自遜清乾嘉以來，關於《說文》之著作品，不下二、三百種之多。」（《說文解字詁林》引）

〔註8〕如嚴可均《說文校議》「蓮」字條曰：「《說文》無『芙蕖』字，當作『扶渠』。」「牛」字條曰：「『件』當作『侔』。《集韻》十八『尤』、《韻會》十一『尤』，皆云：『侔或作件。』知件即侔之隸省。」「眛」字條曰：「下文有『眛、目不明也』在目病類，眛亦目不明，而獨跳在此，若非轉寫失次，即此眛篆是後人加也。」是其例。皆以言版本之異文，無關乎字義之是非也。

乃渙然冰釋矣！自是以往，於《說文》之說義，諟正者有之，考辨者有之〔註 9〕，固若雨後春筍，破土挺生，榮且華矣！然細索其例，莫不因考釋甲文、鐘鼎而後隨文記之，非有以為專刊許君者哉。

曩者，子夏讀晉史，知「三豕」為「己亥」之誤〔註 10〕；《公羊昭十二年傳》：「伯于陽者何？公子陽生也。子曰：『我乃知之矣！』」何劭公注曰：「知『公』誤為『伯』；『子』誤為『于』；『陽』在生刊滅闕。」是則讀書必逐字校對，要亦孔氏之家法也。

寧鄉魯實先先生嫻習《說文》，韋編三絕，深諳許書之疏陋，故譔《說文正補》諸篇，正其譌誤，補其未備，而後許書六闕五誤之弊明矣〔註 11〕！故所補正者，雖止寥寥六十有七文，於《說文》百不及一，然此實奮力專正《說文》之權輿也！其後李國英先生秉承師說，撰《說文類釋》一編，發皇大耑，於《說文》析形誤者，辨之甲文、金文；其釋義譌者，就正形構；其音聲失者，審覈古音；其歸屬奪者，規矩六書。條舉目張，提綱挈領，於每字之形構、音讀、義恉、類例，粲若列眉，庶使剔蠹整紛，諷摘無遺。旁行之文，盡還舊觀；訛誤之處，咸秩無紊。意義賅備，而體例謹嚴，視曲護許書、蔑鐘鼎為嚮壁虛造者〔註 12〕，迥不侔矣！學者奉此一編以讀許書，知其所以闕、所以誤之由，則不第涉其藩籬，固已究其堂奧也已哉！

李書摧陷廓清，詳且精矣！至若許君《說文》文字之收輯、釋義之依據、訓詁

〔註 9〕 遜清以降，藉甲文以為《說文》闕誤之補正者，可俱見於《甲骨文字集釋》。然諸家之說，無不因考釋卜辭而隨文論述《說文》析形說義之然否，非所以專為《說文》釋義之作也。

〔註 10〕 《呂氏春秋‧察傳篇》：「子夏之晉。過衛，有讀史記者曰：『晉師三豕涉河。』子夏曰：『非也！是己亥也。夫「己」與「三」相近，「豕」與「亥」相似。』至於晉而問之，則曰：『晉師己亥涉河』也。」

〔註 11〕 李國英先生《說文類釋‧序》曰：「吾師寧鄉魯實先先生舉其大耑而立為《說文》之五闕五誤。五闕者，闕其部、闕其字、闕其形、闕其音、闕其義是也。五誤者，分部之誤、釋形之誤、釋義之誤、類例之誤、屬入之誤是也。」又許錟輝先生〈文字學導讀〉（《國學導讀叢編》冊二，頁 201。康橋）則多一「闕形構之旨」。案：合「闕形構之旨」與「五闕五誤」，則共有「六闕五誤」之弊。

〔註 12〕 如章太炎先生即視卜辭、鐘鼎為不可信之物，其言曰：「今人喜據鐘鼎駁《說文》，此風起于同光間，至今約六七十年。夫《說文》所錄，古文三百餘，古文原不止此。今洛陽出土之『三體石經』，古文多出《說文》之外。于是詭譎者流，以為求古文于《說文》，不如求之鐘鼎。然鐘鼎刻文，究為何體，始終不能確知。《積古齋鐘鼎款識》釋文，探究來歷，不知所出，於是誣之曰昔人。……《集古錄》成，宋人踵起者多，要皆以意測度，難逭妄斷之譏。……宋人清人，講釋鐘鼎，病根相同，病態不同。宋人之病，在望氣而知……清人知其不然，乃皮傅六書，曲為分剖。此則倒果為因，可謂巨謬。」（《國學略說‧小學略說》，頁 4～5。復文）

之方法、詮說方法之檢析，非其類也，是乃闕而不備。故茲篇之作也，雖顏之曰：「《說文解字》釋義析論」，實則非所以詮衡許君說義之是非，乃於其所未言者，疏而通之，庶幾有以得之。故文分爲四，以爲論述先後：

蓋人與人所以傳情達意者，賴有語言；語言有聲無形，則前人所以傳後，後人所以識古者，賴有文字。故語言者，意想之代表；文字者，語言之代表。斯二者，所以達意者，一也；所以適然存在，則各有其道，宜乎有辨，此其一；蓋漢語文字，率爲單音節語；其依據而造之字，亦爲單音節之文。故二者，分合難定，以爲書面語，則亦字亦詞；若各自獨立，則字非詞，二者恆相因，故形同義同者有之，形同異義者亦有之。夫《說文》，字書也，所以釋義者，亦字也，則字詞之辨，尤有甚者，此其二。故首列「字義與詞義」之別，以爲論《說文》釋義之基也。吾國詞書之作，濫觴《爾雅》。蓋字與詞之別也難，故言訓詁者，又以《爾雅》合《說文》而爲字書訓詁不祧之祖，此誠闇昧史實而籠統立說者也。夫字、詞既不爲同，則以爲詞書之《爾雅》與以爲字書之《說文》，其本質之有參差者，自不待言也。故次以「獨立訓詁與隸屬訓詁」之對較，由《漢志》、《隋志》編目《爾雅》之異處發言，其歸屬固或相異，然不以字書、詞書相混則一也。其尤進之者，乃又論此二者所以同、所以異之分合也。

夫字、詞訓詁既已別矣，則以之言《說文》釋義之梗概可也。蓋文字之賴以傳者，全在於形。論其根本，實先有義，後有聲，然後有形。聖人之造字，有義以有音，有音以爲形；學者之識字，必審形以知音，審音以知義。要之，形爲字之官體，聲義爲字之精神，舍形而聲義無所託之也。許君知此，故《說文》之訓也，莫不以點畫橫直之形構爲依歸：篆文者其形；說解者其義。以義說形，故《說文》爲小學家說形之書也。

許氏《說文·敘》稱云：「丞相李斯……作《倉頡篇》、中車府令趙高作《爰歷篇》、大史令胡毋敬作《博學篇》。」而《漢書·藝文志》於「《倉頡》一篇」下，自注曰：「上七章，秦丞相李斯作；《爰歷》六章，車府令趙高作；《博學》七章，大史令胡毋敬作。」則已并爲一矣！後又以揚雄《訓纂》、賈魴《滂喜》并爲《三倉》，此小學之濫觴，實許氏《說文》之所本也。然則，李趙之據古籀、楊賈之據秦篆，其去聖人造字意遠不知凡幾！許君其生也早，不得見殷周之物事，故承籀篆作書，於初形筆意、筆勢之譌誤，亦莫得以自解脫。其形既誤，則其據以說釋之義，自亦難能信從。此許君因形誤而說誤者也。至其援引經義、師說、方語、通人之言、後世制度以釋義者，亦當有辯，此文所以有「《說文解字》之釋義」之作者也。許君之釋義也，必有所依傍而後安，故字不輕下，言不虛發，此《說文》所以特重士林者

也。然《說文》訓詁既以本義爲據，其以「師說」、「後世制度」說義者，豈得於造字之恉邪？抑或後起之義邪？是又可質言之也已。且許君說義之道雖殊，要亦不出逕下定義、析形求義、藉音說義三耑。此三者，應用之際，或得或失；其與語文學所謂之「形訓」、「音訓」，或同或異，唯敷陳資料，以許解許，方得以窺其全豹。故第五章，俱論《說文》釋義訓詁方式之得失，其美善者，存而揚之；其不善者，糾而正之；其紛雜者，董而理之；其可疑者，陳而決之。至若許書音讀之失、形構之譌、類例之誤、分部之疏，非其相應者，故闕而不列。

　　蓋《說文》之釋義也，前無依傍，自製偉詞，縱有小失，要亦近古也。故博學如康成者，猶據以解經，則吾儕小子，焉敢贊一詞乎？惟聞：「前修未密，後出轉精。」是亦孔門之家法，則於許書之偶誤者，條舉其目，略事索隱，技雖小道，庶爲讀《說文》之自記也！

第二章　字義與詞義

第一節　字與詞

　　夫言所以表意，字所以記言，中外皆然也。言者，出乎口入乎耳，有音有義而無形，便於耳治；字者，點畫橫直，造形記音，因音託意，非獨有音有義，復有形以舉之，適乎目治，此其大較也。斯二者，應之雖密，比之雖切，然終爲異事，宜乎有辯也哉！蓋所以成語表意者，詞也；所以點畫筆書者，字也；合語音語義爲一、可獨用之本者，名曰「詞」；畫成其形之本者，名曰「字」。與夫言「本」者，蓋其爲展轉蔓延，挈引而長之基也；與夫言「獨用」者，爲其可自由呈現、語義具足、無所依傍者也。夫一字，音節一也；一詞，可至二三矣！語言無形，故識詞之字不定；形簡意繁，則一字不爲一詞之專屬也，故有「同字異詞」焉，有「同詞異字」焉！

　　古漢語多爲單音節語，漢字依循而造，以之言音，則一漢字亦爲單音節；以之言義，則一漢字亦嘗表一語義。故於漢語中，一字非爲一詞，即爲詞素；字詞相合，謂之單音詞，此爲漢語文字相應之跡也。然當有言者數事：漢語雖多爲單音詞，然雙音之詞亦自古有之，《爾雅・釋訓》所記可證，一也。夫雙音詞者，循名思義，必爲二單音詞所成也。斯二者，合之固爲一詞，即或分之，亦可各自表義，若「訓詁」、「仁愛」者是；亦或合之成詞，分之則不與義焉，若「枇杷」、「葡萄」者是，二也。抑或單字成詞表義，然合以他詞（字），則其成語之意義，與其中單語分別之意義又不同矣！若「陟」、登也，「降」、下也，然「古人言『陟降』猶今人言『往來』，不必兼『陟』與『降』二義。」（王國維〈與友人論《詩》《書》中成語書〉，《觀堂集林》・卷二，頁 77。世界）三也。

　　字、詞混而不明，自古已然，故揚子雲有「美狀美心」之語，俞曲園有「畔援伴

奐」之議〔註1〕！即或清儒小學之大家，亦往往含胡其言，莫得其倫！如段玉裁曰：

> 有是意於內，因有是言於外謂之詞……意即意內，詞即言外。言意而詞見，言詞而意見。意者文字之義也，言者文字之聲也，詞者文字形聲之合也。（《說文》「詞」字注，頁434。）

案：「有是意於內，因有是言於外謂之詞……意即意內，詞即言外」者，誠為「詞」之確訓，然曰「意者文字之義也」，則不能無疑！蓋文字之義與詞之意其同者雖夥，然又未必悉數相當；且語言者，非必止口耳相傳者當之，即如文獻篇章之書面語，亦當屬之，是此「意」當為語詞之義，不得以言文字也已矣！段氏又曰：

> 或問：『伏羲畫八卦，即有乾、坤、震、巽等名與不？』曰：「有之。伏羲三奇謂之乾，三耦謂之坤，而未有『乾』字、『坤』字。傳至於倉頡，乃後有其字，坤、巽特造之，乾、震、坎、離、艮、兌，以音義相同之字為之。故文字之始作也，有義而後有音，有音而後有形，音必先乎形。名之曰乾坤者，伏羲也；字之者，倉頡也。」（「坤」字注，頁689）

案：文字未造，語言先之矣。稱物表意之詞在先，書寫記形之字在後，故「乾坤」之名者，詞也，及其後也，乃有字以記之，故陳澧曰：

> 《爾雅》：「初、哉、首、基」邢疏：「初者，《說文》云：從衣從刀，裁衣之始也。」……此皆造字之本意也。及乎《詩》《書》雅記所載之言，則不必盡取此理，但事之初始俱得言焉。（《東塾讀書記》卷一一，頁6下～7上。中華）

「裁衣之始」為「初」字之意，至如「哉、首、基」，亦各有其所以為始之由，此為

〔註1〕《方言》卷二：「娃、嬧、窕、豓，美也。吳楚衡淮之閒曰娃，南楚之外曰嬧，宋衛晉鄭之閒曰豓，陳楚周南之閒曰窕。自關而西，秦晉之閒，凡美色或謂之好，或謂之窕……秦晉之閒美貌謂之娥，美狀為窕，美色為豓，美心為窈。」是揚雄分「窈窕」一詞為二也。
《詩·大雅·皇矣》：「無然畔援，無然歆羨。」《毛傳》：「無是畔道，無是援取，無是貪羨。」案：「畔援」「歆羨」皆複音之詞，不可強分，《毛傳》誤分為二，故鄭《箋》云：「畔援猶跋扈也。」蓋本《韓詩》：「畔援，武強」之義以立訓。《玉篇》人部作「伴換」。俞樾曰：「《傳》分畔援為二義，非也。畔援即畔喭也，《論語·先進篇》：『由也喭。』鄭《注》曰：『子路之行失於畔喭。』《正義》曰：『舊注作呀喭，字書呀喭、失容也，言子路性行剛強，常呀喭，失於禮容也。』此與韓、鄭義正合。援、喭音近，故得通用，猶美士曰彥，美女曰媛，亦取音義相近也。《玉篇》又引作『無然伴換』，蓋古人雙聲疊韻之字皆無一定，畔援也，呀喭也，伴換也，一而已矣。〈卷阿篇〉：『伴奐爾游矣。』伴奐即伴換也；《箋》曰：『伴奐，自縱弛之意。』蓋即跋扈之義而引申之，美惡不嫌同詞。《傳》以為廣大有文章，《正義》申明之曰：『伴然而德廣大，奐然而有文章。』則分伴奐為兩義，與此《傳》分畔援為兩義，其失維均。」（《群經平議》卷一一·毛詩四·「無然畔援」條，世界）

聖人造字之所託者也。及乎「《詩》《書》雅記所載之言」，是爲書面語，以之爲詞，任選一字用之，取其初始之意，非必盡如造字之本也，則字、詞之別瞭然矣！

　　漢字因其孤立、單音節，故與漢語之詞益形糾雜難明。考諸文獻，於字詞二者之關係，略得其目如后：

一、字、詞相當，一字即一詞者

　　此類字（詞）有二事當明者：一曰某詞在先，後乃爲其專造某字；一曰此類字（詞）其義甚安，其變甚微，或爲單詞，或爲詞素，語音或有差異，語義或有引申，然千百年來，日用而不改，若「天」、「地」、「山」、「水」者是。漢語字詞雖變化多端，然字詞相當者實爲多數。觀以六書，象形、指事、會意、形聲四者，造字之初，必與某詞相應，及其後也，書用日繁，不得不變，而其不變者，蓋亦夥矣！若象形之「牛」「羊」「馬」「虎」，指事之「一」「二」「上」「下」，會意之「林」「休」「武」「集」，形聲之「神」「福」「松」「柏」，倉頡之用，與吾人之用，豈有異哉？

二、詞義轉移，而文字亦易者

　　某詞或因引申，或因假借，其義不與本義同，乃另造新字以應之，若「比」，《說文》：「比，密也，二人爲从，反从爲比。」（頁 390）魯實先先生論之曰：

　　　　比，於卜辭作𢏟、𢏎，字從二人屈體相暱，以示夫妻耦合，假借爲「庀」
　　（卜辭及周禮并假比爲庀具之義，或釋卜辭之比爲弼，其說非是。）故孳
　　乳爲「匹」。（比、匹古音同屬衣攝脣音）匹於「史頌殷」作𢏎，從厂比聲，
　　義同於比。《白虎通・爵篇》云：「匹、偶也，與其妻爲偶。」斯正匹之本
　　義。……引申而有『耦二』之義。（《轉注釋義》，頁 13～14。洙泗）

魯說鑿鑿有據，非但明其初恉，且又辨其遞造之跡，可謂得之。匹既因比而孳乳，則比、匹二字之義自必相當：匹爲偶，是比亦爲偶也。則段《注》所云：「其本義謂相親密也」，是誤以引申義爲本義也。蓋「偶」有密比義，故因以爲髮器之名，《急就篇》卷三：「鏡籢疏比各異工。」顏師古注曰：「櫛之大而麤，所以理鬢者謂之疏，言其齒稀疏也；而細所以去蟣虱者謂之比，言其齒密比也。」許書無「篦」字，古祇作「比」，《史記・匈奴列傳》：「繡袷長襦，錦袷袍各一，比余一。」（頁 1192）《索隱》引《廣雅》曰：「比，櫛也。」又引小顏曰：「辮髮之飾也，以金爲之。」《釋名》：「梳言其齒疏也。數言比，比於梳，其齒差數也；比言細，相比也。」（卷四・〈釋首飾〉）是「比」義原爲親密，及其後也，櫛之齒數密比者亦曰比，乃造「篦」字以爲櫛密之專名，則「篦」之義實爲「比」之引申者也。

三、同詞異字者

語言之詞，書諸文字，而有相異之形者〔註2〕，厥有六焉：

（一）語音有變，而文字相異

陳第曰：「蓋時有古今，地有南北，字有更革，音有轉移。」（《毛詩古音考·序》）語言文字隨時空而易，有其應然，亦有其必然，如《說文》：「匍，手行也。」（頁437）又：「匐，伏地也。」（同上）是「匍匐」者，乃手足伏地而行也。錢大昕曰：

> 凡輕脣之音，古讀皆為重脣。《詩》：「凡民有喪，匍匐救之。」〈檀弓〉引《詩》作「扶服」，《家語》引作「扶伏」。又「誕實匍匐」，《釋文》：「本亦作扶服」。《左傳》昭十二年：「奉壺飲冰以蒲伏焉。」《釋文》：「本又作匍匐，蒲、本亦作扶。」昭二十一年：「扶伏而擊之。」《釋文》：「本或作匍匐。」《史記·蘇秦傳》：「嫂委蛇蒲服。」〈范雎傳〉：「膝行蒲服。」〈淮陰侯傳〉：「俛出胯下蒲伏。」《漢書·霍光傳》：「中儒扶服叩頭。」皆「匍匐」之異文也。（《十駕齋養新錄》卷五·「古無輕脣音」條，頁101。商務）

此為因縱向時間之遠近而致古今語音之差異者。復有因橫向空間之隔閡而致語言轉異者，如《方言》卷一：「嫁、逝、徂、適，往也。自嫁而出謂之嫁，由女而出為嫁也；逝，秦、晉語也；徂，齊語也；適，宋、魯語也。」又卷三：「斟、協，汁也。北燕、朝鮮、洌水之間曰斟，自關而東曰協，關西曰汁。」

（二）托名標識之詞，字無定寫

語有其音，而文無其字，復又無所取象以造之，乃取字以標識之，如「踟躕」可作：踟躇、躊躇、峙屠、次且、次雎、趑趄、趁趄、躑躅、彳亍諸形。又如《說文》：「廔，屋麗廔也。」（頁450）徐鍇《說文繫傳》曰：「麗廔猶玲瓏也。」《文選·長門賦》〈魯靈光殿賦〉皆引作「離樓」，〈魏都賦〉作「摛鏤」，若此者，皆托名標識以形容之，故字無定寫也。

（三）古今字

〔註2〕本節所謂文字「相異之形」者，非謂本為一字，其字體或字形相異之「異體字」也，乃實為二字，其音義本不同，因以記錄語言而互用者稱之。蓋文字進化，或書寫工具之改造，或筆畫之損益，或為視覺之美觀，故有「繁文」者，若「羋」、「屾」、「㸚」、「姚」者是；有「重形俗體字」者，若「原」之與「源」、「益」之與「溢」、「岡」之與「崗」者是；有「重文」者，若「旁」之古文作「𣃟」、「𣃟」，籀文作「𣃷」者是。若斯者，其形或異，其體或改，然皆為一字，音義未曾稍易，是不為同詞異字之列也。

　　《禮記‧曲禮下》：「君天下曰天子。朝諸侯，分職、授政、任功，曰：『予一人。』」鄭《注》：「〈覲禮〉曰：『伯父實來，余一人嘉之。』余、予古今字。」（頁78）段玉裁曰：「古今無定時，周爲古則漢爲今；漢爲古則晉、宋爲今，隨時異用者謂之古今字。」（《說文》「詥」字注，頁94）又曰：「凡言古今字者，主謂同音而古用彼、今用此異字，若《禮經》古文用『余一人』，《禮記》用『予一人』。『余』『予』本異字異義，非謂予、余本即一字也。」（「余」字注，頁50）因時不同而用字有異，其詞之音義雖無甚大改易，而其用字則變矣！古籍同詞異字之例，指不勝屈，顧炎武曰：

　　　　《論語》之言「斯」者七十，而不言「此」；〈檀弓〉之言「斯」者五十有三，言「此」者一而已；〈大學〉成於曾氏之門人，而一卷之中，言「此」者十有九。語音輕重之間，而世代之別從可知矣。《爾雅》曰：「茲、斯，此也。」《尚書》多言「茲」，《論語》多言「斯」，〈大學〉以後之書多言「此」。（《日知錄》卷八‧「檀弓」條，頁169。文史哲）

知「斯、此」爲古今字矣！又考《詩》《書》例用「于」字，《論語》例用「於」字，然《論語》引《書》原文仍作「于」，〈爲政篇〉：「《書》云：『孝乎惟孝，友于兄弟。』施於有政，是亦爲政。」（頁19）宋翔鳳曰：

　　　　按：《論語》例作「於」字，引經乃作「于」，則可斷「孝乎惟孝，友于兄弟」八字爲《書》辭，「施於有政」以下爲孔子語；以有「于」、「於」字顯爲區別。（《四書釋地辨證》）

馬建忠亦曰：

　　　　《史記》之用「始」字，與《左氏》之用「初」字，《漢書》之用「前」字同。可見諸書皆各有字例。（《馬氏文通》卷六‧「狀字別義」條，頁12。河洛）

　　　　《論語》之以「斯」字解作「則」字者，猶《史記》之用「即」字也。此可以覘世代之別。（同上，卷八‧「承接連字」條，頁39）〔註3〕

────────────

〔註3〕《論語》以「斯」解作「則」者，如：
　〈里仁〉：「人之過也，各於其黨。觀過，斯知仁矣！」（頁37）
　〈公冶長〉：「季文子三思而後行。子聞之，曰：『再，斯可矣！』」（頁45）
　〈述而〉：「仁遠乎哉？我欲仁，斯仁至矣！」（頁64）
　〈鄉黨〉：「鄉人飲酒，杖者出，斯出矣！」（頁90）
　〈顏淵〉：「子張問：『士何如斯可謂之達矣？』」（頁110）
　〈子路〉：「子貢問曰：『何如斯可謂之士矣？』」（頁118）
　〈衛靈公〉：「君子固窮，小人窮斯濫矣！」（頁137）
　〈子張〉：「夫子之得邦家者，所謂立之斯立，道之斯行，綏之斯來，動之斯和。」（頁

案：諸書用字各有其例，非繫乎時者歟？且固是用字之例，要不害爲古今字之別也。

（四）避諱改字

　　吾國封建之治久矣！以爲天威不可犯，故須避而諱之，以示臣服；逮及後世，至如聖賢、祖先、先生之名亦爲所避。其道有四：一曰「缺字避諱」，如《說文》示部之「祜」、禾部之「秀」、艸部之「莊」、火部之「炟」、弓部之「肇」，許氏皆云：「上諱」者是；二曰「缺筆避諱」，如宋太祖趙匡胤，宋人作「胤」，至聖先師孔丘，後人作「丘」者是；三曰「改字避諱」，不書其字，改以音同音近之字避之，如漢人改「莊」爲「光」，唐人改「淵」爲「泉」、改「世」爲「代」、改「民」爲「人」，清人改「玄」爲「元」者是；四曰「以字爲諱」，顧炎武曰：「古人敬其名，則無有不稱字者，《顏氏家訓》曰：『古者名以正體，字以表德，名終則諱之，字乃可以爲係氏。』孔子弟子記事者，皆稱仲尼（子貢曰：『仲尼日月也。』魏鶴山云：『《儀禮》：子孫于祖禰皆稱字。』）呂后微時，嘗呼高祖爲季。」（《日知錄》卷二四‧「以字爲諱」條，頁 675）其中因避諱而易以他字，故同詞而異字生焉！

（五）翻　譯

　　陳澧曰：

　　　　蓋時有古今，猶地有東西有南北，相隔遠則言語不通矣！地遠則有翻
　　　　譯，時遠則有訓詁。有翻譯，則能使別國如鄉鄰；有訓詁，則能使古今如
　　　　旦暮，所謂通之也。（《東塾讀書記》卷一一，頁 1 上）

馬建忠亦曰：

　　　　即同所祖而世與世相禪，則字形之由圓而方，由繁而簡，字聲之由舌
　　　　而齒而脣，而遞相變，群之勢亦幾於窮且盡矣！然而言語不達者極九，譯
　　　　而辭意相通矣！形聲或異者，通訓詁而經義孔昭矣！（《馬氏文通‧後序》）

案：就「以已知釋未知，使人通之也」言之，則翻譯與訓詁相當。陳氏於此進言翻譯與訓詁之異：因方國地域而生語言之隔閡者，施以翻譯；因古今時代而生語言之差異者，解以訓詁。是翻譯以空間言，訓詁以時間言，而使其通之則一也。以今視

174）

《史記》以「即」解作「則」者，如：

〈項羽本紀〉：「公徐行即免死，疾行則及禍。」（頁 143）

〈季布欒布列傳〉：「且以季布之賢，而漢求之急如此，此不北走胡，即南走越耳！」（頁 1117～1118）

〈匈奴列傳〉：「今單于能即前與漢戰，天子自將兵待邊。單于即不能，即南面而臣於漢。」（頁 1198）

之，吾人亦多以翻譯爲疏釋別國殊語之專名也。夫翻譯者，其術有二：一曰「意譯」，一曰「音譯」。通曉篇章要旨，非逐字翻譯者，意譯也；翻譯時，以本國音同音近之字應之者，音譯也。夫音同音近之字夥矣，故音譯時，詞雖同而字已異者有之，如「電話」之與「德律風」、「計程車」之與「的士」者是。

（六）詞彙名號之簡稱

筆之爲文，求其允當雅潔、對偶工整，故嘗簡其名號以代之也，如《呂氏春秋》之與《呂覽》、《白虎通德論》之與《白虎通》、《淮南子》之與《淮南鴻烈》是其例。

四、同字異詞者

吾國文字自許氏《說文解字》所錄九三五三字以降，至今人所編《中文大辭典》，計錄四九九○五字，所增五倍有餘，然多爲時勢所敝，廢而不用，其大用者率不過四八○八字〔註 4〕。以此近五千之數而識數萬甚或無限之語詞，舍一字一詞與詞素重複構詞者外，微一字多用不足以濟其窮；職是，同字異詞生焉。析而論之，其類厥有二焉：一曰詞義轉移而字不易也；一曰用字假借也。

（一）詞義轉移而字不易

某詞因引申、假借而詞義轉移，其義不與本義同，且久而不歸，然其筆錄之字形未變，此例亦有之，如《說文》手部：「拉，摧也。」「摧，擠也，一曰折。」（頁602）《公羊莊元年傳》：「搚幹而殺之。」〔案：舊本作「拹」〕（頁 72）《經典釋文》曰：「拹，本又作搚，亦作拉。」其後，《史記‧齊太公世家》：「齊襄公與魯君飲，醉之，使力士彭生抱上魯君車，因拉殺魯桓公。」（頁 552）又其後也，《漢書‧揚雄傳》：「范雎，魏之亡命也，折脅拉髂，免於徽索。」（頁 3572。鼎文）是《公羊》、《史記》用其本義，《漢書》用其引申義矣！今吾人亦多以「牽扯」義言「拉」，「摧折」之義已轉移，而其字形仍未變也。或有詞義古今相反，而字形未變者，如「盜」，《說文》：「厶利物也。」（頁 419）「賊」，《說文》：「敗也。」（頁 636）段《注》：「敗者毀也，毀者缺也。……賊字爲用戈，若刀毀貝。」是盜者本貪人物而取之，賊者則以武力奪之也，今二者之義正相反。又如「童」與「僮」，《說文》：「童，男有罪曰奴，奴曰童，女曰妾。」（頁 103）「僮，未冠也。」（頁 369）是「僮僕」者當作「童」，「兒童」者當作「僮」，今「童」「僮」二字之訓正相反。

（二）用字假借

用字假借者，亦有二種焉：一曰「無本字之用字假借」，如難，《說文》鳥部：

〔註 4〕見《中文常用字表》。教育部 71 年 9 月 2 日公布，正中書局，1988 年 9 月臺四版。

「難,難鳥也。」（頁 152）易,《說文》易部:「易,蜥蜴,蝘蜓、守宮也。」（頁463）今以為難易字;朋,《說文》鳥部:「朋,古文鳳。」（頁 150）今以為朋黨字;烏,《說文》烏部:「烏,孝鳥也。」（頁 158）今以為烏呼字;來,《說文》來部:「來,周所受瑞麥。」（頁 233）今以為行來字者是。二曰「有本字之用字假借」,即本有其字,依聲通用者也,考其途,亦有二說:其一、借字與本字音同而義異,而字形有所聯係者,如「見」借為「現」,《論語・泰伯篇》:「天下有道則見,無道則隱。」（頁 72）《荀子・勸學篇》:「天見其明,地見其光,君子貴其全也。」《韓非子・亡徵篇》:「淺薄而易見,漏泄而无藏。」又如「生」借為「性」,《管子・乘馬篇》:「民之生也辟則愚,閉則類。」王念孫曰:「生讀為性,閉當為閑字之誤也。」（《讀書雜志》〈管子〉・「閉則類」條）《荀子・富國篇》:「人倫並處,同求而異道,同欲而異知,生也。」是其證矣!其二、借字與本字音同而義異,於字形並無相涉者,如「倍」借為「背」,《禮記・大學》:「上恤孤而民不倍。」（頁987）鄭《注》:「民不倍,不相倍棄也。」《墨子・耕柱篇》:「夫倍義而鄉祿者,吾常聞之矣!」孫詒讓《閒詁》引蘇（時學）云:「倍、背同,鄉、向同。」《荀子・天論篇》:「倍道而妄行,則天不能使之吉。」又如「畔」借為「叛」,《論語・陽貨篇》:「公山弗擾以費畔。」皇《疏》:「畔,背叛也。」《荀子・議兵篇》:「大寇則至,使之持危城則必畔,敵處戰則必北。」是其證矣!

五、古漢語之雙音詞,或有合音而以一字表之者

漢語漢字固一字一音,然古漢語中,亦有一字重音者也。《說文》艸部:「薺,疾黎也,從艸齊聲,《詩》曰:『牆有薺。』」（頁 32）「薺」乃「疾黎」（蒺藜）之合音,《詩・鄘・牆有茨》、〈小雅・楚茨〉、《爾雅・釋草》皆作「茨」。案:薺,疾咨切,段之十五部;茨,疾資切,亦十五部,是薺、茨古音同也。章太炎先生嘗撰〈一字重音說〉,其文曰:

> 中夏文字,率一字一音,亦有一字二音者,此軼出常軌者也。何以證之?曰高誘注《淮南・主術訓》曰:「駿轙讀曰私鈚頭。」二字三音也。（按私鈚合音為駿,諄、脂對轉也;頭為轙字旁轉音。）既有其例,然不能徵其義。今以《說文》證之:凡一物以二字為名者,或則雙聲,或則疊韻,若徒以聲音比況,即不必別為制字,然古有但製一字不製一字者,躄踔而行,可怪也!若謂《說文》遺漏,則以二字為物名者,《說文》皆連屬書之,亦不至善忘若此也!然則遠溯造字之初,必以一文而兼二音,故不必別作彼字,如《說文》虫部有「悉蟀」,「蟀」,本字也,「悉」則借音字,

何以不兼造「蟋」？則知「蟀」字兼有「悉蟀」二音也。如《說文》人部有「焦僥」，「僥」，本字也，「焦」則借字，何以不兼造「焦」？則知「僥」字兼有「焦僥」二音也。……此類實多，不可殫盡！大抵古文以一字兼二音，既非常例，故後人旁駙本字，增注借音，久則遂以二字并書，亦猶越稱於越，邾稱邾婁，在彼以一字讀二音，自魯史書之，則自增注「於」字「婁」字於其上下也。（《國故論衡》卷上，頁23～24。廣文）〔註5〕

雖然，猶有說者：許氏《說文解字》不爲造字設，所錄者乃經典所著之字、山川鼎彝之銘、先賢通人之說，其於所不知，蓋闕如也，其有無「蟋」「焦」諸字，非許氏之所能備也，此其一；考諸典籍，無有單以「蟀」爲「蟋蟀」之稱者也，是章氏之說，尚待覈證，此其二。然章氏之說，發皇大端，亦不爲無見。蓋文字者，一字一形、一音一義，釐然不紊；語詞者，或因語急而書之，故有一字而爲複音詞之合音者也。且非若古漢語有之，即今之漢語亦有之，如「甭」爲「不」「用」之合、「諸」爲「之」「於」之合、「叵」爲「不」「可」之合，是其證矣！

六、字之音讀有定，以之爲詞（詞素），則或因其義而音變者

文字合形、音、義爲一，見形而知音得義，以之爲字，則昂然獨立而不改；以之爲詞（詞素），則因其義或語法詞類之異，而別之以四聲，舊曰「讀破」、曰「音隨義轉」、曰「聲隨義轉」，其實一也。曰音、曰聲者，聲調也，無慮聲韻之旨也。蓋先秦之際，宜於口受，不便筆書，同字異詞，當有平上以爲別，《公羊莊二十八年傳》：「春秋伐者爲客，伐者爲主。」（頁108）何《注》云：「伐人者爲客，讀伐長言之，齊人語也；見伐者爲主，讀伐短言之，齊人語也。」顧炎武曰：「長言則今之平上去聲也，短言則今之入聲也。」（《音論》卷中·「古人四聲一貫」條，頁11上，《音韻學叢書》。廣文）錢大昕亦曰：「長言若今讀平聲，短言若今讀入聲。」（《十駕齋養新錄》卷四·「伐」字條，頁76）陸德明亦曰：

> 夫質有精粗，謂之好惡（並如字）；心有愛憎，稱爲好惡（上呼報反，下烏路反）；當體即云名譽（音預）；論情則曰毀譽（音餘）。及夫自敗（蒲邁反）、敗他（補敗反）之殊：自壞（乎怪反）、壞撤（音怪）之異，此等或近代始分，或古已爲別，相仍積習，有自來矣！（《經典釋文·敘錄》，

〔註5〕章氏〈一字重音說〉以爲一字或具有二音者，此與林語堂先生〈古有複輔音說〉以爲一字猶二字之合音者不同，如林氏謂「螂＝tlang」，依章說則爲「螂＝堂螂」二音也。蓋林氏言「孔曰窟籠」、「雲曰屈林」、「不律謂之筆」、「貍之言不來也」、「團爲突欒」、「螳曰突郎」……等例，乃以爲古漢語中有 kl-（gl-）、pl-（bl-）、tl-（dl-）之證者也。該文收林氏《語言學論叢》，頁1～15，民文出版社，詳可參覈。

頁 10。上海古籍）

此率爲一字二音者，亦有一字非止二音者，如：「與」，或「以諸」、「餘佇」、「余呂」、「余譽」、「羊洳」等切；「數」，或「所矩」、「所句」、「色矩」、「色角」、「所角」等切（參《廣韻》），是古人於耳治之際，音之長言短言，調之平上去入，當有爲別義之資也〔註6〕。蓋一字所以多音，其因略得有三：曰古今音變，一也：如「家」古音「姑」，「怡」古音「台」；曰方言之殊，二也：如《釋名・釋天》：「天、豫、司、兗、冀，以舌腹言之，天、顯也，在上高顯也；青、徐以舌頭言之，天、坦也坦然高而遠也。」曰字義之延展，三也：如上言之惡，有好惡、憎惡之殊；譽有名譽、毀譽之別。則音隨義轉者，非但字義遷移，其聲調、詞性亦隨而之變。順是，則以之爲字，要亦不改也；以之爲詞，形雖未易，其神已改矣！此又字、詞殊別也已。

七、字之形義有定，以之爲詞（詞素），須於篇章中方得其旨

夫文字獨體時（案：此獨體非「獨體爲文，合體爲字」之謂也。），吾人可緣其體式點畫之形而明其恉趣，此許氏《說文解字》之所以作也而以字爲詞（詞素），則不然！蓋漢語詞類之變化，本無詞頭、詞尾之損益，然篇章文法之序有定，故詞類之別屬，詞義之趣向，要非於句讀中無以見眞章，故馬建忠曰：

> 凡字之有數義者，未能拘於一類，必須相其句中所處之位，乃可類焉。

〔註6〕古人於口授之際，藉聲調之高低長短以爲別義之資，或亦有之，然不若今之明耶！歷來之說者，統而覈之，要亦有二：

（一）以一字有數義即有數音者，尤以魏晉經師爲甚，如：王肅之《周易音》、葛洪之《字苑》、徐邈之《尚書音》《毛詩音》，皆其著者。唐張守節《史記正義・發字例》云：「古書字少，假借蓋多，字或數音，觀義點發，皆依平上去入，若發平聲，每從寅起。又一字三四音者，同聲異喚，一處共發，恐難辯別，故略舉四十二字，如字初音者，皆爲正字，不須點發。」（頁16）則自隋唐以降，文人學士已緣四聲以爲目治矣！

（二）降及清儒，雖以爲音韻有古今之別，然非所以辨義也，此殆顧炎武「先儒兩聲各義之說不盡然」（《音論》卷下）發其難，錢大昕「一字兩讀」（《十駕齋養新錄》卷五）繼其後，段玉裁《六書音韻表・古音義說》云：「字義不隨字音爲分別，音轉入於他部，其義同也；音變析爲他韻，其義同也。平轉爲仄聲，上入轉爲去聲，其義同也。今韻例多爲分別……皆拘牽瑣碎，未可以語古音古義。」王夫之曰：「其始本一字一音，義類自可相該，後之經師，欲令學者易於分曉，加之分別，以體用分四聲，如風有諷音，道有導音，……不可勝舉，訓多而離其本，亦文勝之敝也。」（《說文廣義》卷一，頁13上）俞樾亦曰：「以女妻人，即謂之女；以食飤人，即謂之食；古人用類然。經師口授，恐其疑誤，異其音讀，以示區別，於是何休注《公羊》有長言短言之分，高誘注《淮南》有緩言急言之別。《詩》：『興雨祁祁，雨我公田。』《釋文》曰：『興雨如字，雨我于付報。』……苟知古人有實字活用之例，則皆可以不必矣！」（《古書疑義舉例》三・「實字活用」例，頁74，清流）

（《馬氏文通》卷一・「正名」・『界說』十，頁9）

又曰：

字無定義，故無定類，而欲知其類，當先知上下之文義何如耳！（同上）

馬氏所言之「字」，實「詞」耳。夫文因句而成，句因詞而定；故欲讀文，當先知句，欲知句，當先識詞，非但以字之形義定其類也。王力先生亦言之曰：

一詞多義，這是詞匯中的普遍現象。所謂一詞多義，是指它在詞典中的價值說的；到了一定的上下文裡，一個詞就只有一個獨一無二的意義。在這種情況下，我們可以說：「詞義是由上下文決定的。」豈但多義詞，即使是獨義詞，在不同的上下文中，它的詞義也會產生不同的色調。我們不能否認：「詞在上下文中，才真正體現了它的明確的價值。（〈訓詁學上的一些問題〉，《中國語文》・1962年1月號，頁9）〔註7〕

如莫，《說文》䒼部：「莫，日且冥也，從日在䒼中。」（頁48）是莫之本義當為「黃昏」，以之為詞，據楊樹達先生之析論，計有四類，今略述於后，以見其餘（案：其例證僅述一二，餘從略）：

1、指代名詞——為「無人」「無地」「無物」之義：

《論語・憲問》：「子曰：『莫我知也夫！』」（頁129）

《左昭二十八年傳》：「非是，莫喪羊舌氏矣！」（頁912）

《孟子・離婁下》：「君仁莫不仁，君義莫不義。」（頁143）

2、同動詞——無也：

《史記・陳丞相世家》：「及平長，可取妻，富人莫肯與者；貧者，平亦恥之。」（頁811）

《漢書・游俠傳・序》：「京師親戚冠蓋相望，亦古今常道，莫足言者。」（頁3699）

3、否定副詞——不也：

《史記・蕭相國世家》：「為君計，莫若遣君子孫昆弟能勝兵者悉詣軍所。」（頁795）又〈陳丞相世家〉：「其計祕，世莫得聞。」（頁814）

4、禁戒副詞——勿也：

《史記・商君傳》：「秦王車裂商君以徇，曰：『莫如商鞅反者！』」（頁896）

〔註7〕詞義之為甲為乙，今人王光漢撰有〈詞義的判定原則〉一文，以為詞義之類定，其術有四：一曰詞理原則，「即詞義存在的道理。」二曰文理原則，「即文法上的道理。」三曰事理原則，「即事物存在和發展變化的道理。」四曰詞義的社會原則，「指的是詞義的產生和發展要符合社會的約定俗成的原則。」詳可稽覈。該文載《安徽大學學報》（哲學社會科學版）1983年第2期。

《漢書・王莽傳中》：「其去剛卯，莫以爲佩；除刀錢，勿以爲利！」（頁4109）
（《詞詮》卷一・「莫」字條，頁17～18。上海古籍）

　　以上析論字、詞之關係，略得七目，目中又有小類，字、詞交錯掍沌，可見一斑！則吾人之於典籍訓詁，惡可率意爲之邪？

第二節　字義與詞義

　　字、詞既已別矣，則字義與詞義亦當有說。夫語詞之所以生而用之者，實爲達意而已矣！此欲達之意，爲語詞之原始義或本義，吾人可名之曰「詞本義」。然則以何語音符號與何內容意義相合以成一語詞者，亦與文字之記錄語言者若是，約定俗成耳！

　　自有人類，即有語言，其先文字之造，久且遠矣！職是，吾人之索詞本義，實掍沌難得哉！逮及文字之生也，語言始得以形表之，後之來者，可緣文字之迹而上遡語義之原，此又文字之一功也！漢字爲一象形表意系統，字之形、義不因時空語音之變而變，故吾人可緣字形之結構而得聖人製字之本意，此製字之初意，爲文字之原始義或本義，吾人可名之曰「字本義」；因其析形索義，故又可名之曰「形本義」。或謂文字既爲記錄語言而造，故字之義當依語詞之意而定，其析形而得之義不當以爲本義也，此林澐先生之言曰：

> 　　過去許多文字學家都熱衷於從字形去推求每個字的「字本義」。他們認爲一個字在歷史上的多種字義中，有一個由字形決定的最原始的、最基本的字義，其他的字義則被認爲是引申義、轉義、假借義等等，甚至認爲形訓是字義學的基礎和主幹。……認爲文字的字義中有一個字形決定的「字本義」，從理論上說有兩方面的錯誤：首先，因爲文字是記錄語言的符號，所以字義並不由字形決定，而是人們所規定它所記錄的語詞的意義所決定的。單研究字形，最終結果不過是能夠確知它本身是什麼圖象符號或由哪幾個圖象符號合成的。如果要起名，可以稱爲這個字的「形本義」，並不能由此就推定它所記錄的語詞的意義。從另一方面說，討論「字本義」的人，往往是把一個字在起初實際含有的字義跟後代文字規範化過程中所規定的字義混爲一談的，他們看到後代字書中對每個字的字義規定一種有限的範圍。其實這和歷史事實是完全相違的。……所謂「字本義」實際上是文字發展過中逐漸形成的後起觀念，即在「各個意義」的語詞逐步地各有專字的過程中，爲了區別諸字的正確用法而產生的觀念。從這種後起的

「字本義」的觀點來看，商周時代的甲骨文、金文，不僅許多都用假借義而不用本義，而且很多字還用……引申義、比喻義而不用本義。（《古文字研究簡論》，頁 140～144。吉林大學）

案：林氏之說固專且審矣！雖然，猶不能無疑者四事：蓋文字固爲語言而設，然聖人造字必有其義，不然，字之形緣何而得邪？以之爲記錄語詞之符號，其義又一類也。夫成語言者，詞也，非字也；取象以造文者，字也，非詞也。故詞有其義，字亦有其義，斯二者之尤當分者也，此其一；語言者，有聲有義而無形；字者，形、音、義具備。由無形而有形，聖人造字取象之義在此，吾人之於文字學者在此，此其二；「字義並不由字形決定，而是人們所規定它所記錄的語詞的意義所決定的」，若字義舍詞義而不存，則字形爲糟粕，文字爲語詞之附庸矣！此其三；「所謂『字本義』……即在『各個意義』的語詞逐步地各有專字的過程中，爲了區別諸字的正確用法而產生的觀念」，蓋語詞之義因分化而轉移，後乃別造專字以爲用，此益證魯實先先生「轉注」有「因義轉而造字」說之不誣也。且字義若無其本，必依詞義而後定，則以何字記錄語詞，皆爲詞義之所在，胡爲乎假借焉？此其四。夫是，吾人之求字義，固當以語詞之意斟之，然若因字義與詞義無涉或相左，而斷言字義之不可信、不可求，則殆矣！蓋字義者，聖人所以取象造字之初義也；詞義者，語言所以欲達之意也。斯二者，有其同亦有其異，終爲二事，焉得偏頗哉？

字義與詞義既爲二事，則字義有不與詞義合者，如「其」，本爲箕屬，「隹」，本爲鳥屬，然尋之殷周卜辭、彝銘，如《毛公鼎》：「弘『其』唯王智。」《宗周鐘》：「『其』嚴在上。」《頌鼎》：「頌『其』萬年眉壽。」《吳彝》：「吳『其』世子孫永寶用。」《令彝》：「『隹』八月。」《旅鼎》：「『隹』公太保…」《大盂鼎》：「『隹』九月，王在宗周。」皆爲語詞之用，未有以爲「箕」、「鳥」者也。職是，以語詞「其」「隹」言之，則「其」「隹」爲其假借字；以文字「其」「隹」言之，則語詞「其」「隹」爲其假借義。

字義與詞義雖爲二事，然文字終究以記錄語言爲鵠的，遠古先人之語言亦有待文字之書面語方得以傳後，故究字義亦有助詞義之推遡也，如「大」，本象人張臂跨立之形，人體形態之大者，莫如此姿，而天地事物之大無以象之，故因取以言大小也；又如「高」，本象樓臺層疊之形，人所居屋宇之高者，莫如樓臺，而事物之高無以象之，故因取以言高低也。是「象人體之大」、「象樓臺觀高」者，字義也；而取以爲「大小」、「高低」者，詞義也。

或曰：「字義與詞義既爲二事，而析形索義又難與詞義密合，則吾人之求詞義，當如之何？」曰：「合文獻以觀之，不然，則望形生訓矣！」如「走」，《說文》走部：

「走，趨也，从夭止，夭者屈也。」（頁64）段《注》曰：「从夭止者，安步則足胻較直，趨則屈多。」凡人疾趨，足無夭屈之狀，段氏之言，不能無疑。故楊樹達先生論之曰：

> 走从「夭」「止」會意，自來治《說文》者皆不能明言其義：故有謂从「夭」爲从「犬」之誤者，顧靄吉、鈕樹玉、王筠、徐灝諸人是也；有謂人疾走則足屈者，徐鍇、段玉裁是也。按走與「奔」同義，奔字亦从「夭」，知走之从夭非誤也。人長跽則足屈而不伸，趨走之時，惟恐足之不伸，焉有屈足之理，知足屈之說尤非也。……字从夭者，《說文》云：「夭，屈也，从大，象形。」尋大象人形，則夭亦謂人，蓋謂屈身之人也。凡人疾走時，必少屈其身向前以取勢，決無胸腰直挺者，此奔走二字从夭之說也。（《積微居小學述林》卷三・「釋走」條，頁82～83。大通）

稽覈今本《尚書》，「走」字凡六見：〈胤征〉：「瞽奏鼓，嗇夫馳，庶人走。」（頁102）〈武成〉：「邦甸侯衛駿奔走。」（頁160）〈酒誥〉：「奔走事厥考厥長。」（頁208）〈多士〉：「亦惟爾多士攸服，奔走臣我。」（頁239）〈君奭〉：「矧咸奔走，惟茲惟德稱。」（頁246）〈多方〉：「今爾奔走臣我監五祀。」（頁258）案：〈胤征〉、〈武成〉二篇，閻若璩《尚書古文疏證》已辨其爲僞〔註8〕，則所可與言者，惟其餘四篇。其文皆與「奔」字連言，則楊氏「走與奔同義」，信然矣！故李國英先生覈之曰：

> 〔走〕字於金文或作走、走、走、走，又或从彳作走、走諸形，無一見从夭者，據此，則「走」乃从「止」，而以上體象人疾趨而行，兩臂前後擺動之形，是乃从止之合體象形。篆譌變而曲其上筆作走，許氏乃以从夭止會意說之，非惟誤釋其形，亦且類例之誤也。（《說文類釋》，頁115。南嶽）

綜此，吾人可得字義與詞義者三事：

（一）、「字本義」與「詞本義」相當，如「走」者是。

（二）、「字本義」與「詞本義」有異，然二者綿密可尋，如「大」「高」者是。

〔註8〕閻百詩《尚書古文疏證》辨〈胤征〉、〈武成〉二篇爲僞者，計有七條：

（一）第五：言古文〈武成〉見劉歆《三統曆》者今異。

（二）第二六：言晚出〈武成〉、〈泰誓〉仍存改元、觀兵舊說。

（三）第五三：言〈武成〉癸亥甲子不冠以二月非書法。

（四）第六四：言〈胤征〉有「玉石俱焚」語爲出魏晉間。

（五）第六七：言考定〈武成〉未合《左傳》數紂罪告諸侯之辭。

（六）第八五：言〈武成〉認商郊、牧野爲二地。

（七）第八六：言〈泰誓上〉〈武成〉皆認孟津爲在河之南。

　　（三）、「字本義」與「詞本義」無涉，尋之亦不可得，如「其」「隹」者是。
上之（一）（二）字義與詞義可尋繹而得，茲不具論，其（三）之假借者，當益有說。

　　漢字爲一圖象文字，考諸六書，象形、指事、會意、形聲四者，或象具體之物，
或指抽象之形，或合二文之意，或取形聲之恉，皆可因形得義，略無礙也，其有說
者，唯假借造字耳。「假借」一書，自戴東原首倡「四體二用」說以降〔註9〕，學者
皆以爲用字而非造字，推波助瀾，踵武張揚，沛然莫之能禦！其弟子段玉裁雖承其
說，然亦惑「假借」爲造字者也，《說文》屮部：「熏，火煙上出也，从屮、从黑，
屮黑熏象。」（頁 22）段《注》曰：

> 象煙上出，此於六書爲假借。……日中而繼之以黑，此煙上出，而煙
> 所到處成黑色之象也。合二體爲會意，單言上體則爲假借。

孔廣居亦有是意曰：

> 假借有二類，有古人造字之借，有後人用字之借；令、長等類，用字
> 之借也，人皆知之，茲不具論。何謂造字之借？如一大爲「天」，推十合
> 一爲「士」，此「一」字之正義也，而「呆」、「丌」等之首畫，則以爲上；
> 「丙」之首畫，則以爲陽；「亟」之首畫，則以爲天；「出」「大」等之下
> 畫，則以爲地，「岁」之中畫，亦以爲地，皆假借也。又如一大爲「天」，
> 大火爲「衣」，此「大」字之正義也，而「天」「大」等之从大，則以爲象
> 人形；「壺」「盍」等之从大，則以爲象蓋形，皆假借也。（《論六書次第》·
> 「論假借」條）

案：篆文熏作燊，上部與「草木初生」之「屮」相似，段氏乃以「熏」爲借斯形
表「火煙上出」之意；孔氏則以爲文字中之某一筆畫本已表某一義，若其見於別
字，義又不類，則爲假借。段、孔二氏之說，誠幼稚不可信！蓋象形、指事、會
意、形聲四者，或有點畫橫直之損益，態式左右之正反，實爲全體成形，某一點
畫離此整體則不爲義，反是，則字形分崩離析矣！然則，段、孔「造字假借」之
說，發皇一端，亦不爲無功。及其後也，楊樹達、魯實先二先生倡「造字時有通

〔註9〕戴震以爲六書中象形、指事、會意、形聲四者爲造字之法，轉注、假借二者爲用字
　　　之術，其言曰：「指其事之實曰指事，一二上下是也；象其形之大體曰象形，日月水
　　　火是也。文字既立，則聲寄於字，而字有可調之聲；意寄於字，而字有可通之意，
　　　是又文字之兩大端也。因而博衍之，取乎聲諧曰諧聲，聲不諧而會合其意曰會意，
　　　四者，書之體止此矣！由是於用。數字共一用，如初、哉、首、基之皆爲始，卬、
　　　吾、台、予之皆爲我，其義轉相爲注曰轉注；一字其數用者，依於義以引伸，依於
　　　聲而旁寄，假此以施於彼曰假借，所以用字者，斯其兩大端也。」（《戴東原集》·卷
　　　三·〈答江愼修先生論小學書〉，頁 1038〜1039，大化）

借」說〔註10〕，六書之「假借」爲造字而非用字，乃確而不易！楊氏曰：

> 六書有假借，許君舉令、長二字爲例，此治小學者盡人所知也。然此類實是義訓之引伸，非眞正之通假，且以號令、年長之義爲縣令、縣長，乃欲避造字之勞，以假借爲造字條例之一，又名實相牴矣！余研尋文字，加之剖析，知文字造作之始實有假借之條。模略區分，當爲「音與義通借」、「形與義通借」兩端。（《積微居小學述林》卷四·〈造字時有通借證〉，頁97）

楊氏歸其所舉例證，分造字假借爲二：一爲「音與義通借」，一爲「形與義通借」。音與義通借又歸其例證爲「見於會意字」與「見於形聲字」二者；其見於會意字者四：「若」、「咸」、「壬」、「齸」，其文云：

(一) 一篇下艸部：「若，擇菜也。从艸右。右，手也。」按右爲手口相助，不得訓手，而許云右手者，字借「右」爲「又」也。

(二) 二篇上口部云：「咸，皆也、悉也。从口、从戌。戌、悉也。」按咸爲會意字，然从口从戌，會意之旨不明，故許君又云「戌、悉」以明之。此非訓戌爲悉，謂假「戌」爲「悉」也。

(三) 八篇上壬部云：「壬，善也。从人士。士、事也。」按「人士」義無可會，故許君復云「士、事」以明之，謂壬字从士，實假「士」爲「事」也。士事二字古韻皆在「哈」部，故相通借也。

(四) 十四篇下宁部云：「齸，幬也，所以載盛米也。从宁、从畱；畱、缶也。宁亦聲。」按畱爲蓄之或體蓄訓不耕田，無缶之義，而許云畱缶者，明畱假爲𠙵也。十二篇下𠙵部云：「東楚名缶曰𠙵。」是也。（頁97～98）

案：上所言者，其確而無疑者惟「齸」字耳，其「若」等三字，魯實先先生正之曰：

> 考「若」之爲字，於殷契卜辭，及殷周金文，并像被髮舉手長跽之形，以示降服順人之義。「若」於彝銘有作「𦥑」及「𦥯」者，乃爲從口ㄓ聲，篆文從艸右者，則其譌變也。「咸」於卜辭金文并從口從戌，戌爲「戚」

〔註10〕「造字時有通借」之說，學者多以爲楊氏所創，然魯先生《假借遡原·序》曰：「歲次辛巳，愚寓書長沙楊遇夫先生，言及六書假借，爲造字準則。因舉不容之『哨』，所從肖聲乃『小』之借；行迹之『謚』，所從益聲乃『易』之借；乾革爲『靬』，干乃『乾』之借；鹿子曰麛，魚子曰鮞，弭而并『兒』之借……先生韙之，越二歲，因擷鄙論，別益五十餘字，而作『造字時有通借證』一文見詒，愚以揭之《復旦學報》。」據此，則知首倡「造字時有通借」者，魯氏也；以文出之者，楊氏也。遡本追原，不可或忘，故本文合而言之。

之象形文，非如《說文》所謂從戌一聲也。咸從戌者，示元戎執以司征伐

之義……咸從口者，猶君后之從口，示發號令之義。凡元戎之令無不皆從，

故其釋義爲「皆」，《說文》未知戌爲「戚」之初文，故亦未知咸所以從戌

之意，乃以「悉」釋戌，是亦立說謬戾矣！……卜辭之「壆」所從之「壬」，

爲從人從土，以示挺身而立……《說文》釋之曰：「壬，從人士」，是誤以

「土」爲士。（《假借遡原》，頁 68～70。文史哲）

楊氏專守《說文》，於許氏釋形之謬者，未能正以卜辭、彝銘，故有斯蔽，此爲讀《說文》者所當知之也！楊氏「見於會意字」之造字假借，固不可據信，然其造字有假借之說，雖起許氏於九泉，亦當首肯也矣！至若形聲字之聲符，本必兼義，其不兼義者，魯先生《假借遡原》以爲有四：一曰狀聲之字聲不示義；一曰識音之字聲不示義；一曰方國之名聲不示義；一曰假借之文聲不示義，則知聲符亦有假借造字耳。故吾人之求字本義，須明六書條例，輔以殷周古文字，方能見其大概，庶幾可以免過也已矣！

字與詞相異，則字義與詞義亦爲二事，此吾人所當知之也。今略述字、詞之所以同、所以異者，其恉有二：傳統訓詁家用功宏，故其說釋精；思慮細，故其立論確，允當之說固深且闊矣！然百密一疏，即揚子雲、段大令尙且不免，況駑駘不逮者乎？高郵王氏父子，訓詁之宏之精，唯其「就古音以求古義，引申觸類，不限形體」（《廣雅疏證·序》）故也。「不限形體」，蓋不以字之形體而求語詞之訓詁，此吾人尤當知之者也，此其一；許氏《說文解字》以求聖人造字之初意爲本，不與《爾雅》之爲詞書相類，然漢語文字孤立、單音節者多，或字或詞，別之不易，故略言字、詞之分，若振裘提領，舉網挈綱，以爲論述許氏《說文》者據，此其二，所謂本立而道生，析紛繁而不可亂者也！

第三章　獨立訓詁與隸屬訓詁

第一節　《爾雅》與《說文解字》之歸屬

　　夫訓詁之學，體大事繁，自有讀書解經以來，其學存焉！蓋久矣，故存在之形式複且雜矣！非可一言蔽之耶。習之者每每分而類之，如章太炎先生以爲訓詁之種有四：「通論」、「駢經」、「序錄」、「略例」之分，又復進而釋之曰：

　　　　序錄與列傳又往往相出入，淮南爲《離騷傳》，其實序也。太史依之，
　　以傳屈原。劉向爲《別錄》，世或稱以別傳。其班次群籍，作者或見太史
　　公書，則曰有「列傳」，明已不煩爲錄也。通論之書，《禮記》則備；略例
　　之書，《左氏》則備；駢經之書，則當句爲釋者。(《國故論衡》卷中・「明
　　解故上」，頁 100)

胡樸安則以爲有「《爾雅》派之訓詁」、「傳注派之訓詁」、「《釋名》派之訓詁」、「《方言》派之訓詁」之別：

　　　　自今日以前，所有訓詁書，只可謂之訓詁學材料，而不可謂之訓詁學。
　　所以照以前分法，並不能由此而得訓詁學變遷之迹。因是不以時代分，而
　　以性質分，第一章爲《爾雅》派之訓詁，凡類於此者屬之，以《爾雅》爲
　　最早之訓詁專書，且以「雅」爲名者，其書極多，則淵源於《爾雅》也。
　　第二章爲傳注派之訓詁，以《毛傳》、《鄭箋》爲之首。凡類於此者屬之。
　　以其經傳注疏，皆是訓詁也。傳注一派可謂訓詁之總匯。第三章《釋名》
　　派之訓詁，以聲爲義，古書中時時有之，《釋名》則專以聲爲釋，與《爾
　　雅》不同也。第四章《方言》派之訓詁，《方言》本屬於言語學之範圍，
　　惟《方言》一書，因時間之故，亦佔訓詁上重要之地位。(《中國訓詁學史》，

頁 11～12。商務）

案：章氏之所謂「駙經」者，實乃今之「注疏」，依經文而爲釋者也。「略例」者，猶今之「發凡起例」，如《左隱元年傳》：「夏四月，費伯帥師城郎，不書，非公命也。」杜《注》：「《傳》曰：『君舉必書。』然則史之策書皆君命也。今不書於經，亦因史之舊法，故《傳》釋之。諸魯事《傳》釋不書，他皆倣此。」（頁 35）又同年《傳》：「八月，紀人伐夷，夷不告，故不書。」《注》：「隱十一年《傳》例曰：『凡諸侯有命告則書，不然則否。』史不書於策，故夫子亦不書于經。傳見其事，以明《春秋》例也，他皆倣此。」（頁 40）是也。則「略例」亦多附於注疏中。至若「通論」如《禮記‧經解》之屬，「序錄」如〈太史公自序〉之流，或釋經義之幽微、或明撰作之所以，要不爲通釋之一端也。乃若《爾雅》、《釋名》、《方言》，誠如胡氏所言，各有其所以撰作與鵠的，然較其形式，咸爲通釋詞義之作也，其實皆不必分！故近世訓詁學者，統合言之，分訓詁之種爲二〔註 1〕：

　　1、隨文解義之注疏，如《毛傳》、《鄭箋》、《楚辭章句》者是。

　　2、通釋語義之專著，如《爾雅》、《釋名》、《方言》者是。

　　《爾雅》與《說文》，古來即爲訓詁必要之根柢書目〔註 2〕，因其皆爲單字（詞）

〔註 1〕夫訓詁之術，其來久矣。方其始也，或讀書之詮解，或疏通之心得，隨手記之，略無格局；降及後世，乃有意以爲之書，故其式亦多樣變化，非定於一也。訓詁學者統合其說，分而別之，略有「隨文注釋」與「通釋語義」二者，如：

　　（一）周大璞《訓詁學要略》曰：「訓詁的體式，……可以分爲兩大類，即隨文釋義的注疏和通釋語義的專著。」（頁 44）

　　（二）吳孟復《訓詁通論》曰：「訓詁書的類型，一是字典、詞典式的『字匯』，如《爾雅》、《廣雅》是，《說文》、《玉篇》、《廣韻》亦當屬此類。另一是傳注式的，即專爲某一書作注，如《毛詩故訓傳》即是。」（頁 19）

　　（三）陳紱《訓詁學基礎》曰：「歷代語言學家、注釋家對於文獻語言的解釋，他們爲溝通古今和地域不同所造成的語言差異而做的各種各樣的工作，都是訓詁實踐。……我們可以歸納出訓詁實踐的兩種主要形式——解釋詞義的專著和隨文而釋的注釋書。」（頁 26）

　　（四）黃大榮《訓詁學基礎》則據黃季剛先生以爲治小學之根柢書：《爾雅》、《小爾雅》、《方言》、《說文》、《釋名》、《廣雅》、《玉篇》、《廣韻》、《集韻》、《類篇》等十種，分其節目爲三：一曰訓詁專書，《爾雅》、《方言》、《說文》、《釋名》、《廣雅》、《經典釋文》者是。二曰注疏書，《詩》《毛傳》、鄭《箋》、孔《疏》者是。三曰其他著作，《讀書雜志》、《經義述聞》者是。

　　案：《詩書雜誌》、《經義述聞》，視其貌，則以筆記之道言經傳之訓詁；論其質，實亦據文獻上下語境爲訓。故歸之「隨文釋義」之屬可也。

〔註 2〕《爾雅》、《說文》雖先後出，其收字釋義又不相應，然歷來學者無不稱之譽之也。與言《爾雅》者，如：張揖〈上廣雅表〉曰：「夫《爾雅》之爲書也，文約而義固；其陳道也，精研而無誤。真七經之檢度，學問之階路，儒林之楷素也。」郭景純《爾

訓釋，故訓詁學者亦歸二者爲「通釋語義之專著」之屬。其實不然！蓋《爾雅》者，先秦典籍詞義之總匯也；《說文》者，聖人造字微恉之所寄也。一言詞義，一言字義，本質實異，今歸爲一類，乃漢語字、詞相淆故也！此於歷代書目著錄之歸屬尤可見一梗概。

　　吾國圖書著錄，自劉向校書，著有《別錄》，劉歆繼之，發爲《七略》，於是始有書目之體，以挈領浩繁典籍。《別錄》、《七略》惜其不傳，未能窺其一二；幸《漢書藝文志》（以下簡稱《漢志》）承之，猶得十之七八。《漢志》條其篇目，撮其指意，分圖書爲「六藝略」、「諸子略」、「詩賦略」、「兵書略」、「術數略」、「方技略」。「六藝略」中收有《易》、《書》、《詩》、《禮》、《樂》、《春秋》、《孝經》而外，復有「小學」一類；「小學」中有《史籀篇》、《蒼頡》、《凡將》諸篇，凡十家，四十五篇。然《爾雅》不入「小學」類，而入《孝經》類。《隋書・經籍志》（以下簡稱《隋志》）以「經」、「史」、「子」、「集」分部；經部又分《易》、《詩》、《書》……「小學」等十類，《爾雅》則入《論語》類。夫《爾雅》之書，五經之訓詁，班孟堅亦當知之，斷不至誤列。後之學者，或見《爾雅》歸之《孝經》類，斥《漢志》爲誤，如章學誠即責之曰：

　　　　《孝經》部《古今字》與《小爾雅》爲一類。按：《爾雅》，訓詁類也，
　　　主於義理；《古今字》，篆隸類也，主於形體。則《古今字》必當依《史籀》、
　　　《蒼頡》諸篇爲類矣！其二書不當入於《孝經》，已別具論次，不復置議
　　　焉！」（《校讎通義》卷三・「漢志六藝」第一三，頁250。世界）

案：《古今字》已佚，其果如章氏所言乃形體之書與否，已不可知。然據王應麟《漢

雅注・序》曰：「夫《爾雅》者，所以通訓詁之指歸……誠九流之津涉，六藝之鈐鍵。」邢昺〈爾雅疏・序〉曰：「夫《爾雅》者，先儒授教之術，後進索隱之方，誠傳注之濫觴，爲經籍之要者也。」是其例。與言《說文》者，如：顏之推《顏氏家訓》曰：「許慎檢以六文，貫以分部，使不得誤，誤則覺之。……大抵服其爲書，隱栝有條例，剖析窮根源，鄭玄注書，往往引以爲證；若不信其說，則冥冥不知一點一畫有何意焉！」（〈書證篇〉）顏炎武《日知錄》曰：「自隸書以來，其能發明六書之指，使三代之史，尚存於今日，而得以識古人制作之本者，許叔重《說文》之功爲大。」（卷二二・「說文」條，頁611）段玉裁曰：「自有《說文》以來，世世不廢，而不融會其全書者，僅同耳食；強爲注解者，往往眛目而道白黑。其他《字林》、《字苑》、《字統》，今皆不傳，《玉篇》雖在，亦非原書，要之，無此等書無妨也。無《說文解字》則倉籀造字之精意，周孔傳經之大恉，薀縕不傳於終古矣！」（《說文解字注》，頁791）黃季剛先生曰：「《爾雅》一書，本爲諸經之翼，離經則無所用，即離《說文》，而其用亦不彰，此如根本之與枝葉也。……《釋名》以聲爲訓，而音韻變遷，訓詁岐異，皆必徵之《說文》，故《釋名》亦以《說文》爲依歸。《說文》一書，於小學實主中之主也。」（《文字聲韻訓詁筆記》・「治小學門徑」條，頁6）是其證。

書藝文志考證》引樓氏曰:「古字不多,率假借以用。後世寖廣,隨俗更改,多失造字之意。」姚振宗《漢書藝文志條理》曰:「按古今字分別古今,言其同異耳。《毛詩疏》引《爾雅序篇》曰:『〈釋詁〉、〈釋言〉,通古今之字,古與今異言也。』……今考《一切經音義》引魏張揖《古今字詁》曰:『古文「愍」,今作「閔」,同眉殞反。愍,憐也。』『古文「捷」,今作「接」,同子葉反。』『古文「針」、「箴」二形,今作「鍼」,同支淫反。』……其言古今字形不同者,意即此古今字。」(林明波《唐以前小學書之分類與考證》引)則章氏之以《古今字》爲形體之學而當歸諸《史籀》之屬者,要非無據也。然則《爾雅》之歸屬,果如章氏之疑乎?抑班氏另有所見邪?不然,何昧之歟?統合諸言,《爾雅》之所以入《孝經》、《論語》類者,其說凡四:

1、尊經說

《續文獻通考》引都穆序略曰:《爾雅》,周公書也。昔之志藝文者,附于《孝經》;志經籍者,附于《論語》,皆所以尊經也。唐四庫書目,始置之『小學』之首。

2、中學說

王國維〈漢魏博士考〉曰:「劉向父子作《七略》,六藝一百三家,於《易》《書》《詩》《禮》《樂》《春秋》之後,附以《論語》《孝經》(《爾雅》附)「小學」三目。六藝與此三者,皆漢時學校誦習之書,以後世之制明之,小學諸書者,漢小學之科目;《論語》《孝經》者,漢中學之科目;而六藝則大學之科目也。」(《觀堂集林》卷四,頁 178~179)

3、五經總義說

清儒朱一新《無邪堂答問》:「問:《漢藝文志》《爾雅》《小爾雅》不入小學而入《孝經》,何也?答:《漢志》小學家皆字書,《爾雅》乃訓詁之書,固自不侔。《五經雜議》總釋經義,《爾雅》亦六藝之鈐鍵,故以類從。」(卷四,頁 16~17。世界)近人余嘉錫《四庫提要辨證》曰:「以《漢志》言之,訓詁莫早於《爾雅》,而《漢志》在《孝經》家,不在小學家。所以然者,鄭氏《六藝論》云:『孔子以六藝題目不同,指意殊別,故作《孝經》以總會之。』(《孝經序》疏引)《駁五經異義》云:『《爾雅》者,孔子門人所釋六藝之文言,蓋不誤矣!』(《大宗伯》疏引)近人王先謙《漢書補注》引葉德輝說,謂『據此則《爾雅》、《孝經》同爲釋經總會之書,故列入《孝經》家』,其說是也。」(卷二·經部二,頁 85~86。北京中華)

4、無所系屬說

晁公武《郡齋讀書志》曰:「《藝文志》有小學類,四庫書目有經解類,蓋有補於經而無所繫屬,故皆附於經。」(卷一,頁 296~297。廣文)徐時棟《煙嶼樓讀

書志》卷一一：「愚案：古人總解群經之書，寥寥數部，不能創立，故或置《孝經》中，或附《論語》後。至乎後來，著作既夥，自不能不別立一類。」（余嘉錫《四庫提要辨證》卷二‧經部二引，頁63～64）

　　以上四說，殆有質言。與夫言「尊經」，聖人每每言之：「久矣！吾不復見周公。」（《論語‧述而篇》）「如有周公之才之美，使驕且吝，其餘不足觀也已。」（〈泰伯篇〉）若《爾雅》果爲周公所作，夫子尚且稱之，而《漢志》、《隋志》乃置於孔子弟子與再傳弟子所輯《論語》、《孝經》之後，此豈尊經乎？與夫言「小學」，《四庫全書總目提要》（以下簡稱《四庫提要》）評之曰：

> 古小學所教不過六書之類，故《漢志》以《弟子職》附《孝經》而《史籀》等十家四十五篇列爲小學。《隋志》增以金石刻文，《唐志》增以書法、書品，已非初旨。自朱子作《小學》以配《大學》，趙希弁《讀書附志》遂以《弟子職》之類併入小學，又以蒙求之類相參並列，而小學又多歧矣！
> （卷四〇‧經部‧小學類一，頁829。藝文）

揆《四庫提要》之說，小學之類有二：一爲《漢志》所錄之小學，一爲朱子所作與「大學」相對之「小學」，乃長幼禮制之節，應對進退之事，即「幼儀」之謂。茲不論二者孰爲近古，就其所言，外小學、大學者，絕無「中學」一目，則王氏之說，殆爲臆論可知。與夫言「五經總義」，此由新、舊《唐書》所錄，或可稍得一解。《舊唐書‧經籍志》（以下簡稱《舊唐志》）「經部」，分其類十有二：「一曰《易》……二曰《書》……三曰《詩》……四曰《禮》……五曰《樂》……六曰《春秋》……七曰《孝經》……八曰《論語》……九曰圖緯……十曰經解，以紀六經讖候。十一曰詁訓，以紀六經讖候。十二曰小學，以紀字體聲韻。」《爾雅》、《小爾雅》歸屬「小學」類；而以《白虎通》、《五經通義》、《經典釋文》屬諸「經解」類。《新唐書‧藝文志》（以下簡稱《新唐志》）准之，惟改「圖緯」爲「讖緯」，又不立「詁訓」類。合新、舊《唐志》觀之，若《爾雅》果爲五經總義，則當歸爲「經解」之屬，今又不然！蓋《白虎通》之流，率以統釋經義爲主，鮮列一字一詞之索解；《經典釋文》固以一字一詞爲釋，然究以釋音爲要，明義爲輔。按《爾雅》之訓釋，以一字一詞爲主，此其異於《白虎通》之屬者也；《爾雅》逐以詞義爲釋，略其音韻，此其異於《經典釋文》者也。是《爾雅》爲群經總義之說未安也已！與夫言「系屬」，以爲書少，故附錄於別經之後。此說實昧！按之《漢志》，名家有六，墨家有七；《隋志》，法者六部，名者四部，墨者三部，從橫者二部，農者五部；《舊唐志》，墨家二部，從橫家四部；《新唐志》，讖緯類二，墨家類三，縱橫類四。若此之流，豈其數多於《爾雅》之類乎？彼尚爲之建類，惡乎《爾雅》

之屬反爲附庸邪？是理之所無者也！《爾雅》之歸屬，歷有不同，其所異者，正示人訓詁之作與字書之撰著類不相從也已矣！非若《四庫提要》之以爲歸屬不當者哉〔註3〕！

許君其生也晚，故《說文》於《漢志》不見著錄。《漢志》小學類之屬，計收十家、四十五篇。觀其所錄，乃《史籀》、《蒼頡》、《凡將》、《急就》之流，或爲童蒙識字之本，或爲古今異字之輯，要皆以字書形體爲主，以爲幼童入學所習六藝之一。故《漢志》曰：

> 古者八歲入小學，故《周官》保氏掌養國子，教之六書，謂象形、象事、象意、象聲、轉注、假借，造字之本也。漢興，蕭何草律，亦著其法，曰：「太史試學童，能諷書九千字以上，乃得爲史。又以六體試之，課最者以爲尚書、御史、史書、令史。吏民上書，字或不正，輒舉劾。」六體者，古文、奇字、篆書、隸書、繆篆、蟲書，皆所以通知古今文字，摹印章，書幡信也。

漢時字書以爲學童認字、識字、寫字之資，其以字體形式爲主，若名之曰「字書」類，惡乎不可？奚必謂之「小學」哉？近人余嘉錫臆之曰：

> 至於劉歆作《七略》，始專以文字之書名爲小學者，蓋亦不得已也。當時習俗號此類爲「史篇」或「史書」。（史篇見本志及班書〈王莽傳〉，史書見范書〈皇后紀〉。）以《史籀篇》名之，然而《史籀》究不足以名此類之書。（凡所謂史篇者，解者多以爲僅指《史籀》本書言之，余謂不然。）又或謂之『篇章』，故《急就篇》又可名《急就章》。然古書孰不分篇分章者，則不可獨以名文字之書也。故劉歆作《七略》，無以名之，強名之曰「小學」。（《四庫提要辨證》卷二·經部二，頁86）

此說要亦得之。小學之書既爲辨識文字形體之作，則其類屬殆與五禮、六樂、五射、五馭、九數相當，「六書」之名或爲文字形體之種，而非理論之說，故蔣伯潛辯之曰：

> 《周官》原文僅提出「六書」二字，鄭眾注，始列舉六書之名。我以爲《周官》所謂「六書」，和漢初蕭何律中「以六體試之」底「六體」，是

〔註3〕《四庫提要》曰：「《舊唐書·經籍志》以詁訓與小學分爲二家，然詁訓亦小學也。故今仍從《漢志》列爲小學之子目。又《爾雅》首〈釋詁〉、〈釋訓〉，其餘則雜陳名物，蓋析其類而分之，則蟲魚草木之屬，與字義門目各殊，統其類而言之，則解釋名物亦即解釋其字義，故訓詁者通名也。《方言》、《釋名》相沿繼作，大體無殊。至《埤雅》、《爾雅翼》，務求博洽，稍泛濫矣，要亦訓詁之支流也。」（卷四〇·經部·小學類一，頁841）

一類的。鄭眾乃誤以後出之「六書」釋之。「六書」之名稱雖同，「六書」
之內容則不妨有二種。漢人稱「六經」爲「六藝」，《周官》乃以禮、樂、
射、御、書、數爲「六藝」，不也是一名而有二種歧義嗎？《漢志》於「造
字之本也」句之下，逕接以「漢興，蕭何草律，亦著其法曰：太史試學童，
能諷籀書九千字以上，乃得爲史，又以六體試之……」上文《周官》保
氏掌養國子，教之六書」之「六書」，與下文「又以六體試之」之「六體」，
如非一類，如何能說「亦著其法」？（《文字學纂要》・本論二・第一章「六
書底來歷及其名稱次第」，頁 52。正中）

龍宇純先生亦有是意曰：

> 我的意思，《周禮》六書當爲六種書體……小學教育既以識字爲主，
> 不能無習字之課。六藝中有「書」一項，書字意義一般爲文字，爲書寫，
> 謂其事與此有關，理應無可疑。《說文解字序》云：「漢興，尉律學僮十七
> 已上始試，諷籀書九千字，乃得爲史；又以八體試之，郡移太史并課，最
> 者以爲尚書史。書或不正，輒舉劾之。」據此以推，漢代小學必有八體之
> 課，八體正是八種不同書體。因爲各種書體用途不同，爲史者必須兼具各
> 種寫讀能力，所以小學中必須學習，畢業時還須測驗。王莽時以六體代替
> 八體，六體的另一名稱便是六書。可見以《周禮》六書爲六種書體，不僅
> 名義上有憑有據，其事亦正與漢制小學課學童以八體或六體先後相應。

（《中國文字學》・第二章・第一節「周禮六書的實質」，頁 63～64）

蔣、龍二氏所論，衡諸《周禮》與《漢志》輯錄之小學書，要亦得之也。降及許君
《說文》之作，除編收文字而外，於文字之一點一畫，釋其義趣，明其微旨，歸其
類例；於六書之稱，非止存其名，復且說其義，文字之學由此立矣！則許書之不與
「雜取需用之字，編成有韻之句」，以爲童蒙習字之《史籀》、《蒼頡》諸篇類近亦明
矣！職是，則《隋志》歸《說文》於「小學」類，與《史》、《蒼》同廁，恐是以爲
皆文字之書，《說文》固有釋義析形類例，要不害以文字之體製爲本故也。是以自《隋
志》以降，官修之著錄，私家之圖書，除鄭樵《通志》以爲「文字」之屬者外，莫
不以《說文》爲「小學類」，而與《倉頡》《急就》同列之也〔註4〕。

〔註4〕實則前於《隋志》、後於《漢志》，以爲圖書目錄之作者，有王儉《七志》、阮孝緒《七
錄》，其書今佚不得見。據《隋志》、《南史・阮孝緒傳》僅得其部目，未詳其所錄之
書類，其有無收輯《說文》；若有，則歸之何屬，俱不可知，此文曰：「自《隋志》
以降」故也。《隋志》以後，以爲圖書目錄者，俱含有「小學」一類，就其所輯之書
觀之，其與《漢志》之「小學」，乃同名異實也。蓋《漢志》之「小學」類，僅爲字
書之屬，然後世之「小學」類，則合《爾雅》之訓詁、《聲類》之音韻爲一而言也。

　　鄭樵《通志・藝文略》分圖書爲十二類〔註5〕，就中小學類又分八子目，即「小學」、「文字」、「音韻」、「音釋」、「古文」、「法書」、「番書」、「神書」。「小學」之屬有《三蒼》、《蒼頡訓詁》、《急就》等，「文字」之屬有《說文》、《說文解字繫傳》、《玉篇》等。觀其所錄，「小學」之屬，殆與漢初認字、識字之書相若，「文字」之屬，則爲說字之書。鄭氏必知說字之書與識字之書不從，故分而二之，掘微鉤沉，思密剖精，發前人所未發，可謂善讀書矣！惜後繼者短視，復承舊說，「識字」與「說字」又雜而不分矣！

　　《爾雅》逐下一字一詞之義，《說文》亦爲單字訓詁說義，而《漢志》、《隋志》不以爲同，逮及《舊唐志》、《新唐志》，雖設「小學」一目統攝之，然終不爲一類。至晁公武《郡齋讀書志》，始分其類爲三，其言曰：

　　　　文字之學凡有三，其一體製，謂點畫有縱橫曲直之殊；其二訓詁，謂
　　稱謂有古今雅俗之異；其三音韻，謂呼吸有清濁高下之不同。論體製之書，
　　《說文》之類是也；論訓詁之書，《爾雅》、《方言》之類是也；論音韻之
　　書，沈約《四聲譜》及西域反切之學是也。三者雖各名一家，其實皆小學
　　之類。（卷四・小學類・「爾雅」條，頁 423。廣文）

此說一出，殆無異議。降及《四庫提要》，亦准此而分：

　　　　今以論幼儀者別入儒家，以論筆法者別入雜藝、以蒙求之屬隸故事、
　　以便記誦者別入類書。惟以《爾雅》以下編爲訓詁，《說文》以下編爲字
　　書，《廣韻》以下編爲韻書。庶體例謹嚴，不失古義。其有兼舉兩家者，
　　則各以所重爲主。（經部四○・小學類一，頁 829）

同爲訓釋一字、一詞之義，一歸之「字書」，一歸之「訓詁」，固其所重不同，然古來即不以之爲一，則字書之訓詁與傳注（或詞書）之訓詁，其本質蓋有所別殊矣〔註6〕！
綜上所論，可得三事：

　　1、以爲一學科，「小學」始立於《漢志》，其與後世之小學有異。方其時，以爲
　　　　六藝之一，僅是文字形體之匯輯、規範，爲童蒙習字識字之學，無涉訓詁，

　　後《隋志》者，官修之著錄者，有：《舊唐志》、《崇文總目》、《新唐志》、《宋史・藝
　　文志》、《四庫全書總目提要》等，私人之圖書者，有：鄭樵《通志》、晁公武《郡齋
　　讀書志》、陳振孫《直齋書錄解題》、馬端臨《文獻通考・經籍考》、焦竑《國史經籍
　　志》、謝啓昆《小學考》、張之洞《書目答問》等，除鄭樵《通志》外，皆列《說文》
　　於字書之屬，與《倉頡》、《急就》同廁。
〔註5〕鄭樵《通志・藝文略》分圖書之種十有二：「經類」、「禮類」、「樂類」、「小學類」、「史
　　類」、「諸子類」、「天文類」、「五行類」、「藝術類」、「醫方類」、「類書類」、「文類」。
〔註6〕本節主要參稽岑師溢成《訓詁學與清儒訓詁方法》・第二章「小學之名義與範圍」，
　　頁 48～99。新亞研究所博士論文，1984 年。

遑論音韻。

2、其始也，小學之字書與通釋語義之《爾雅》，其屬有別。前者以爲說字，後者以爲名物語詞之訓釋，而爲群經之鈐鍵，故雖有「小學」一類，而《爾雅》不與焉！

3、漢語單音節之特性，故字、詞每每相捆，此《說文》所以別入通釋語義專著故也。究其本，則字書訓詁與傳注、詞書訓詁實有等差也已，此由《爾雅》、《說文》於圖書著錄之分合，可見一斑。

第二節　字書訓詁與傳注訓詁

前章已言：單字獨立，故可逕說其義；詞無定位，故欲知其類，當先知上下之文義何如耳！職是，與夫言訓詁，字書與傳注當亦如是：字書訓詁乃獨立之訓詁，如《說文》、《玉篇》者是；傳注訓詁則爲隸屬之訓詁，如《毛傳》、《楚辭章句》者是。故黃季剛先生曰：

> 《說文》之訓詁，乃獨立之訓詁；《爾雅》乃隸屬之訓詁。獨立之訓詁，雖與文章所用不相應可也。……如「若」，《爾雅》訓「善也」、「順也」，《說文》則訓「擇菜也，从艸右；右、手也。一曰杜若，香艸。」可知《說文》所解不與六經相應。……《爾雅》於義界與義源往往不分，如「初」、「胎」二字皆訓「始」，初與始乃義訓，聲與義不相應，而胎與始則實爲一字（始者女之初，謂女人懷第一胎，胎、始語同）。（《文字聲韻訓詁筆記》．「獨立之訓詁與隸屬之訓詁」條，頁 189～190。木鐸）〔註7〕

〔註7〕自來學者究習訓詁，於訓詁體式別爲「隨文釋義」與「通釋語義」二者之際，有合《爾雅》、《說文》爲通釋語義之屬者，如吳孟復《訓詁通論》（見註1）、陳紱《訓詁學基礎》（見該書頁 26）。蓋《爾雅》之與《說文》，雖同爲訓詁之名著，然二者所釋之義與釋義之術全然不相應。夫《說文》者，說「字」之書、釋「字」之義也；《爾雅》者，說「詞」之書、釋「詞」之義也。字、詞之分合，前章已言之矣，則吳、陳之誤，肇端字、詞之相蒙也。或有知其當分，率不以之爲一類者，如：周大璞《訓詁學要略》於「通釋語義之專著」下，又分其子目爲：「專釋語義的專著」、「音義兼注的專著」、「形音義合解的專著」，而以《爾雅》之屬、《經典釋文》之屬、《說文》之屬繫之焉！（頁 89～142）他若許威漢《訓詁學導論》、黃建中《訓詁學教程》亦因是也。通釋語義如《爾雅》者，爲七經之檢度，六藝之鈐鍵，故雖不駙經文下，然其以經文爲鵠的，自無可疑。經典所無之字，《爾雅》自亦不具；經典所無之義，《爾雅》自亦不錄，故其雖曰「通釋」，實乃依文而立也；則黃氏之以《爾雅》爲隸屬之訓詁，要亦得之耶！

案：《說文》釋「若」字雖誤〔註8〕，然其訓義不與六經同者，正如黃氏所言。夫「義界」者，用義之謂也；「義源」者，本義之謂也。「初」、裁衣之始，「胎」、生之始，引申之，皆爲凡始之稱。而《爾雅》爲群經釋義之總集，其所錄者乃因文勢而說之義，故孰爲本義、孰爲引申義、孰爲假借義，非其所辨，故黃君譏其「不分」也。

　　清儒之爲解經，於訓詁體式之分，亦往往錄而記之，如段茂堂之注《說文》，於「齍，黍稷器，所吕祀者」下曰：

> 《左傳》曰：「絜粢豐盛。」毛曰：「器實曰齍，在器曰盛。」鄭注《周禮》，齍或專訓「稷」，或訓「黍稷稻粱」，盛則皆訓「在器」。是則「齍」之與「盛」別者，齍謂穀也，盛謂在器也；許則云「器曰齍，實之則曰盛」，似與毛、鄭異。蓋許主說字，其字从皿，故謂其器可盛黍稷曰齍，要之齍可盛黍稷，而因謂其所盛黍稷曰齍。凡文字故訓，引伸每多如是。說經與說字不相妨也。（頁214）

於「艮，很也」下曰：

> 《易傳》曰：「艮，止也。」……許不依孔子訓「止」者，止，下基也、足也，孔子取其引伸之義，許說字之書，嫌云「止」，則義不明審，故易之。此字書與說經有不同，實無二義也。（頁389）

案：段氏於此言字書與說經所以異者明矣！字書之義與說經之義不同，是猶字義與詞義之別殊，一者獨立說解，一者隨文注釋，此其所以異者也。

　　段氏非止於此言二者之不相應，其於注疏之際，亦往往直指其訓異之故，如「徹，通也」下曰：

> 《孟子》曰：「徹者徹也。」鄭注《論語》：「徹，通也。」爲天下通法也。按《詩》：「徹彼桑土。」《傳》曰：「裂也。」「徹我牆屋。」曰：「毀也。」「天命不徹。」曰：「道也。」「徹我疆土。」曰：「治也。」各隨文解之，而「通」字可以隱桰。（頁123）

他如「殛」下曰：「各因文爲訓」（頁164）、「駃」下曰：「各隨文解之」（頁470）、「姝」下曰：「各隨文爲訓」（頁624）、「飄」下曰：「依文爲義」（頁684）、「鑑」下曰：「各依文爲說」（頁711）、「阿」下曰：「各隨其宜解之」（頁738），若此者，蓋《說文》據形說本義，段氏則廣蒐傳注訓詁證其餘義，明其隨文爲訓之例也。反之，傳注中亦有類此者，如《詩・周南・兔罝》：「肅肅兔罝」，《毛傳》：「肅肅，

〔註8〕「若」字，甲文作 ![甲文] 、 ![甲文] 、 ![甲文] ，金文作 ![金文] 、 ![金文] 、 ![金文] ，俱象人披髮長跽、舉手董理使順之形，本義當爲「順」也。許氏說形釋義類例俱誤。

敬也。」孔《疏》曰：

> 肅肅，敬也，〈釋訓〉文，此美其賢人眾多，故爲敬。〈小星〉云：「肅
> 肅宵征」，故《傳》曰：「肅肅，疾貌。」〈鴇羽〉、〈鴻鴈〉說鳥飛，文連
> 其羽，故《傳》曰：「肅肅，羽聲也。」〈黍苗〉說宮室，《箋》云：「肅肅，
> 嚴正之貌。」各隨文勢也。（頁40）

案：《詩・唐風・鴇羽》：「肅肅鴇羽。」，《傳》：「肅肅，鴇羽聲也。」（頁225）〈小
雅・鴻鴈〉：「肅肅其羽。」，《傳》：「肅肅，羽聲也。」（頁373）〈小雅・黍苗〉：「肅
肅謝功，召伯營之。烈烈征師，召伯成之。」《箋》：「肅肅，嚴正之貌。」（頁514）
同名「肅肅」，或爲敬，或爲羽聲，或爲嚴正，其說不同，「各隨文勢」故也。此與
段氏之論，相去幾希？

　　蓋字、詞糾雜難明，故字書與傳注之訓詁，亦有若即若離之狀。今考竟源流，
撮其大要，其類厥有五焉：

一、字書訓詁、傳注訓詁互相依

　　夫字書訓詁與傳注訓詁，名雖爲二，其實亦相輔相偄，或字書取傳注之說，或
傳注引字書之訓，方其時，二者率以釋字、詞之義也。如許君之作《說文》，據形說
義，是爲一獨立訓詁，然其釋義，多有援引《毛傳》者：

> （一）〈召南・草蟲〉：「我心則降。」《傳》：「降，下也。」（頁51）
>
> 　　　《說文》阜部：「降，下也。」（頁739）
>
> （二）〈陳風・墓門〉：「斧以斯之。」《傳》：「斯，析也。」（頁254）
>
> 　　　《說文》斤部：「斯，析也。」（頁724）
>
> （三）〈豳風・七月〉：「塞向墐戶。」《傳》：「向，北出牖也。」（頁284）
>
> 　　　《說文》宀部：「向，北出牖也。」（頁341）
>
> （四）〈小雅・湛露〉：「匪陽不晞。」《傳》：「晞，乾也。」（頁350）
>
> 　　　《說文》日部：「晞，乾也。」（頁310）
>
> （五）〈小雅・何人斯〉：「祇攪我心。」《傳》：「攪，亂也。」（頁426）
>
> 　　　《說文》手部：「攪，亂也。」（頁612）

若此者，《說文》所在夥矣！許書說字多宗《毛傳》，段氏於注文亦屢屢言之，如「盼，
白黑分也」下曰：「毛曰：『盼，白黑分也。』《韓詩》云：『黑色也。』馬融曰：『動
目皃。』按：許從毛。」（頁132）、「鷺，白鷺也」下曰：「〈周頌〉〈魯頌〉《傳》曰：
『鷺，白鳥也。』按：《大雅》：『白鳥翯翯。』白鳥謂鷺。《傳》不言者，人所共知
也。漢人謂鷺爲白鳥也。……許之例多因《毛傳》也。」（頁153）、「伊，殷聖人阿

衡也。」下曰：「《毛傳》曰：『阿衡，伊尹也。』……許云『伊尹、殷聖人阿衡也』本毛說。」（頁731）他或云：「許說多宗毛」、「說與毛同」、「許則謹守《毛傳》」〔註9〕，其實一也。

　　字書與傳注，既一爲獨立訓詁，一爲隸屬訓詁，何其釋義或同之邪？蓋其皆釋本義故也。夫傳注乃疏通文脈中字詞之理，其爲語義殆無可疑，至若字者，固有其製作之義，然要以語義爲依歸，此字書、傳注訓詁或同言本義者也！字書訓詁固可取資傳注訓詁，然傳注訓詁亦可援藉字書訓詁，前者如《說文》之宗《毛傳》，後者如鄭康成援引《說文》以解經（說詳〈導論·注六〉），又如：孔穎達《左傳正義》（實則引《說文》以爲訓詁之資者夥，今姑舉以例之）：隱公五年《傳》：「皮革齒牙、骨角毛羽不登於器。」《疏》：「《說文》云：『革，獸皮治去其毛。』」（頁60）桓十二年《傳》：「羅人欲伐之，使伯嘉諜之。」《疏》：「《說文》云：『〔諜〕軍中反閒也。』……故此訓諜爲伺。」（頁124）閔元年《傳》：「戎狄豺狼不可厭也。」《疏》：「《說文》云：『豺，狼屬、狗聲。』」（頁187）是其例。綜此可知，字書與傳注訓詁雖則本質不類，然若皆言字詞之本義，斯二者不相妨也。

二、字書訓詁專言本義，傳注訓詁則兼用別義

　　夫字書之作也，意在覿字例之條，窺造字之恉，故凡與本形有關之義，雖至罕見異聞，在所必取；無關之義，雖至常見易得，在所必棄。傳注則不然，或本義，或引申義，或假借義，略無一定，端視語境爲說者也。如前言之「徹」，《說文》：「通也，从彳从攴从育。」段《注》：「蓋合三字會意。攴之而養育之而行之，無不通矣！」是「通」乃「徹」之本義也。至若《毛傳》之訓「裂也」、「毀也」、「道也」、「治也」，皆得「通」之一端，雖爲引申義，然其說無有不安，故段言「通字可以隱栝」。又如《說文》：「幽，隱也，从山丝。」（頁160）从山，言其隱蔽也；从丝，言其幽微也，則「隱」是其本義。《詩·小雅·隰桑》：「隰桑有阿，其葉有幽。」《毛傳》：「幽，黑色也。」（頁515）《周禮·地官·牧人》：「陰祀用黝牲毛之。」鄭《注》：「黝讀

<hr/>

〔註9〕　（一）《說文》欠部：「欠，張口气悟也。」段《注》：「玉裁謂：『許說多宗毛。』」（頁414）

　　　　（二）《說文》嵬部：「嵬，山石崔嵬高而不平也。」段《注》：「〈釋山〉：『石戴土謂之崔嵬。』《毛傳》曰：『崔嵬，土山之戴石者。』說似互異，依許云：『高不平』，則《毛傳》是矣！惟土山戴石，故高而不平也。『岨』下云：『石山戴土』，亦與毛同。」（頁441）

　　　　山部：「岨，石戴土也。」段《注》：「許於『嵬』下同毛，此『岨』下亦同毛也。」（頁444）

　　　　（三）《說文》水部：「濆，水厓也。」段《注》：「許則謹守《毛傳》。」（頁557）

爲幽；幽，黑也。」（頁 195）《禮記・玉藻》：「一命緼韍幽衡，再命赤韍幽衡。」鄭《注》引鄭司農曰：「幽讀爲黝，黑謂之黝。」（頁 561）衡諸斯言，則陳奐《詩毛氏傳疏》所主：「幽即黝之古文假借」，信然也。黝，黑色，毛不易字，鄭則易之。職是，則《說文》用本義，而諸傳注乃說其假借義焉！

　　凡爲字書者，主說本義；凡爲傳注者，主說文義，此所以許君既注《淮南鴻烈》又作《說文》，俱出一手而互異也。因說本形，故專主本義；略說大義，故力求理順，義爲何類，非其所計，此又二者之大較也。

三、字書訓詁專言本字，傳注訓詁則略其類屬

　　《說文》彡部：「鬖，髮好也。」（頁 430）《詩・齊風・盧令》：「其人美且鬖。」《毛傳》：「鬖，好貌。」（頁 198）同爲一「鬖」字，一特訓「髮好」，一僅言「好」，此雖二者因其質不同，故說義亦異；然或有因用字不同而義異者，故段氏於「鬖」下注之曰：

　　　　《傳》不言髮者，《傳》用其引申之義，許用其本義也。本義謂「髮好」，引申爲凡好之稱。凡說字必用其本義，凡說經必因文求義，則於字或取本義，或取引申、假借，有不可得而必者矣！故許於《毛傳》有直用其文者，凡毛許說同是也；有相近而不同者，如毛曰：「鬖，好兒。」許曰：「髮好兒。」毛曰：「飛而下曰頡。」許曰：「直項也。」是也。此引申之說也。有全違者，如毛曰：「匪，文章兒。」許曰：「器似竹医。」毛曰：「干，澗也。」許曰：「犯也。」是也。此假借之說也。經傳有假借，字書無假借。

案：段說固以義之假借與否爲言，然假借義所以生者，用字假借故也。求之《爾雅》，其例尤多，如〈釋言〉：「流，求也」「矢，誓也。」「干，扦也。」按之《說文》：「流，水行也。」「矢，弓弩矢也。」「干，犯也。」，二者不相應也。故阮元曰：

　　　　夫《爾雅》經文之字……有不與《說文解字》合者，《說文》於形得義，皆本字本義；《爾雅》釋經，則假借特多，其用本字本義少也。（《爾雅注疏校勘記・序》）

此之謂也。毛公傳《詩》皆據《爾雅》，如：〈周南・關雎〉：「左右流之。」（頁 21）〈鄘風・柏舟〉：「之死矢靡它。」（頁 109）〈周南・兔罝〉：「公侯干城。」（頁 40）其中「流」「矢」「干」俱同《爾雅》之訓。《爾雅》爲假借之義，《毛傳》自亦相當。夫假借，所以濟文字之窮者也，經籍爲先賢意念之遺，以文字表之，則假借爲多；傳注依之爲訓，其不爲假借者尠矣！字書則不然，其所究者，字也、點畫也，雖有

假借造字存乎其閒，要不害爲本形之屬也。職是，字書訓詁、傳注訓詁，何者多言本字，何者多言假借字，端視紀錄語言與否而定也。

四、字書訓詁多析言，傳注訓詁多統言

　　夫析言者，分精剖密，義多確指；統言者，總栝含糊，義多寬泛。蓋字書之訓詁，以言構字之恉，其義非止惟一，且多明其恉涉，故多析言；傳注之訓詁，疏通章句之理，其義因文而定，以勢之所需而稍異其說，故多統言。如：

　　　　《說文》艸部：「蕭，艾蒿也。」（頁 35）

案：《詩・王風・采葛》：「彼采蕭兮，一日不見如三秋兮。彼采艾兮，一日不見如三歲兮。」又《周禮・春官・鬱人・疏》引王度記曰：「天子以鬯，諸侯以薰，大夫以蘭芝，士以蕭，庶人以艾，此等皆以和酒。」（頁 299）既以貴賤爲差，則「蕭」、「艾」非一物尤可知，故段《注》曰：「此物蒿類而似艾，一名艾蒿。許非謂艾爲蕭也。」王筠《說文句讀・補正》復申之曰：「《玉篇》曰：『蕭，香蒿也。』許謂之『艾』，猶之『香』也。……許君說蕭以艾蒿，猶《玉篇》說艾以蕭，爲其皆有香氣耳。」（《說文句讀》，頁 2322。上海古籍）是也。考《詩・曹風・下泉》：「冽彼下泉，浸彼苞蕭。」《傳》：「蕭，蒿也。」（頁 272），許言說「蕭」特明其類爲「艾蒿」（即「香蒿」），而毛言《詩》僅以「蒿也」釋之，與「鬢」字之例同，是許則析言明其恉，毛則統言泛其義也。斯類之別，段《注》實已言之，如：

　1、《說文》言部

　　「誶，讓也。」段曰：「〈釋詁〉、《毛傳》皆云：『誶，告也。』許云：『讓也。』〈釋詁〉、《毛傳》泛言之，許專言之。」（頁 101）

　2、《說文》疒部

　　「瘏，病癙也。」段曰：「〈釋詁〉及〈小雅・角弓〉《毛傳》皆曰：『瘏，病也。』渾言之謂癙而尙病也；許則析言之，謂雖病而癙也。」（頁 356）

　3、《說文》土部

　　「墉，城垣也。」段曰：「〈皇矣〉：『以伐崇墉。』《傳》曰：『墉，城也。』〈崧高〉：『以作爾庸。』《傳》曰：『庸，城也。』『庸』、『墉』古今字也。城者言其中之盛受，墉者言其外之牆垣具也；毛統言之，許析言之也。」（頁 695）

案：段氏或曰「泛言」、「渾言」、「統言」，或曰「專言」、「析言」，名目雖殊，其實則一。此或得字書、傳注釋義之大較也。

　　吾人所以言「多」者，蓋其非全故也。暌諸訓詁之例，實有字書統言，傳注析言者也，如：

1、《說文》言部

「詩，志也。」（頁 91）案：志者意也，意之種夥矣，有心之意，情之意，欲之意……此當分之者，而以「志也」隱栝之，然則許渾言之也。故段《注》曰：「《毛詩·序》曰：『詩者志之所之也。在心爲志，發言爲詩。』按：許不云『志之所之』，逕云『志也』者，〈序〉析言之，許渾言之也。」

2、《說文》言部

「譖，愬也。」（頁 100）案：《論語·顏淵篇》：「浸潤之譖，膚受之愬。」皇《疏》：「譖，讒謗也。」「愬者，相訴訟讒也。」朱子《集註》：「譖，毀人之行也。……愬，愬己之冤也。毀人者漸漬而驟，則聽者不覺其入而信之深矣！愬冤者急迫而切身，則聽者不及致詳而發之暴矣！」順是，則「譖」「愬」實有輕重、緩急之別，然許以「愬」說「譖」，是不別其異者也。皇、朱析言之，許統言之。

3、《說文》貝部

「賄，財也。」（頁 282）案：《周禮·天官·大宰》：「商賈阜通貨賄。」《注》：「金玉曰貨，布帛曰賄。」（頁 29～30）蓋金玉布帛皆財之一種，鄭分其類爲訓，許則以一「財」字隱栝之，故段氏曰：「《周禮·注》……析言之也，許渾言之：貨賄皆釋曰財。」

此爲字書與傳注訓詁之較也，即或字書、傳注本身亦有析言、統言之捆者，如：《詩·召南·采蘩》：「于沼于沚。」《傳》：「沚，渚也。」（頁 47）〈秦風·蒹葭〉：「宛在水中沚。」《傳》：「小渚曰沚。」（頁 242）同是傳注，前者渾言之，後者析言之也。字書訓詁亦有此例，如：《說文》日部：「晧」、「旳」、「晃」、「曠」四篆許君皆訓「明也」，此固明「晧」字四篆爲同義字，然造字之例，其義乃同中有異是也，故當如段氏所言：「『晧』『旳』『晃』『曠』四篆不必專謂『日』之明。」「『晧』者『啓』之明」、「『旳』者『白』之明」、「『晃』者『動』之明」、「『曠』者『廣大』之明」（頁 306）是也。故凡同義爲訓之例，皆類此也。

如此，知字書訓詁與傳注訓詁乃繁雜之務，體例不純，非一言足以蔽之者也。其釋義之屬，或析言，或統言，字書得由字形當有之義發言，至若傳注，莫不以章句文脈爲據焉！

五、字書訓詁本義而外，不及其他；傳注訓詁則詞義而外，尚論句義、章義

字書訓詁以單字爲鵠的，逕下釋義而不及其他，睽諸《說文》，愈益可信！然段

大令偶昧斯例，於注釋而外，又或鉤沉發微，以為直指許君胸中之塊壘也！如：《說文》蚰部：「蠶，任絲蟲也。」段氏曰：

> 任與蠶以疊韻為訓也。言惟此物能任此事，美之也。（頁681）

於同部「蚤，齧人跳蟲也。」下注曰：

> 齧、噬也；跳、躍也。蝨但齧人，蚤則加之善躍，故著之，惡之甚也。
> （頁681）

段氏「美之也」、「惡之甚也」之言，與「蠶」「蚤」之義不相應，許君非只無明文言之，且亦不當自亂體例若此，則斯意之說，實段氏臆度之辭也！即或如段氏所言，許君隱昧有此意，然《說文》一書，段氏明之者，亦屈指可數也已，則字書訓詁專言本義，不及其他，實無可疑！

傳注訓詁則不然。於「隨文解之」、釋其一字一詞而外，尚復言其所寓之意，如：《詩・邶風・終風》：「終風且暴，顧我則笑。」《傳》：「笑，侮之也。」（頁79）按之《說文》竹部：「笑，喜也。」（頁200）則「侮」當非「笑」之義，《毛傳》所以言之者，實乃釋「顧我則笑」之意恉也，故鄭《箋》曰：

> 州吁之為不善，如終風之無休止，而其間又有甚惡。其在莊姜之旁，
> 視莊姜則反笑之，是無敬心之甚。

說是也。又如「謔浪笑敖」一句，《毛傳》曰：「言戲謔不敬。」考《爾雅・釋詁》：「謔浪笑敖，戲謔也。」是毛本《爾雅》為訓，而復加「不敬」以深之也。郭璞注曰：「謂調戲也。」「調戲」有「不敬」之意，故邢昺疏之曰：「不敬之戲謔也。」《毛詩》孔《疏》、《爾雅》邢《疏》俱引舍人：「謔，戲謔也；浪，意明也；笑，心樂也；敖，意舒也。」之言，此四字析言之義也，《爾雅》渾言之曰：「戲謔」。夫「謔浪」「笑敖」連文，毛《傳》以文為訓，故秉之《爾雅》而稍異其義，加「不敬」一語以範之也。蓋單言「戲謔」，非必有「不敬」之意也，如：《詩・衛風・淇澳》：「善戲謔兮，不為虐兮。」《毛傳》：「寬緩弘大，雖則戲謔，不為虐矣！」（頁128）此之「戲謔」明非不敬也，故孔《疏》曰：「此〔謔浪笑敖〕連云『笑敖』，故為不敬。」此亦邢《疏》特加「不敬」故也。職是，則「不敬」者，非字詞本身之義，乃文脈義理所涉者耳，此猶今之「言外之意」是也。

傳注訓詁可言詞外之義，上言之矣！而求之用例，其術有二：

1、先釋詞義而後明言外義

如：《詩・陳風・衡門》：「衡門之下，可以棲遲。」《傳》：「衡門，衡木為門，言淺陋也；棲遲，遊息也。」（頁252）「淺陋」乃「衡門」設喻之義也，故鄭《箋》曰：「賢者不以衡門之淺陋，則不遊息於其下，以喻人君不可以國小則不興治致政化。」

又如：《書・堯典》：「岳曰：『瞽子，父頑、母嚚、象傲。』」偽孔《傳》：「無目曰瞽。舜父有目不能分別好惡，故時人謂之瞽，配字曰瞍；瞍，無目之稱。」（頁 28）孔《疏》曰：「《史記》云：『舜父瞽瞍盲。』以為瞽瞍，是名身實無目也。孔不然者，以經說舜德行，美其能養惡人。父自名瞍，何須言之？若實無目，是身有固疾，非善惡之事，輒言舜是盲人之子，意欲何所見乎？《論語》云：『未見顏色而言，謂之瞽。』則言瞽者非謂無目。」是其例。

2、不釋詞義，逕說指義

如：《詩・邶風・谷風》：「凡民有喪，匍匐救之。」鄭《箋》曰：「匍匐，言盡力也。」孔《疏》：「以其救恤凶禍，故知宜為盡力。」（頁 91）然則「盡力」實乃「匍匐」之言外義，其本義當如孔《疏》所云：「匍匐者，以本小兒未行之狀。」《箋》逕言指義，不言詞義也。又如：《左隱元年傳》：「《詩》曰：『孝子不匱，永錫爾類。』其是之謂乎？」杜《注》：「不匱，純孝也。」（頁 37）案：所引之詩，乃《詩・大雅・既醉》之文，《毛傳》曰：「匱，竭；類，善也。」《爾雅・釋詁》同之。鄭《箋》云：「永，長也。孝子之行，非有竭極之時，長以與汝之族類，謂廣之以教道天下也。」（頁 606）則「不匱」者，不竭也；杜以「純孝」釋之，非其義也。所以然者，厥如杜氏所言：「詩人之作，各以情言，君子論之，不以文害意。」傳注貴乎得意，「故說詩者，不以文害辭，不以辭害志；以意逆志，是為得之。」（《孟子・萬章上》）此之謂也。

綜斯所言，知字書訓詁與傳注訓詁實亦如字與詞一般，分合不定，界說難畫。斯二者，與夫言質，固有獨立、從屬之分；與夫言義，固有嚴寬、本餘（引申、假借）、本外（章、句義）之別；與夫言字，固有本、借之殊，然二者恆相因，不可須臾離也！夫傳注訓詁雖前於字書訓詁而有，然其所釋者，要不離字、詞、句、章之屬，故果無字書為之主，則本義、餘義若何，本字、借字孰是，將如脫韁之野馬，惡乎鞭之哉？善乎段大令之言曰：

> 凡言訓詁之學，必求之《爾雅》矣！雖然，求之《爾雅》而不得其所以然之故，但見其氾濫無厓涘。吾未見其熟于《爾雅》之必能通經也，則又求之《說文解字》矣！《說文解字》言形與聲與義，無不憭然，讀之者，於訓詁當無不憭然。然吾見讀《說文解字》而於經傳、《爾雅》愈不能通，鉏鋙不合，觸處皆是。……《說文解字》與經傳、《爾雅》訓詁有不能同者，由六書之有假借也。經傳字多假借，……許氏……袛為說形之書，形在是而聲與義均在是，讀者見其形可以得其聲與義……顧以形為主，則義必依形；字有假借之用，則義不必依形，此《說文解字》於經傳、《爾雅》

鉏鋙不合、觸處皆是之故。雖然舍《說文解字》則未有能知假借者,經傳、《爾雅》所假借有不知本字爲何字者,求之許書而往往在焉。是非經無以知權,其觸處鉏鋙者,其毫未鉏鋙者也。許書專言本字義,而其義之可以引申轉徙似異而同、似遠而近者,抑同音而即可相代者,無不可以書中求之。然則謂《說文解字》爲綱,謂《爾雅》、《方言》、《釋名》、《廣雅》爲目可也。(《經韻樓集補編》卷一·〈爾雅匡名·序〉,《段玉裁遺書》,頁1163～1165。大化)

黃季剛先生亦簡而言之曰:

> 字書之作,肅然獨立,而群籍皆就正焉。辭書之作,苟無字書爲樞紐,則蕩蕩乎如繫風捕影,不得歸宿。(《黃侃論學雜著·爾雅略說》·「論治《爾雅》之資糧」,頁397。上海古籍)

學者知此,則於《說文》之釋義,當亦思過半矣!

第四章 《說文解字》之釋義

第一節 《說文解字》釋義之依據

　　昔光武中興，翦新莽，誅赤眉，振劉漢而易色服，定天下而改正朔。方其時，儒家雖已獨尊，經學雖益發皇，然經文則有今古之爭，經學復有官私之別，嚷嚷不休，莫可一衷！夫今文家者，重微言，索大義，故「秦近君能說〈堯典〉篇目兩字之說至十餘萬言；但說『曰若稽古』三萬言。」（桓譚《新論・琴道篇》，頁11下，中華）光武時，桓榮刪歐陽氏《書經》四十萬言為二十三萬言，子桓郁復又刪為十二萬言〔註1〕，張奐刪弁氏《尚書》章句四十五萬字為九萬字〔註2〕。夫二字、四字之文，說解可至十萬、三萬；反之，疏文亦可去其大半，甚或五存其一，然誦之者無不明白曉暢，習之者無不文從理順，則其不為附會穿鑿者何？不為浮辭巧說者何？故《漢志》曰：

> 後進彌以馳逐，故幼童而守一藝，白首而後能言。安其所習，毀所不
> 見，終以自蔽，此學者之大患也！

劉歆亦讓之曰：

> 往者綴學之士，不思廢絕之闕，苟因陋就寡，分文析字，煩言碎辭，
> 學者罷老且不能究其一藝。信口說而背傳記，是末師而非往古，至於國家

〔註1〕《後漢書》：「初，榮受朱普學章句四十萬言，浮辭繁多，多過其實。及榮入授顯宗，減為二十三萬言。郁復刪定成十二萬言。由是有《桓君大小太常章句》。」（卷三七・〈桓榮丁鴻列傳〉，頁1256，鼎文）

〔註2〕《後漢書》：「張奐字然明，敦煌淵泉人也。父惇，為漢陽太守。奐少遊三輔，師事太尉朱寵，學《歐陽尚書》。初，《牟氏章句》浮辭繁多，有四十五萬餘言，奐減為九萬言。後辟大將軍梁冀府，乃上書桓帝，奏其《章句》，詔下東觀。」（卷六五・〈皇甫張段列傳〉，頁2138）

將有大事，若立辟雍封禪巡狩之儀，則幽冥而莫知其原。猶欲保殘守缺，
挾恐見破之私意，而無從善服義之公心。(《漢書》卷三六·〈楚元傳〉第
六，頁 1970，鼎文)

於今文諸家巧說衍文之貌，可見一斑！

　　方其時，巧慧小才伎數之人，增益圖書，矯稱讖記，以欺惑貪邪，詿誤人主。
叔重生當其風，睹諸生「稱秦之隸書，為倉頡時書，云父子相傳，何得改易？」視
孔壁古文為「鄉壁虛造不可知之書」，若此者，今文家莫不以為秦隸書創自倉頡，較
諸孔壁古文尤為顯要也。許君侍師賈逵，嫻習古文，知文字之作，非自隸書之為始，
此今文學家之昧於時者也，故撰《說文解字》：「敘篆文，合以古籀」，於文字之形、
音、義，分別釋之，以明聖人制字之本意。復又引經立說，以為自倉頡之初作書，「以
迄五帝三王之世，改易殊體，封于泰山者七十有二代，靡有同焉！」故「孔子書六
經，左丘明述春秋傳，皆以古文，厥意可得而說」，言文字因時改易，信古文之不誣
也！此《說文》之所以作者一也。

　　許氏又睹「諸生競說文解字誼」，其所據者乃秦後之隸書，字形訛變，筆意難明，
故有「馬頭人為長」、「人持十為斗」、「虫者屈中也」之謬說，及其後也，尤有甚者，
「二人為仁」、「士力於乙者為地」、「十从一為土」、「兩人交一以中出者為水」、「人
散二者為火」、「八推十為木」〔註3〕、「虫動於中者為風」〔註4〕、「一大為天」、「禾
八米為黍」〔註5〕，若此者甚眾，不勝數矣！善野言而史籀之文昧，篤臆測而聖人
之恉微，誠可痛哉！故許君斥之曰：

　　　俗儒啚夫，翫其所習，蔽所希聞，不見通學，未嘗覩字例之條，……
　　人用己私，是非無正，巧說邪辭，使天下學者疑！(《說文·敘》，頁 770
　　～771)

〔註3〕《古微書·春秋元命包》：「仁者情志好生愛人，故其為人以仁，其立字：二人為仁。」
又：「地者易也，言養物懷任交易變化，含吐應節，故其立字：土力於乙者為地。」
又：「土之為言吐也。子成父道，吐氣精以輔也，陽立於三，故成土，其立字：十从
一為土。」又：「水之為言演也。陰化淖濡，流施潛行也，故其立字：兩人交一以中
出者為水。」又：「人之為言委隨也，故其立字：人散二者為火也。」又：「木之為
言觸也，氣動躍也，其字：八推十為木。」(卷六～卷七，頁 174～175，《叢書集成
新編》冊二四·哲學類，新文豐)

〔註4〕仝注三：「風之為言萌也，其立字：虫動於凡中者為風。」(卷十·〈春秋考異郵〉，
頁 183)

〔註5〕仝注三：「天之為言鎮也，居高理下為人鎮也，群陽精也，合為太乙，分為殊名，故
立字：一大為天。」又：「精移火轉生黍，夏出秋改。黍者緒也，故其立字：禾入米
為黍。」(卷一一·「春秋說題辭」，頁 186)

「蓋文字者，經藝之本，王政之始，前人所以垂後，後人所以識古」，此許君明言文字之功也，然俗儒嗇夫，妄下己意，致「使天下學者疑」，此亦許君之所懼者也，故撰《說文》，以形音義爲經，以六書爲緯，考字形以索本義，詳說解而溯原流，以爲學文讀經者據，斯乃許沖所言：

> 蓋聖人不妄作，皆有依據。今五經之道，昭炳光明，而文字者其本所由生，自《周禮》《漢律》皆當學六書，貫通其意，恐巧說邪辭使學者疑。慎博問通人，考之於逵，作《說文解字》，六藝群書之詁，皆訓其意，而天地鬼神、山川艸木、鳥獸蚰蟲、雜物奇怪、王制禮儀、世間人事莫不畢載。（〈上說文表〉，頁 793～794）

快哉斯言！夫微正本清原，則五經之道莫明，巧說邪辭之疑難釋；非《說文解字》，則六藝群經之詁無據，乖戾淆亂之言不絕，此《說文》之所以作者二也。

許氏既以「解謬誤、曉學者、達神恉」爲職志，則《說文解字》之作也，自必有所准據，非敢妄言，其顏曰「說文解字」，是乃合「文字」「說解」以成，故臚陳二者之說，以見許氏之不誣也！

一、文字之收輯

《說文》所輯之字，以古文、籀文、篆文爲宗〔註6〕。

（一）古　文

《說文》中之古文，其原自古文經傳，尤以壁中書爲要。《說文·敘》曰：

> 壁中書者，魯恭王壞孔子宅，而得《禮》、《記》、《尚書》、《春秋》、《論語》、《孝經》。（頁 769）

除《說文·敘》言及壁中書者外，另《漢志》亦曰：

> 武帝末，魯恭王壞孔子宅，欲以廣其宮，而得古文《尚書》及《禮》、

〔註6〕《說文》所收字體，厥有七類，即：古文、籀文、篆文、奇字、或體、俗字、今文：
　（一）奇字：或名「古文奇字」，乃古文之異體字也。《說文》中明言「奇字」者四：「仝」（頁 226）、「儿」（頁 409）、「叵」（頁 562）、「无」（頁 640）
　（二）或體：王筠曰：「《說文》之有『或體』也，亦謂一字殊形而已，非分正俗於其間也。」（《說文釋例》卷五·「或體」條，頁 224）是「或體」者，乃篆文之異體字，亦爲篆文之一類也。
　（三）俗字：即構形不合六書，而無義可說之俗體字也。既名之曰『俗』，則許君不以爲正可知，恐是漢人所造，故許氏不以爲說解也。
　（四）今文：即東漢新出之字，其去聖人造字已遠，故許君雖錄而輯之，然不以爲說解也。
　是七者實以古文、籀文、篆文爲大宗，故本節但取而論之也。

《記》、《論語》、《孝經》，凡數十篇，皆古字也。

又劉歆〈移讓太常博士書〉曰：

　　　　及魯恭王壞孔子宅，欲以爲宮，而得古文於壞壁之中，《逸禮》三十有九，《書》十六篇。（《漢書》卷三六·〈楚元王傳〉第六）

又《漢書·景十三王傳》曰：

　　　　恭王初好治宮室，壞孔子舊宅以廣其宮，聞鐘磬琴瑟之聲，遂不敢復壞，於其壁中得古文經傳。

王充《論衡》亦載其事：

　　　　孝景帝時，魯恭王壞孔子教授堂以爲殿，得百篇《尚書》於牆壁中，武帝使使者取視，莫能讀者，遂祕於中，外不復見。（卷二八·〈正說篇〉，頁一下）

又：

　　　　《春秋左氏傳》者，蓋出孔子壁中，孝武皇帝時，魯恭王壞孔子教授堂以爲宮，得佚《春秋》三十篇，《左氏傳》也。（卷二九·〈案書篇〉，頁一下）

孔安國《古文孝經·敘》曰：

　　　　魯恭王使人壞夫子講堂，於壁中石函，得古文《孝經》二十二卷。

綜斯所言，可得三事：壞孔宅舊壁，而得古文經傳者，魯恭王是也，諸家所載皆同，此其一；《漢志》以爲壁中書於武帝末年出，王充則一以爲景帝時所得，又以爲武帝時所出，同一人一書而有二說，甚可怪也！然據《史記·漢興以來諸侯王年表》所載，魯恭王逝於武帝十一年，則武帝末不當有魯恭王，自亦無壞孔宅之事；且孔安國乃武帝時人，馬遷嘗從其受古文《尚書》，若恭王壞孔子宅爲武帝末年事，安國爲得知之？以此權之，則武帝末年得壁中書，當不足信，恐是景帝時壞孔壁，武帝時獻書，此其二；至若壁中書之目，四家所載亦各有出入，許君以爲有：《禮》、《記》、《尚書》、《春秋》、《論語》、《孝經》六者；《漢志》則無《春秋》；劉歆則以《禮》乃爲《逸禮》，《禮》、《書》而外，餘皆未見；孔安國、王充則各記一書。四家所記或詳或略，正示其可疑也。閻百詩以時之先後與文字之古直簡奧，論其得《書》之不可信，其言曰：

　　　　《古文尚書》實多得十六篇，惟《論衡》所載其說互異。……愚謂成帝時，校理祕書正劉向、劉歆父子，及東京班固，亦典其職，豈有親見古文尚書百篇，而乃云爾者乎？劉則云十六篇逸，班則云多得十六篇，確然可據，至王充《論衡》或得於傳聞，傳聞之與親見固難並論也。……又按：

孔壁書出於景帝初而武帝天漢後，孔安國始獻……則其去已六十餘年，而安國之壽必且高矣！及考〈孔字世家〉……則孔壁之書出，安國固未生也。……愚意書藏屋壁中，不知幾何年？書出屋壁之外，又幾六十餘年，孔安國始以隸古字更寫之，則其錯亂摩滅弗可復知，豈特〈汨作〉、〈九共〉諸篇已也？即安國所云可知者二十五篇，亦必字畫脫誤，文勢齟齬，而乃明白順易，無一字理會不得，又何怪吳氏、朱子及草盧輩切切然議之哉！（《尚書古文疏證》卷一・「言兩漢書載古文篇數與今異」條，頁 36～39。上海古籍）

案：百詩之說，固專論《書》之疑誤者，然《書》之有古今，肇始孔壁書之出。故言《書》，即亦說孔壁書也。仲任與叔重約略同時〔註7〕，王氏之記壁中書既得於傳聞，則許〈敘〉之載壁中書反詳於前賢，以為傳聞或誤記者，當亦不遠！至其文字理脈，許君既可據以為說字，則其明白順易，亦可知矣！壁中書文字錯亂摩滅，先正已莫能識，不然，何張敞有不迹古文之慨〔註8〕？《書》有〈九共〉諸篇之逸？許氏晚出，其文反得以易識，豈不謬哉？此其三。

壁中書而外，《說文》收輯之古文，亦有采自《春秋左氏傳》者，〈敘〉又曰：

又北平侯張蒼獻《春秋左氏傳》。（頁 769）

段注曰：

秦禁挾書而蒼身為秦柱下御史，遂藏《左氏》。至漢弛禁而獻之，亦可以知秦法之不行矣！此亦壁中諸經之類也。

審《說文》中援引《春秋傳》者，凡一八九見〔註9〕，此《春秋傳》者當指《春秋左氏傳》為說。此六者，乃許君明言其古文之由來也，故王國維曰：

所云古文者六，皆指先秦古文，其尤顯明者，曰：「古文者孔子壁中書也。」……又申之曰：「壁中書者，魯恭王壞孔子宅而得《禮》、《記》、《尚書》、《春秋》、《論語》、《孝經》，又北平侯張蒼獻《春秋左氏傳》。」其示《說文》中所收古文之淵源，最為明白矣！（《觀堂集林》卷七・〈說

〔註7〕據羌亮夫先生《歷代人物年里碑傳綜表》所載，王充約生於漢光武帝建武三年（西元27），卒於漢和帝永元三年（西元91年），年六五。許慎則生於漢光武帝建武六年（西元30年），卒於漢安帝延光三年（西元124年），年九五。是二人享壽長短有別，而所生之時代，則無微異。

〔註8〕張敞慨古文之難識，事見《漢書・郊祀志》。說詳第五章・第二節「《說文解字》釋義依據之檢討」引。

〔註9〕考今《春秋左氏傳》，《說文》所引一百八十有九條中，原為經文非傳文者十條，經傳俱無者十有三條。

文所謂古文說〉，頁 316～317）

除壁中書、《春秋左氏傳》外，〈敘〉又曰：

其稱《易》孟氏、《書》孔氏、《詩》毛氏、《禮周官》、《春秋左氏》、《論語》、《孝經》，皆古文也。」（頁 772）

是《說文》古文之淵源，當亦有《易》、《書》、《詩》、《禮》四者，然段氏則疑之曰：

所謂萬物兼載，爰明以諭者，皆合於倉頡古文，不謬於史籀大篆，不言大篆者，言古文以該大篆也。所說之義皆古文大篆之義，所說之形，皆古文大篆之形；所說之音，皆古文大篆之音，故曰：「皆古文也。」……其稱《易》孟氏、《書》孔氏、《詩》毛氏、《禮周官》、《春秋左氏》、《論語》、《孝經》，謂全書中明諭厥誼，往往取證於諸經，非謂稱引諸經皆壁中古文本也。（頁 772）

王國維據此而斷言之曰：

其稱「《易》孟氏、《書》孔氏、《詩》毛氏、《禮周官》、《春秋左氏》、《論語》、《孝經》，皆古文也。」此古文二字，乃以學派言之，而不以文字言之，與《漢書・地理志》所用古文二字同意，謂說解中所稱多用孟、孔、毛、左諸家說，皆古文學家，而非今文學家也。……其全書中正字及重文中之古文，當無出壁中書及《春秋左氏傳》以外者，即有數字不見於今經文，亦當在逸經中，或因古今經字有異同之故。（仝上，頁 316～317）

案：王氏之說，實發前人所未言，思密剖精，可謂善讀書者矣！然檢之《說文》，則不能無疑！夫文字非一人一時一地所造，形有異構，音有異讀，此自然之勢也。《說文》中古文異體頗甚，其篆文下列古文形體二者四四見，如：「旁」之古文作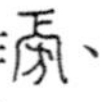、，「正」之古文作、；篆文下列古文形體三者五見，如：「鶾」之古文作、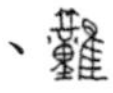、，「及」之古文作、、；篆文下列古文形體四者一見，即「殺」字，其古文作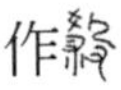、、、。又考《說文》，同一古文偏旁，其形或有二類者，如：「言」，其為古文偏旁或作「」（「詩」之偏旁）、或作「」（「誚」之偏旁）；「申」，其為古文偏旁或作「」（「電」之偏旁）、或作「」（「陳」之偏旁）；同一古文偏旁，其形或有三類者，如：「雨」，其為古文偏旁或作「」（「雷」之偏旁）、或作「」（「電」之偏旁）、或作「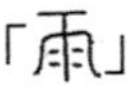」（「雹」之偏旁）；「虫」，其為古文偏旁或作「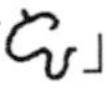」（「𧒒」之偏旁）、或作「」（「蠭」之偏旁）、或作「」（「蚌」之偏旁）。若此者，其形或繁或簡，其旁或損或益，豈但小變而已哉？若《說文》中之古文，果如王氏所言，止淵源於壁中書及《春秋左氏傳》，則字體之異構，形符之繁簡，其殊別不當如是之甚耶！

此《說文》古文不止出壁中書及《左氏傳》者一也。

　　諸經雖有秦火之厄，然嬴秦果能盡天下之書而焚之邪？且《易》既爲卜筮之書，其不爲禁書者明矣！故其留傳當不如王氏所懸擬：「其存於後漢者，惟孔子壁中書及《左氏傳》。」（《觀堂集林》卷七‧〈漢時古文本諸經傳考〉，頁327）此外，以《說文》所輯古文之數衡之，亦非壁中書及《左氏傳》所能囿也，其有逸出者尚多，如：「疋」，《說文》：「足也……〈弟子職〉曰：『問疋何止？』古文以爲《詩‧大雅》字，亦以爲『足』字。」（頁85）「問疋何止」今「四部叢刊」本、「四部備要」本《管子》俱作「問所何趾」；又如：「義」，《說文》：「己之威儀也，从我从羊。𦍫，墨翟書『義』从『弗』。」（頁639）〔註10〕又如：「畜」，《說文》：「田畜也，淮南王曰：『玄田爲畜。』『𤳏』，《魯郊禮》『畜』从『田』从『茲』。」（頁704）段《注》：「此許據《魯郊禮》證古文从『茲』，乃合於『田畜』之解也。……古文本从『茲』，小篆乃省其半，而淮南王乃認爲『玄』字矣！此小篆省改之失也。」〔註11〕若此者，當可證《管子》、《墨子》、《魯郊禮》亦爲《說文》古文之原也。此外，又如：「諑」下之引《孟子》（頁91）、「盅」下之引《老子》（頁214）、「竣」下之引《國語》（頁505）、「匪」下之引《逸周書》（頁642），或言字形、或證字義、或明字音、或示所出，無非許君自明其據之有來歷也。此《說文》古文不止出壁中書及《左氏傳》者二也。

　　〈敘〉又曰：

〔註10〕「墨翟書義从弗」者，段玉裁曰：「義無作『𦍫』者，蓋歲久無存焉！从『弗』者，蓋取矯弗合宜之意。」嚴可均曰：「當作『墨翟書義如此』。鼎彝銘『我』作『𢦓』，義作『𦍫』，知此下體仍是『我』字，非『弗』。」（《說文校議》第一二下，頁540，廣文）王筠曰：「『𦍫』字周散氏銅盤銘有之，下半回環曲折，不似『弗』字。蓋小篆變古文時，已有以意爲之，不盡如古人意者，不能盡據以推知其意也。」考甲文、金文，「義」字或作𦍌、𦍋，或作𦍫、𦍈，其下體筆畫益爲繁密，介於「我」「弗」之間，要皆「我」字之變，嚴氏之說爲是。今《墨子》無「𦍫」字，此或許氏所見與今本不同故也。

〔註11〕俞樾亦曰：「段正『畜』爲『𤳏』，是也。然艸部更有『蓄』字，从艸畜聲，『畜』字古文既作『𤳏』，而『蓄』又从艸，則古文當作『𦾕』；其籀文从艸，則又當作『𧅁』，不成字矣！今按：『畜』『蓄』一字也，古文止作『𤳏』，从田从茲意，小篆省作『畜』，而後人誤仞爲从玄，乃有『玄田』爲『畜』之說。因有从艸畜聲之『蓄』，許君不能是正，隸『蓄』字艸部，訓爲『積也』；隸『畜』字田部，訓爲『田畜也』，其實一義耳！田畜者，田中所積也。《一切經音義》曰：『蓄，古文稸。』同是蓄字，有从禾者，則蓄亦田畜可知矣！《周易》〈小畜〉、〈大畜〉，《釋文》並曰：『畜本作蓄。』此『畜』『蓄』同字之證。」（〈兒笘錄〉第四‧「畜」字條，《春在堂全書》冊二‧《第一樓叢書》，頁1205）案：俞氏就段說而更自申明其義，可以相稽發明焉！

郡國亦往往於山川得鼎彝，其銘即前代之古文，皆自相似，雖叵復見遠流，其詳可得略說也。（頁769）

案：此亦許君自明其古文之來由。然考諸《說文》，許君無一識明某爲某鐘、某爲某鼎字者，豈小篆之文與鼎彝銘文俱同邪？抑鼎彝之文即壁中古文邪？或如黃季剛所云：「或體之字蓋出於山川鼎彝，許君不能定其爲籀爲古，故以或體名之」者邪〔註12〕？不然，許書援引經典、博采通人，皆一一明其所出，何鐘鼎前代之字，反闕而不聞？豈不怪哉！許君固或有疏，當不若是之甚歟！夫東漢之際，山川或有鼎彝之文、鐘盤之銘，許君蓋已知之，然其數或尠，其字或詭奇難識，又無拓墨之法，故許氏不能據以入書，此當可臆度者也，故王國維曰：

〈敘〉云：「郡國往往於山川得鼎彝，其銘即前代之古文，皆自相似。」潘文勤公〈攀古樓彝器款識·序〉，遂謂：「《說文》中古文，本於經文者，必言其所出，其不引經者，皆憑古器銘識也。」吳清卿中丞則謂：「《說文》中古文皆不似今之古鐘鼎，亦不言某爲某鐘、某爲某鼎字，必響拓以前，古器無氈墨傳布，許君未能足徵。」余案：吳說是也。拓墨之法，始於南北朝之拓石經，浸假而用以拓秦刻石，至拓彝器文字。趙宋以前未之前聞，則郡國所出鼎彝，許君固不能一一目驗，又無拓本可致，自難據以入書。」

（《觀堂集林》卷七·〈說文中所謂古文說〉，頁315）

此數語博洽有據，以言許書之無銘文，可謂明白曉暢矣！今本《說文》明示爲古文者，凡五百餘字，乃先秦簡冊之文也。其原固以壁中書爲宗，然亦有取自逸經及先秦典籍者也！

〔註12〕黃說見《文字聲韻訓詁筆記·說文綱領·字體》，頁76。前已言及「或體」乃小篆之異體字，此又可進言之耳。考《說文》「示」部：「祀，祭無巳也，从示、巳聲。禩，祀或从異。」（頁3~4）段《注》：「巳聲、異聲同在一部，故異形而同字也。」許錟輝先生論之曰：「異、巳疊韻，同屬第一部，此蓋方國制字，各適語言，聲變而存其韻者。又有韻變而存其聲者，如：『琨，石之美者，从玉昆聲，《夏書》曰：楊州貢瑤琨。瑻，琨或从貫。』（玉部）案：昆、貫雙聲，同屬見紐。又有聲韻俱同者，如：『逭，逃也，从辵官聲。𢧢，逭或从雚从兆。』（辵部）案：官、雚同音，在聲同屬見紐，在韻同屬第十四部。此蓋地近中夏，故與中原雅音無異，聲韻俱同也。」（《說文重文形體考》·第一章·第二節：「說文重文之分類·『五、或體』」，頁10，文津）案：時有古今，地有南北，言有異聲，此自然之勢也！文字依語言而造，且又非成於一時一地一人之手，其各因形以構文，因聲以造字，故有聲同而字異者，有字同而聲異者，其義亦隨之轉移，此亦自然之勢也！許書兼容並蓄，於方國繁簡之文，異構之字，皆輯而錄之，此《說文》「或體」之字之所以多也，則黃氏之以或體爲山川鼎彝之文，其誣不辯可喻！「方國制字，各適語言」，此「或體」所以生者，信然也！

（二）籀　文

　　《說文》中之籀文，其原自《史籀篇》，然《漢志》於「《史籀》十五篇」下已注曰：

> 周宣王大史作大篆十五篇……《史籀篇》者，周時史官教學童書也，與孔氏壁中古文異體。

《說文・敘》曰：

> 及宣王大史籀，著大篆十五篇，與古文或異。（頁764）

則許說恐本之於《漢志》。夫《史籀篇》者，爲漢時所存最早之字書，據《漢志》所載，乃周宣王大史籀所撰，至漢建武時已亡六篇；降及晉代，則皆佚而不存矣！唐玄度《十體書》云：

> 秦焚《詩》《書》，惟《易》與《史籀》得全。逮王莽亂，此篇亡失。建武中獲九篇，章帝時，王育爲作解說，所不可通者十又二三。晉時此篇廢，今略傳字體而已。

「章帝時，王育爲作說解，所不可通者十又二三」，當是許氏所本，乃《史篇》之殘卷也。考許書明言籀文者二百二十又五，其稱《史篇》云者，凡三見：「𩵋」下云：「此燕召公名……《史篇》名『醜』。」（頁139）「匋」下云：「《史篇》讀與『缶』同。」（頁227）「姚」下云：「《史篇》以爲『姚易』。」（頁618）王國維曰：「蓋存其字謂之籀文，舉其書謂之《史篇》，其實一也。」（《觀堂集林》卷五……〈史籀篇疏證序〉頁251）蓋《史篇》之亡久矣！其書難得詳說，據班〈志〉與許〈敘〉，知漢人以爲其書成於周宣王時，然王國維則疑之，以爲「史籀」乃篇名，非人名，其言曰：

> 自班〈志〉、許〈敘〉以史籀爲周宣王大史，其說蓋出劉向父子，班許從之。二千年來無異論，余顧竊有疑者。《說文》云：「籀、讀也。」又云：「讀、籀書也。」古「籀」「讀」二字同音同義；又古者讀書皆史事。……籀書爲史之專職，昔人作字書者，其首句蓋云：「大史籀書」，以目下文，後人因取首句「史籀」二字名其篇，「大史籀書」猶言「大史讀書」。〈太史公自序〉言：「紬石室金匱之書」，猶用此語。劉班諸氏不審，乃以史籀爲著此書之人，其官爲大史，其生當宣王之世，是亦不足怪！李斯作《倉頡》，其時去漢甚近，學士大夫類能言之，然俗儒以爲古帝之作，以《蒼頡篇》爲蒼頡所作，毋惑乎以《史籀篇》爲史籀所作矣！不知「大史籀書」乃周世之成語，以首句名篇，又古書之通例，而猥云有大史名籀者作此書，此可疑者一也。（仝上，頁252～253）

案：王氏不从班許，另發新議，於不疑處有疑，誠然可貴！然其以李斯譔《蒼頡篇》首句：「倉頡作書」，論斷《史籀篇》之首句亦當爲：「大史籀書」，則有說焉。蓋《史篇》散佚，其首句究竟作何言語，已不可考，則王氏以爲作「大史籀書」者，當爲臆詞，此可疑者一也；夫取首二句以名篇，此固古代名書之通例，然亦有不若是者，如：《墨子》之〈尚賢〉、〈兼愛〉、〈非攻〉、〈節用〉，《莊子》之〈逍遙遊〉、〈齊物論〉、〈養生主〉、〈人間世〉，《荀子》之〈勸學〉、〈脩身〉、〈榮辱〉、〈非相〉，其顏篇云者，胡有乎取諸首句二字者哉？此可疑者二也；考西周官制，大史之職，略有四焉：一曰助王冊命、賞賜；一曰命百官官箴王闕；一曰董理文化典籍；一曰左王命以事〔註13〕。則大史誦書，僅爲四職之一耳！誦書固爲必要，然以左王命、以存典籍，亦不可少，則大史籀之作《史篇》，亦無不當，此可疑者三也。是王氏以「史籀」爲篇名，非爲作者，實是揣度之辭，不足服人！故唐蘭斥之「玄想」〔註14〕；唐氏另據王先謙《漢書補注》以爲「史籀」者，乃《漢書‧古今人表》之「史留」〔註15〕。蓋「史

〔註13〕西周大史之職，見近人張亞初、劉雨在著《西周金文官制研究》，頁27，北京中華書局。本文轉引自左師松超《史籀篇的作者與時代及其與秦篆的關係》，該文發表於「第二屆中國文字學國際學術研討會」。
　　（一）考大史之「助王冊命、賞賜」者，如：
　　　　《書‧顧命》：「乙丑王崩……丁卯命作冊度。」孔《傳》：「三曰命史爲冊書、法度，傳顧命於康王。」《正義》：「《周禮‧內史》掌策命，故命內史爲冊書也。經不言命史，史是常職，不假言之。」（頁277）又：「大史秉書，由賓階隮御王冊命。」《正義》：「大史持策書顧命，欲以進王，故與王同升西階。」（頁282）
　　（二）考大史之「命百官官箴王闕」者，如：
　　　　《左襄四年傳》：「昔周辛甲之爲大史也，命百官官箴王闕。」杜《注》：「辛甲、周武王大史。闕、過也，使百官各爲箴辭，戒王過。」孔《疏》：「闕謂過失也。大史號令百官，每官各爲箴辭。」（頁507）
　　（三）考大史之「董理文化典籍」者，如：
　　　　《左昭二年傳》：「春，晉侯使韓宣子來聘，且告爲政而來見禮也。觀書於大史氏，見易象與魯春秋，曰：『周禮盡在魯矣！吾乃今知周公之德與周之所以王也。』」孔《疏》：「大史之官，職掌書籍，必有藏書之處，若今之秘閣也。觀書於大史氏者，猶家也，就其所司之處觀其書也。」（頁718）
　　（四）考大史之「左王命以事」者，如：
　　　　《左哀六年傳》：「是歲也，有雲如眾，赤鳥夾日以飛三日，楚子使問諸周大史。周大史曰：『其當王身乎？若榮可移於令尹司馬。』」杜《注》：「日爲人君，妖氣守之，故以爲當王身。雲在楚上，唯楚見之，故禍不及他國。」（頁1007）又：《國語‧周語》：「先時五日，瞽告有有協風至，王即齋宮，百官御事，各即其齋三日……及籍，后稷監之，膳夫、農正陳籍禮，大史贊王，王敬從之。」（卷一，頁18，漢京）
〔註14〕唐蘭曰：「王靜安先生以爲這是西土文字，固然有理由的，但他把《史籀》的篇名認爲是由『大史籀書』一語裡摘取兩字爲篇名，而不是人名，卻近於玄想，全無根據！」（《中國文字學》二六‧「大篆、小篆、八體、六書、雜體篆」，頁155，洪氏）
〔註15〕王先謙《漢書補注》：「周壽昌曰：『即史籀也。藝文志：周宣王大史籀之爲留，古字

留」於〈古今人表〉中,其時約爲春秋戰國之際,故唐氏遂疑《漢志》之「周宣王」乃「周元王」之誤。案:唐氏以「史籀」爲「史留」,說是也。夫形聲字與所從之聲符,古書例可通假,「籀」從「㽞」得聲,「㽞」從「留」得聲,則「籀」與「留」自可通用,然以爲春秋戰國時人,則非也。史籀既爲周宣王大史,焉得又爲東周時人?則〈古今人表〉之史留恐非西周之史籀也,今人何琳儀氏據出土文物論之甚詳,其言曰:

> 東漢時期,班固、許慎等學者皆以《史籀篇》作于周宣王,並非杜撰。古文字材料可以證實這一點。上海博物館館藏的「逨鼎」,乃周厲王十九年標準器,銘文中「史留」,唐蘭認爲即「史籀」,爲周宣王太史。按:唐後說甚是。「籀」從「留」得聲,例可與「留」通假。周宣王是周厲王之子,據《史記·周本紀》記載,厲王在位三十七年,宣王在位四十六年,如果厲王十九年時史留爲壯年,那麼宣王中期,他已是前朝耆老,因此舊說以爲史籀是「周宣王太史」,不但不能輕易否定,而且徵之銅器銘文,更加明確無疑。」(《戰國文字通論》·第二章「戰國文字與傳鈔古文」·第二節「籀文」,頁 35,北京中華)

何說確鑿有據,當可信從!

至若《史篇》之體例,段玉裁云:

> 《史篇》四言成文,如後世《倉頡》、《爰歷》之體。(「匋」字注,頁 227)

王國維亦曰:

> 故《史篇》文體,決非如《爾雅》、《說文》,而當如秦之《蒼頡篇》。《蒼頡篇》據許氏《說文·敘》、郭氏《爾雅注》所引,皆四字爲句,又據近日敦煌所出殘簡,又知四字爲句,二句一韻,《蒼頡》文字既取諸《史篇》,文體亦當仿之。(《觀堂集林》卷五·〈史籀篇疏證序〉,頁 257)

綜段、王之說,當可知《史篇》之體,乃以四字爲句,句中有韻,爲秦、漢時字書之祖!

(三)小　篆

《說文》收字以小篆爲主,其原取諸《倉頡》、《爰歷》、《博學》三者爲要。〈敘〉曰:

> 秦始皇帝初兼天下,丞相李斯乃奏同之,罷其不與秦文合者,斯作《倉頡篇》,中車府令趙高作《爰歷篇》,大史令胡毋敬作《博學篇》。(頁 765)

通用耳』。先謙曰:『周說近之,而〈表〉次時代稍後。』」

此明《倉頡篇》等三篇之所由來也。據《漢志》著錄：《倉頡篇》凡七章，《爰歷篇》凡六章，《博學篇》凡七章。漢時閭里書師合為一篇，名曰《倉頡篇》，斷六十字以為一章，凡五十有五章，計三千三百字。蓋《倉頡》多古字，俗師失其讀，宣帝時徵齊人能正讀者，張敞從受之，傳至外孫之子杜林，為作訓故，曰《倉頡故》。秦《三倉》與杜林《訓故》至宋皆佚而不存矣！

《漢志》又曰：

> 武帝時司馬相如作《凡將篇》，無復字；元帝時黃門令史游作《急就篇》；成帝時將作大匠李長作《元尚篇》，皆《倉頡》中正字也，《凡將》則頗有出矣！至元始中，徵天下通小學者以為數，各令記字於庭中，揚雄取其有用者以作《訓纂篇》，順續《倉頡》，又易《倉頡》中重復之字，凡八十九章。

《說文‧敘》亦曰：

> 孝平皇帝時，徵禮等百餘人，令說文字未央廷中，以禮為小學元士，黃門侍郎揚雄，采以作《訓纂篇》，凡《倉頡》已下十四篇，凡五千三百四十字，群書所載略存之矣！（頁 767）

段《注》曰：

> 此謂雄所作《訓纂》，凡三十四章，二千四十字，合五十五章，三千三百字，凡八十九章，五千三百四十字也。班但言章數，許但言字數，而數適相合。……然則何以云十四篇也？合李斯、趙高、胡母敬、司馬相如、史游、李長、揚雄所作而言之，計字則無複，計篇則必備也。本祇有《倉頡》、《爰歷》、《博學》、《凡將》、《急就》、《元尚》、《訓纂》七目，又析之為十四，其詳不可聞矣！（頁 768）

案：據此可知《說文》篆文之原，除秦《三倉》而外，漢人譔作之《凡將》、《急就》、《元尚》、《訓纂》、《倉頡故》諸篇，亦為許氏所輯之目也。然其章止得八十有九，其字止得五千三百四十，去《說文》九千三百五十三字之數遠甚，其故安在哉？曰：「此必有出於古、籀文者矣！」故段氏曰：

> 小篆因古籀而不變者多，故先篆文，正所以說古籀也。……其有小篆已改古籀，古籀異於小篆者，則以古籀附小篆之後，曰『古文作某、籀文作某』，此全書之通例也。（頁 771）

又曰：

> 大篆既或改古文，小篆復或改古文、大篆；或之云者，不盡省改也，不改者多。則許所列小篆固皆古文、大篆，其不云「古文作某、籀文作某」

者，古籀同小篆也。其既出小篆，又云「古文作某、籀文作某」者，則所謂或頗省改者也。（頁765）

案：段說精詳審辨矣！以篆文乃原自古籀，其體或減其繁重、或改其怪奇，明字體之遞嬗，此其審者一也；發凡起例，綜許氏列字之正變以示人，推究許君之苦心，此其審者二也；《說文》所收正字，其數去《倉頡》、《凡將》諸篇之合者遠甚，淺人不察，乃謂《倉頡》大篆有九千字，大篆之去小篆三倍有餘。段說古、籀、篆三者之體，其同者蓋夥，小篆非必盡改古籀，恰釋淺人之妄言，亦明許君之有據，此其審者三也。故王國維譽之曰：

> 此數語可謂千古卓識！二千年來治《說文》未有能言之明白曉暢如是者也。（《觀堂集林》卷七·〈說文今敘篆文合以古籀說〉，頁318）

信然也！王氏進而又曰：

> 《說文》通例，如段君說。凡古籀與篆異者，則出古文、籀文；至古籀與篆同、或篆文有而古籀無者，則不復識別。若夫古籀所有而篆文所無，則既不能附之於篆文後，又不能置而不錄，且《說文》又無於每字下各注「此古文、此籀文、此篆文」之例，則此種文字必爲本書中之正字，審矣！故〈敘〉所云：「今敘篆文合以古籀」者，當以正字言，而非以重文言。重文中之古籀，乃古籀之異於篆文及其自相異者，正字中之古籀，則有古籀篆文俱有此字者，亦有篆文所無而古籀獨有者，全書中又引經以說之字，大半當屬此第二類矣！然則《說文解字》實合古文、籀文、篆文而爲一書……昔人或以《說文》正字皆篆文而古文、籀文惟見於重文中者，殆不然矣！（仝上，頁319～320）

案：王氏之言，亦千古卓識，歷來發明段氏所不足者，亦未有明白曉暢如是矣！段君黃泉有知，必當擊掌而歎曰：「發吾胸中所未言，補吾筆下所不足，非吾諍友，焉能若此邪？」學者識此，而後詳讀許書，理其緒而分之，比其類而合之，庶幾可以登堂而入室，與古人相質於一堂矣！

二、說解之依據

許君撰《說文解字》以爲字書，其說解字形、字音、字義，雖是匠心獨運之作，然非爲誣妄之談，皆前有所本也。其所據以說解者，厥有四類焉：

（一）引經典傳注以為說解

許君《說文》之作也，嗟時人之好奇，歎俗儒之穿鑿，與「諸生競逐說字解經誼」，故引經與字之形、音、義相發明者，息息攸關，段氏曰：

凡引經傳，有證義者、有證形者、有證聲者。（「祝」字注，頁6）

雷浚亦承之曰：

　　《說文》引經之例有三：一說本義，所引之經與其字之義相發明者也；
　　一說假借，所引之經與其字之義不相蒙者也；一說會意，所引之經典與其
　　字之義不相蒙而與其从某从某、某聲相蒙者也。（《說文引經例辨》卷上，
　　《小學類編》）

案：《說文》引經之例，段、雷之說明矣！雖然，尚有質言者二焉：一說引申，即所
引之經與其字之義相蒙，然推其本義者也；一說字之所見，所引之經與其字之形、
音、義俱不相蒙，而僅明其所見者也。是許氏引經者，非所以解經，乃所以證字也，
故潘鍾瑞曰：

　　許氏之書，說文也、解字也，非詁經也。其引經者，爲其字之義作證
　　也。所引之經，有與其字之義不相應者，古字少，經典字多假借，不盡用
　　其本義也。許君引其用本義者，兼引其不用本義者，而字義之直指、字音
　　之旁通，無不了然矣！後人不察，以詁經之法考《說文》之引經，拘泥則
　　窒碍，泛濫則穿鑿，均之無當焉！（《說文引經例辨・序》）

黃季剛先生亦曰：

　　《說文》一書，爲說解文字而作，其中間有引經之處，乃以經文證字
　　體，非以字義說經義也。（黃焯・〈文字聲韻訓詁筆記〉・「說文綱領」條，
　　頁88）

是《說文》引經者，雖明字之所由來，然實以經證字之形、音、義，以爲說解之資，
非爲解經而作也。以字義說經義者，乃傳注之訓詁，《爾雅》、《廣雅》者是，非字書
之訓詁也。且字書之作，要以明形構、知本義、曉音讀，非是經籍之附庸，此學者
之尤當知之者也！

　　至若《說文》所引之經文，與其字體殊別者，此黃季剛先生亦有言曰：

　　古者竹簡繁重，得書匪易，經師授受，皆以口說。其後迻爲傳鈔，乃
　　有箸錄，以寫者之互異，字乃別爲數體。……大氐許書所見諸經，字體不
　　一，其有合於九千之文者，則引入本書，以爲信徵，故《說文》引經有一
　　句兩見者，以所說之字不同，則經典之字亦不同也。……若夫經典假借之
　　字，觸處而有，檢《說文》以求本字，心知其意，則亦可矣！若江聲之徒，
　　專取篆體以易故書，亦爲好古之過，何者？經典之文，世人誦習已久，通
　　借易識，而本字難知（經典借字，有不能知其爲何字假借者，又《說文》
　　中字有出經典之後，不能據《說文》以易經典者，以此。）此宜因仍舊貫，

以從民俗，不應如《說文》以專明字體爲主也。……著書之例，宜存體要，拘墟許書，以改經典，必非妙達神旨之士矣！（仝上）

前乎黃說者，清人胡秉虔已論之矣！其言曰：

> 許氏之學以古爲宗，偶用今文，亦必並載古文，不使淆混，而其他之不別出古文者，皆非今文可知。至若《易》之「的」「駒」，《書》之「救」「求」，《詩》之「永」「羕」，凡此等異文並列，則古人經皆口授，字音相近，字體或殊，鄭康成云：「其始書之也，倉卒無其字，或以音類比方，假借爲之，趣于近之而已。」杜元凱云：「古字聲同皆相假借。」蓋傳寫異手，形體遂差，要不害其皆爲古文家學也。（《說文管見》‧「說文引經」條）

案：夫《說文》引經，文遺義軼，時時錯出，吳玉搢謂之：「非獨與宋人抵捂，亦多與漢儒刺謬，字殊義別，不可畫一。」（《說文引經考‧序》）是胡、黃二氏之說，正示《說文》引經文字之所以異者三事：一曰師說各殊，文有古今，而《說文》兼采并用：許氏自〈敘〉雖明言其學以古爲宗，然考《說文》之引經，非必專守古文，於今文經之可相發明者，亦采而輯之，如：「魃」下引《韓詩傳》曰：「鄭交甫逢二女魃服。」（頁 440）「鼐」下引《魯詩說》：「鼐小鼎。」（頁 322）是引三家詩也。又如：「噍」「覹」「娟」三字下明引《公羊傳》：「粤」下引《商書》曰：「若顚木之有粤枿。」又曰：「古文言由枿。」（頁 319）「櫱」下則引作「若顚木之有粤櫱。」（頁 271）則「櫱」下所引當非古文。又如：「份」下引《論語》：「文質份份。」又曰：「彬，古文份。」則所引《論語》亦非古文可知。是許氏雖從遊賈逵，嫻習古文經傳，然其學則不專守一家，於《說文》引經，因師受不同，版本有別，故其文字或有相左也。一曰漢人尙耳學，經師口受，諸生傳寫，通其音即通其義，故字因假借而多異；錢辛眉曰：

> 《說文‧敘》云：「其稱《易》孟氏、《書》孔氏、《詩》毛氏、《春秋》左氏，皆古文也。」乃有同稱一經而文異者，如《易》：「以往咨」，又作「以往遴」、「需有衣絮」又作「濡有衣」……蓋漢儒雖同習一家，而師讀相承，文字不無互異，如《周禮》，杜子春、鄭大夫、鄭司農三家，與故書讀法各異，而文字因以改變，此其證也。」（《十駕齋養新錄》卷四‧「說文引經異文」條，頁 66）

錢說與胡氏《管見》適可相發明焉！一曰許書自東漢安帝建光元年奏上行世後，降及李唐，李陽冰以私意而篡改之；至宋雍熙年間，鼎臣、楚金方爲之校訂，《說文》原目不復見幾千年矣！印行不便，獨賴傳鈔，則魯魚豕亥之訛、別風淮雨之誤生焉！其所引之經或爲淺人羼亂者，自亦不免，如「禜」，大徐本引《禮記》曰：「雩禜祭

水旱。」（卷一上，頁 4）然考《說文繫傳》，此《禮記》云云者，實乃楚金之注文，故段大令曰：「鉉本此下引《禮記》：『雩禜祭水旱。』誤用鍇語爲正文也。」（《説文·注》，頁 7）《說文》中有此明識者雖十不逮一，然舉一隅可以三隅反矣！

又按之《說文》，其引諸經與今本經文相異者，凡有七類：

1、經字相異者，如：

「禔」下引《易·坎卦》曰：「禔既平。」（頁 3）今本「禔」作「祇」。

「耡」下引《周禮·地官·遂人》曰：「以興耡利萌。」（頁 186）今本「萌」作「甿」

2、文句增損倒亂者，如：

「祝」下引《易·說卦》曰：「兌爲口爲巫。」（頁 6）今本作「兌爲巫爲口舌。」

「惵」下引《詩》曰：「能不我惵。」（頁 510）今本〈邶風·谷風〉作：「不我能惵。」

3、合兩句爲一句者，如：

「趡」下引《詩》曰：「威儀秩秩。」（頁 65）今本〈大雅·假樂〉有「威儀抑抑，德音秩秩」之文。

「昌」下引《詩》曰：「東方昌矣！」（頁 309）今本〈齊風·雞鳴〉有「東方明矣，朝既昌矣」之文。

4、誤以他經爲此經者，如：

「禡」下引《周禮》曰：「禡於所征之地。」（頁 7）文見今本《禮記·王制》。

「鷸」下引《禮記》曰：「知天文者冠鷸。」（頁 154）文見今本《逸周書》，而「鷸」作「述」。

5、誤以傳文爲經文者，如：

「荆」下引《易》曰：「井者，法也。」（頁 218）此爲鄭玄注文（見《經典釋文·周易音義》）

「嬰」下引《詩》曰：「不醉而怒謂之嬰。」（頁 504）此爲《詩·大雅·蕩》《毛傳》文。

6、所引經文今本不見亦無可考者，如：

「譤」下引《詩》曰：「有譤其聲。」（頁 99）

「相」下引《易》曰：「地可觀者，莫可觀於木。」（頁 134）

「榴」下引《書》曰：「竹箭如榴。」（頁 246）

今本《易》《書》《詩》俱無此文。

7、所引經文自相違異者，如：

「吝」下引《易》曰：「以往吝。」（頁 61）「遴」下亦引之曰：「以往遴。」（頁
　73）文并見《易‧蒙卦》，今本作「吝」。

「逑」下引《書》曰：「旁逑屖功。」（頁 74）「侼」下亦引之曰：「旁救侼功。」
　（頁 372）文并見〈虞書‧堯典〉，今本作「方鳩僝功。」

《說文》引經，遺文軼誼，時時錯出，吳玉搢謂之：「非獨與宋人抵牾，亦多與漢儒
刺謬，字殊義別，不可劃一。」（《說文引經考‧序》）信然也！

　　考今本《說文》，其引經以爲說解者，計引：《易》八十有六條、《書》百六十有
三條、《逸周書》十條、《毛詩》四百四十有三條、《禮經》百二十有六條、《禮記》
十有四條、《春秋左氏傳》百八十有九條、《公羊傳》三條、《論語》三十有四條、《逸
論語》二條、《孝經》三條、《爾雅》三十有一條、《孟子》八條，計凡一千一百一十
有二條，「五經無雙」，良有以也！

二、引群書以為說解

　　許氏除援據六藝經典外，於群書載籍亦廣爲參稽，如：「芸」下引「淮南王」曰：
「芸草可以死復生。」（頁 32）（案：大徐本作《淮南子》）；「公」下引「韓非」曰：
「背厶爲公。」（頁 50）語出《韓非子‧五蠹篇》：「顥」下引《楚辭》曰：「天白顥
顥。」（頁 424）語出《楚辭‧大招第十》；「忦」下引《司馬法》曰：「善者忦民之
善，閉民之惡。」（頁 507），今《司馬法》佚此語；「飑」下引《山海經》：「惟號之
山，其風若飑。」（頁 708）語出《山海經‧北山經》文（案：今本「惟」作「雞」、
「飑」作「飆」）或有不明其所出何書，而統名之曰《傳》者，如：「詻」下引《傳》
曰：「詻詻孔子容。」（頁 92）；或諸書皆有此語，不定其出於何書，亦約之曰「傳」
者，如：「簞」下引《傳》曰：「簞食壺漿。」（頁 194）段《注》：「《孟子》及他儒
家書皆有此言，故約之以『傳曰』也。」

　　《說文》所以引書者，其意有八：證字之本義，一也；證字之引申義，二也；
證字之別義，三也；證字之形構，四也；證字之音讀，五也；證同名異物，六也；
證之古說，七也；證字之援用，八也〔註16〕。

　　考《說文》，引群書以爲說解者，據近人馬宗霍氏《說文引群書攷》所載，計引：
《天老》一條、《山海經》一條、《伊尹》一條、《史篇》三條、《師曠》一條、《老子》
一條、《墨子》二條、《司馬法》十一條、《楚辭》七條、《韓非子（即「韓非」）》二
條、《呂氏春秋（即「呂不韋」）》二條、《魯效禮》二條、《甘氏星經》一條、《五行

〔註16〕　《說文》引書之意，見本師蔡先生《說文答問‧六》第一五六條：「《說文》引書的
　　　　用意是什麼？」《國文天地》卷五‧第九期，79 年 2 月。

傳》二條、《律歷書》一條、《太史卜書》一條、《淮南子》四條、《秘書》二條、《軍法》五條、《漢律令》二十二條、《傳》五條〔註17〕，另又引《三家詩》二條、《國語》二十條、《孝經說》一條，計凡二十四種，一百有一條。

（三）引通人以為說解

《說文・敘》曰：

> 博采通人，至於小大，信而有證，稽譔其說，將以理群類，曉學者，達神恉。（頁771）

段《注》曰：

> 稽考詮釋，或以說形，或以說音，或以說義，三者之說皆必取諸通人，其不言某人說者，皆根本六藝經傳，務得《倉頡》、《史籀》造字本意，因形以得其義與音，而不為穿鑿。

是許書之所以博采通人之說，亦以明聖人造字點畫之意也。如：「王」下引董仲舒曰：「古之造文者，三畫而連其中謂之王。三者，天、地、人也，而參通之者王也。」（頁9）「貞」下曰：「卜問也，從卜貝，貝以為贄。一曰鼎省聲，京房所說。」（頁128），此說字形也；「囧」：「窗牖麗廔闓明也……讀若獷，賈侍中說：『讀與明同。』」（頁317）「銛」：「臿屬，從金舌聲，讀若棪，桑欽讀若鎌。」（頁713）此明字音也；「蔞」：「艸也……劉向說：『此味苦，苦蔞也。』」（頁37）「稑」：「稑米也……司馬相如曰：『稑一莖六穗也。』」（頁329）此證字義也；「膴」下曰：「無骨腊也，揚雄說：『鳥腊也。』」（頁176）「豦」：「鬥相丮不解也……司馬相如說：『豦，封豕之屬。』」（頁460）此別一義也；「棥」：「貪也……杜林說：『卜者黨相詐驗為棥。』」（頁630）「陒」：「危也……班固說：『不安也。』」（頁740）此說引申也；「構」：「蓋也……杜林以為桴桷字。」（頁256）「亞」：「醜也……賈侍中說以為次第也。」（頁745）此明假借也。若此者，率許書博采通人之例也，故馬宗霍曰：

> 通人之說，有說形者，有說音者，有說義者。形有本體、別體；音有本音、轉音；義有本義、廣義。許君稽譔其說為解。」（《說文引通人說攷・敘例》，頁8，學生）

〔註17〕群書中，《魯郊禮》、《甘氏星經》、《律歷書》、《太史卜書》、《秘書》、《軍法》、《漢令》等，《漢志》不見著錄。《五行傳》疑即《漢志》之《五行傳紀》；《傳》或為傳記之通稱，非一書之專名也。又許氏引書或以編譔者名之，如：引「韓非」者，俱見今本《韓非子》，引「呂不韋」者，俱見今本《呂氏春秋》，引「淮南子」者，大徐本或作「淮南子」、「淮南傳」、「淮南王」，段注本作「淮南傳」或「淮南王」，無有稱「淮南子」者，然許氏所引俱見今本《淮南鴻烈》，若斯之類，其於引書者一也，故亦合輯之耳。

然通人博士非徒以說字之形音義，其於經義，亦有相發明者也，故馬氏又曰：

其說之有合於經義者，如「卜」部「貞」下之引京房說、「肉」部「𤷌」之重文「肺」下之引揚雄說……此說之有關《易》者也。《玉》部「玭」下之引宋弘說、「内」部「离」下之引歐陽喬說……此皆說之有關《書》者也。「艸」部「蔞」下之引劉向說、「木」部「樧」下之引賈侍中說……此皆說之有關《詩》者也。「晶」部「疊」下之引揚雄說、「酉」部「酌」下之引賈侍中說……若皆說之有關《春秋》者也。又如「艸」部「茵」之重文「鞇」下引司馬相如說：「茵从革。」許君訓「茵」為「車重席」，案：《詩·秦風·小戎》：「文茵暢轂。」《毛傳》云：「文茵、虎皮也。」長卿說从「革」作「鞇」，正與「虎皮」之義合，是《毛詩》本字或當作「鞇」矣！……凡若斯類……知通人之說不徒字說，其有助於經說者彌多也！」

（全上，頁 8～10）

此或許君引通人之又一深意也哉！

許氏所引之通人，前乎漢者有：「天老」、「伊尹」、「楚莊王」、「師曠」、「老子」、「孔子」、「墨子」、「孟子」、「呂不韋」、「韓非」。所引孔子之說凡十二例，除「璠」字所引自《逸論語》、「羌」字所引自《論語·公冶長篇》者外，餘皆未見。宋王應麟、鄭樵已疑其出於緯書，至清儒桂馥、沈濤亦承其說〔註18〕。由許氏所引孔說觀之，如「王」字下引之曰：「一貫三為王。」（頁 9）「士」字下引之曰：「推十合一為士。」（頁 20）均與漢人「人持十為斗」、「馬頭人為長」諸說無別，則孔子之說恐是漢人之偽託也。所引「伊尹」、「呂不韋」之說，俱見《呂氏春秋》；「楚莊王」：「止戈為武」之說者，乃《左傳》宣公十二年之傳文；「韓非」之說俱出《韓非子》；至或漢儒「司馬相如」、「杜林」、「揚雄」者，其說當出《凡將篇》、《倉頡訓纂》、《倉頡故》、《訓纂篇》；所引「博士」說，蓋漢時今文學家之言，許氏不詳其名者也。至如他者，或觀其書，或覩其文，皆摭拾援引以為說，其所親聞者，恐止賈逵一人耳！若此者，雖取書名人，與耳聞之謂通人者不類，然書因人而成，要不害其為「通人」也已！

考《說文》，其引「墨子」「孟子」「韓非」「呂不韋」者，其說今書俱見，故「通人說」者不與焉！據馬宗霍《說文引通人說攷》，許氏之引通人以為說者，計凡：「孔

〔註18〕《說文》引「孔子」說者，當出於緯書也，清儒沈濤曰：「許君所稱『孔子曰』，皆出緯書。」（《說文古本考》卷四·「鳥」字條）桂未谷亦引王應麟之言曰：《說文》引孔子曰：『一貫三為王』『推十合一為士』『粟之為言續也』……未詳所出，然似非孔子之言，或緯書所戴也。」（《說文解字義證》卷一·「王」字條，頁 118，廣文）

子」十二條、「司馬相如」十一條、「董仲舒」二條、「賈侍中（逵）」十七條、「揚雄」
十三條、「桑欽」四條、「杜林」十七條、「衛宏」二條、「徐巡」二條、「王育」五條、
「譚長」七條、「官溥」四條，至若「楚莊王」、「漢文帝」、「歐陽喬」、「京房」、「劉
向」、「宋宏」、「爰禮」、「劉歆」、「班固」、「張林」、「傅毅」、「張徹」、「尹彤」、「逯
安」、「莊都」、「黃顥」、「周盛」、「甯嚴」、「司農」、「復」、「博士」則各一條，計三
十三家，凡百十有七條。

（四）引方言以為說解

昔楊子雲撰集《輶軒使者絕代語譯別國方言》，晉郭璞譽之曰：

> 可不出戶庭而坐照四表，不勞疇咨而物來能名；考九服之逸言，標六
> 代之絕語；類離詞之指韻，明乖途而同致，辨章風謠而區分，曲通萬殊而
> 不雜。真洽見之奇書，不刊之碩記也！」（《方言·序》）

則先代絕言、異國殊語，亦大有功於訓詁也已矣！許君生雄後，讀其書，承其緒，
不以方國俗語而棄之，其輯入《說文》者，解義雖不若楊氏之詳，采摭雖不若楊氏
之廣，然亦有可觀者也！

考《說文》之援引方言也，其可說者厥有六焉：

1、或引一國一地之專名者，如：

竹部「箁」：「楚謂竹皮曰箁。」（頁191）土部「埂」：「秦謂阬為埂。」（頁697）
「埂」「箁」乃「秦」「楚」一國一地之專名也。

2、或引區域之通名者，如：

口部「喑」：「宋齊謂兒泣不止曰喑。」（頁55）目部「睇」：「海岱之間謂眄曰
睇。」（頁135）「喑」「睇」乃「宋、齊」、「海岱」之通名者也。

3、或物實為同，因方國殊語而名異者，如：

艸部「薐」：「芰也，楚謂之芰、秦謂之解苴。」（頁33）聿部「聿」：「所以書
也。楚謂之聿、吳謂之不律、燕謂之弗。」（頁118）同為「薐」、同為「聿」，
因其地之異而名亦隨之！

4、或方言留布者廣，難名其域，故為之泛指者，如：

肉部「腒」：「北方謂鳥腊腒。」（頁176）木部「樫」：「樫梠也，東方謂之蕩。」
（頁260）「北方」、東方」，乃其地之泛指者也。

5、或有知其為方俗異語，然未詳其所出，而以「俗語」「方語」名之者

歺部「殠，棄也，……俗語謂死曰大殠。」（頁166）雨部「霄」：「雨貌，方語
也。」（頁579）

6、或中土所無而廣輯異域者，如：

口部「咺」:「朝鮮謂兒泣不止曰咺。」(頁 55) 又「呬」:「東夷謂息為呬。」(頁 56)「朝鮮」「東夷」皆異域之名也。

綜此六類，知許君之輯方國殊語也，或名其國，或記其地，或載其域，或泛指以為說，或隱取以為資，或廣蒐以為據，凡百七十有五見，非僅以說文解字，亦得以備多識、補不足，所謂「雖小道亦有可觀」者也！

第二節 《說文解字》釋義之原則

《說文》收字九三五三，部分五百四十，此固前所未聞，亦許君匠心之筆，字書之所以成者，許君創製之功為大！職是之故，發凡起例，良有深意焉！此吾人之尤當深思明辨者也。曩者亭林精審博洽，猶譏許君有天文、地理之昧，其言曰：

> 自隸書以來，其能發明六書之指，使三代之史，尚存於今日，而得以識古人制作之本者，許叔重《說文》之功為大！後之學者，一點一畫，莫不奉之為規矩，而愚以為亦有不盡然者……若夫訓參為商星，此天文之不合者也；訓亳為京兆亭，此地理之不合者也；書中所引樂浪事數十餘，而他經籍反多闕略，此采摭之失其當者也。今之學者，能取其大而棄其小，擇其是而違其非，乃可謂善學《說文》者與！(《日知錄》卷二十二·「說文」條，頁 611～612)

顧氏博洽多聞，於不疑處有疑，亦可謂善學者矣！其示學者取大棄小、擇是違非，尤為的論，然其斥《說文》之失，則有不逮焉！是誤讀《說文》故也，故錢辛楣辨之曰：

> 古人著書簡而有法，好學深思之士，當尋其義例所在，不可輕下雌黃。以亭林之博物，譏許氏訓參為商星，以為昧于天象，豈其然乎？(《十駕齋養新錄》卷四·「說文連上篆字為句」條，頁 64)

又曰：

> 讀古人書，先須尋其義例，乃能辨其句讀，如此文本云：「參商、星也。」參、商二字連文，以證參之从晶，本為星名，非以商訓參也。《說文》十四篇中，似此者極多……諸山、水名，云：「山在某郡」、「水出某郡」者，皆連篆文讀之。

降及今日，亦有闇於許君之類例而譏之者，如：《說文》「戈」部：「𢦔，絕也，从从持戈，一曰田器古文，讀若咸；一曰讀若《詩》：『攕攕女手。』」(頁 637) 許氏以

爲「□」字之音讀與「咸」者相類，又與《詩》之「摻」音相近（案：《詩・魏風・葛屨》：「摻摻女手。」《毛傳》：「摻摻猶纖纖也。」《說文》引作「攕」）。今人康殷則據甲文作「□」「□」，而釋之曰：

> 象用戈連殺多人，用二人代表其多之狀。……篆訛作□，許說：「絕也」，存初意，又誤解爲：「从从持戈，古文讀若咸，讀若《詩》云：攕攕女手。」把這種血淋淋的慘酷野蠻的大屠殺轉爲「女手」，乃偷天換日手段。（《文字源流淺說》，頁404）

案：康氏以甲文正《說文》釋形之誤，鑿鑿有據，當可信從。然以許氏變「殺絕」爲「女手」，實謬之甚歟！蓋東漢之際，尙無反切標音之術，許氏懼人不知其音讀，故有「讀若」之語，此全書之通例，是以注音，而無關乎字形、字義也。且全書中引《詩》以爲音讀者，所在多有，不然，若：「唪，大笑也。从口，奉聲，讀若《詩》曰：『瓜瓞菶菶。』」（頁58）「褮，鬼衣也。从衣，熒省聲。讀若《詩》曰：『葛藟縈之。』」（頁401）「摕，撮取也。从手帶聲，讀若《詩》曰：『蟊蜥在東。』」（頁606）必如康氏以爲「偷天換日」者，則「大笑」可爲「瓜瓞」，「鬼衣」可爲「葛藟」，「撮取」可爲「蟊蜥」，其然乎？豈其然乎？又如：「龠」部：「龠，樂之竹管，三孔，以和眾聲也。从品侖，侖、理也。」（頁85）康氏據甲文「龠」作□、□、□，乃引郭沫若之言曰：「象編管之形，从□示以管頭之空。」又議之曰：

> 「龠」純是與「冊」、「龢」的訛混，已失□形，許誤解作「从品侖，侖、理也。」大儒的本領實在驚人，竟能把「侖理」也當作樂器來吹奏的。
> （仝上，頁554）

案：許氏於此僅明「龠」乃合「侖」與「品」以成文，而「侖」有「理」之義耳。蓋奏管絃成樂，曲調抑揚高低，必有其順序之理，故許君以爲「龠」乃取斯義構字，此固篆體訛變之誤，即或不然，許氏亦無以「侖理爲樂器」之說也。夫「侖」「理」二字豈可連讀？若「侖理」即「倫理」，則《禮記・樂記》：「樂者通倫理者也。」《注》：「理、分也。」是樂僅可「通」而已矣，非所以吹奏者也！是康氏之謬與魯哀公以夔爲一足之蔽，何如邪〔註19〕？故黃季剛先生戒之曰：

> 近世治《說文》者，說或繳繞不清，足以使人迷罔，察其致病，由於

〔註19〕《韓非子：「魯哀公問於孔子曰：『吾聞古者夔一足也，其果信有一足乎？』孔子對曰：『不也，夔者忿戾惡心，人多不說善也。雖然，其所以得免於人害者，以其信也。人皆曰：獨此一足矣！夔非一足也，一而足也。』哀公曰：『審而是，固足矣！』」又：「哀公問於孔子曰：『吾聞夔一足，信乎？』曰：『夔，人也，何故一足？彼其無他異，而獨通於聲，堯曰：夔，一而足矣！使爲樂正，故君子曰：夔有一，足。非一足也。』」（卷一二・〈外儲說〉）

未覩字例之條矣！蓋研治《說文》，貴能玩索白文，白文通順，疑誤乃尟！
（黃焯·《文字聲韻訓詁筆記》，頁 83）

詳索許書，審覈類例，覩字例之條，尋說解之道，故首敘許君釋義之原則，次明訓詁之方法，以爲治《說文》者階。

夫許君《說文》之作也，一以究聖人造字之微恉，一以駁說字解經之迷誤，故《說文》之爲書，雖前有所本，然於序字、說解，要不害爲許君之獨創也！察《說文》之解字也，其例厥有五類焉：

一、以說解釋文字

段氏曰：

> 許書之例，以說解釋文字，若「屼」篆爲文字，「屼山也」爲說解，淺人往往氾謂複字而刪之，如「髦」篆下云：「髦髮也。」「舊」篆下云：「舊周。」「河」篆、「江」篆下云：「河水、江水。」皆刪一字，今皆補正。」（「屼」字注，頁 443）

案：《說文》以前之字書，皆以收字分章爲例，如秦《三倉》，斷六十字以爲一章，凡五十五章，每章十五句，每句四字，《訓纂》、《滂熹》同之，《凡將篇》每句七字，《急就篇》同之，此皆童孺進學考文識字之書，取其易於傳受背誦耳，而於字形之本始、字音之衍化、字義之遷移，蓋闕如也！許君取有餘補不足，廣徵經籍、博采通人、取資方言，使學者知其所以然也，故段氏曰：

> 周之字書，漢時存者，《史籀》十五篇，其體式大約同後代《三倉》……其體例皆雜取需用之字，以文理編成有韻之句，與後世千字文無異……識字者略識其字，而其形或譌，其音義皆有所未諦，雖有揚雄之《倉頡》、《訓纂》，杜林之《倉頡訓纂》、《倉頡故》，而散而釋之，隨字敷演，不得字形之本始，字音、字義之所以然。許君以爲音生於義，義箸於形，聖人之造字，有義以有音，有音以有形；學者之識字，必審形以知音，審音以知義。聖人造字，實自像形始，故合所有之字分別其部爲五百四十，每部各建一首，而同首者則曰：「凡某之屬皆从某」，於是形立而音義易明。凡字必有所屬之首，五百四十字可以統攝天下古今之字，此前古未有之書，許君之所獨刱，若網在綱，如裘挈領，討原以納流，執要以說詳，與《史籀篇》、《倉頡篇》、《凡將篇》，亂雜無章之體例，不可以道理計。顏黃門曰：「其書隱括有條例，剖析窮根原，不信其說，則冥冥不知一點一畫有何意焉？」此最爲知許者矣！（頁 771～772）

又曰：

> 許君之書，主就形而爲之，說解其篆文則形也；其說解則先釋其義……
> 次釋其形……次說其音……必先說義者，有義而後有形也。音後於形者，
> 審形乃知音，即形即音也，合三者以完一篆。（頁772）

夫語言所以表情達意，故必義生於內而後音發於外，聖人造形以存之，「學者之識字，必審形以知音，審音以知義」，此形音義之所以爲一者也。段氏條分縷析，犖犖大箸，發聖人造字之原，明許氏作書之由，示學者識字之途，決疑鉤沉，以爲許君諍友，誰曰不宜？吾人去聖人造字已遠，時有古今，地有南北，字之更革損益大矣哉！生後者難能識前，囿井者不易知天，故王觀堂曰：

> 顧自周初訖今垂三千年，其訖秦漢亦且千年。此千年中，文字之變化
> 脈絡，不盡可尋，故古器文字有不可盡識者，勢也！（《觀堂集林》卷六·
> 〈毛公鼎考釋序〉，頁293）

吾人生今日，其去周孔固垂三千年矣，然於殷商之古器文字猶且略一二，其故安在哉？微《說文》，吾人焉知聖人造字一點一畫、一直一曲之意乎？「自隸書以來，其能發明六書之恉，使三代之史，尚存於今日，而得以識古人制作之本者，許叔重《說文》之功爲大。」亭林之讚，良有以也！

二、釋字之本義

夫天下之事無窮，而造字有限，苟逐事而爲之字，則字有不可勝造之數，此必窮之勢也。與夫言字，則字有假借；與夫表意，則義有引申，漏縫缺補，意足情達，此亦自然之勢也。降及後世，或借字行而本字廢，或引申義行而本義昧，時遠則訓詁難明，地遠則扞隔難通，此吾人之所以不得於經典，而許君之所以懼者也！故《說文》之作，取《周官》六書以爲造字之法，列部五百四十，以爲歸字之條，魝爲說形之書，以存古義古訓，凡字義之本者，雖至罕見，在所必取；無涉之義，雖至常見，在所必棄，故段氏曰：

> 許以形爲主，因形以說音說義，其所說義與他書絕不同者：他書多假
> 借，則字多非本義；許惟就字說其本義，知何者爲本義，乃知何者爲假借，
> 則本義乃假借之權衡也。故《說文》、《爾雅》相爲表裡，治《說文》而後
> 《爾雅》及傳注明；《說文》《爾雅》及傳注明，而後謂之通小學，而後可
> 通經之大義。（頁792）

案：許君之譔《說文》，以其爲收輯文字、董理文字之書，以之爲形書，則可疑！考《說文》，許君以說解文字，先釋其義、次說其形、次記其音，合三者以完一篆，然

其釋形也，亦以字義爲依歸，明義之所以然者也。是以以之爲「形書」固可，即或曰「義書」，亦無不當，故江沅曰：

> 許書之要，在明文字之義而已……經史百家，字多假借，許書以說解名，不得不專言本義者也。本義明而後餘義明，引申之義明，假借之義亦明。形以經之，聲以緯之，凡引古以證者，於本義、於餘義、於引申、於假借、於形、於聲，各指所之，罔不就理……孔子曰：「必也正名乎！」蓋必形聲義三者正而後可言、可行也，亦必本義明而後形聲義三者可正也！（《說文解字注・後敘》）

王筠亦有是意曰：

> 許君之立說也，推古人造字之由，先有字義，繼有字聲，乃造字形。故其說義也，必與形相比附，其直以經典說之，而無「書曰」「詩曰」之等者，皆本義也。經典不見本義者，遂及漢賦；漢賦又不見者，博訪通人，故有恒見之字，而說解反爲罕見者，爲恒見之解，與字形不合也。（《說文釋例》卷一・「六書總說」條，頁 10）

審《說文》之於字本義之推索，可謂勞且勤矣！其說解釋義者，止詢其本之當否，不論其用之常罕，後人蔽此，嘗以己意度之者，往往有之，其去許君固不可以道理計也。如：「殳」部：「殿，擊聲也。」（頁 120）段氏不明其義，坦然曰：「此字本義未見。」桂未谷則曰：「擊聲者，所謂『呵殿』也。」王毋山曰：「所謂『呵殿』者，與此義略近。」朱豐芑則曰：「《急就篇》：『盜賊繫囚榜笞臀。』以臀爲之。」桂、王重以「聲」，朱氏重以「擊」，於許氏「擊聲也」，皆止取其一而爲訓，非但昧造字之義，亦自暴強不知爲知之短也。《呂氏春秋・察傳篇》曰：

> 夫得言不可不察，數傳而白爲黑，黑爲白，故狗似玃，玃似母猴，母猴似人，人之與狗則遠矣！此愚者之所大過也。

後之學者，欲求無一字之不識，無一義之不通，不細覈《說文》之訓詁，而穿鑿附會，望字生義，其蔽非若是之過者歟？

三、綿聯之詞不可分釋

漢語字詞之別，已如前言，方其糾雜難識，故《說文》雖爲字書，然亦有以複音成名者，如玉部之「瑾瑜」、「珊瑚」，艸部之「蘆菔」，走部之「趑趄」，竹部之「籦籠」，若此者，指不勝屈，於《說文》中雖各字獨立，然實與「琵琶」、「葡萄」相類，皆爲連字成詞，合之則詞成義足，分之則茫昧不知所怙。許君明此，故部中列字，凡兩字爲名者，必使相從，且多詳其義於上字，下字但云：「某，某某也。」如：

1、玉　部

　　「瑾，瑾瑜、美玉也。」「瑜，瑾瑜也。」段《注》：「凡合二字成文，如瑾瑜，玫瑰之類，其義既舉於上字，則下字例不複舉。」（頁 10）

2、犬　部

　　「猣，猣麛、如虒苗食虎豹。」段《注》：「『鹿』部『麛』下祗云：『猣麛也。』全書之例如此，凡合二字成文者，其義詳於上字，同部、異部皆然。」（頁 481）

3、系　部

　　「綖，綖緓、乘馬輿飾也。」「緓，綖緓也。」段《注》：「其義已釋於上，此言但云：『綖緓也。』凡綿聯字不可分釋者，其例如此。」（頁 664）

　　段《注》於《說文》二字成名者，發凡起例，使知許氏釋詞之準的，亦明字詞之別異！雖然，猶不能無疑者五：夫《說文》之列字，凡重并之篆必居部末，此其例也。今石部「磊砢」一詞（頁 457），二字成名，本當如「珊瑚」之類，先出「磊」字，後次「砢」字，然「磊」篆从三石，依例乃先置「砢」篆，而列「磊」字於部末，此段說可疑者一也；又「蠹蛸」二字成名，依例當先出「蠹」篆，後出「蛸」篆，且釋義於「蠹」篆下，今則反是，虫部：「蛸，蠹蛸、堂螂子。」（頁 673）蚰部：「蠹，蠹蛸也。」（頁 681）先出「蛸」篆，後列「蠹」，且釋義於「蛸」字下〔註

〔註20〕王筠以爲二字成名，於上字詳說之，此《說文》正例也。然有爲後人刪削倒亂者，則凡有九種：

　　（一）有倒其訓義在下者：如「蝙」下云：「蝙蝠也。」「蝠」下云：「蝙蝠，服翼也。」爲其自上下下，便於讀也。（案：段注本已正之矣！）

　　（二）有上字出其義，下字出其名，與一以一字成義，一以兩字成義相混者：如「銼」下云：「鍑也。」「鑪」下云：「銼鑪也。」（案：段注本已改之矣！）

　　（三）有刪其訓義，後人掇拾之，反加「一曰」，似成兩說者：如「婆」下云：「妗也。」「妗」下云：「婆妗也，一曰善笑皃。」

　　（四）又有第存名目者：如「媟」下云：「嬻也。」「嬻」下云：「媟嬻也。」

　　（五）其或連文而一字有兼義，一字祗專義，從而刪之，尤足惑人者：如「繆」有「枲之十絜」一義，故「一曰綢繆」在下；若「綢」祗有「綢繆」一義，故其次先「繆」后「綢」；而「綢」下云：「繆也。」乃刪之而連篆讀也。段氏爲所惑，曲爲之說，果爾，亦當先「綢」后「繆」也。

　　（六）有連語而刪之成轉注者：如「姻」下云：「㜗也。」「㜗」下云：「姻也。」彼謂此語無用，聊且存之也。

　　（七）又有刪其名目，第存訓義者：如「妓婑」：「婦人小物也。」而今兩字下皆曰：「婦人小物」是也。

　　（八）其或離析兩處，則刪削之迹尤難見者：如「拮」下當云：「拮据，手口共有所作也。」「据」下當云：「拮据，戟搰也。」「搰」下當云：「戟搰，戟持也。」以此三字類列，而遞相引伸以爲說，其爲合併《毛詩》經傳而解之，了然言下矣！

20〕，此段說可疑者二也；又有第存名目，無有說釋，茫昧不知其恉者，如：艸部「萹苵」（頁 26）、言部「譴譙」（頁 97）、虫部「蝦蟆」（頁 678）是也。夫許君作字書，必須名義相副，不可使人不知，所謂別檢三倉、五雅者也，此段說可疑者三也；或因字有別義，則雖二字成名，要皆變其例也，如：艸部「蘆、蘆菔也，一曰薺根。」「菔、蘆菔，似蕪菁，實如小尗者。」（頁 25）是「蘆菔」二字成名，依例當於「蘆」下釋其義，今則反是，以「蘆」字有別義故也，王筠曰：

> 「蘆菔」乃以二字爲名者，而「似蕪菁，實如小尗者」之說不出於
> 「蘆」下，與它二字爲名之說不同例，以「蘆」兼有「薺根」一義也。
> 薺根名蘆，不名蘆菔，故變例出於「菔」下。（《說文釋例》卷十・〈說解
> 變例〉，頁 423）

此段說可疑者四也；或二字成名，字無別義，亦非異部而訓釋不繫於上字，反繫於下字者，如：艸部「菡、菡萏也。」「萏、菡萏，扶渠華。夫未發爲菡萏，已發爲夫容。」（頁 34）此段說可疑者五也。

　　職是，綿聯之字固不可分釋，其釋義以繫於上字爲正，然亦有出入小變者，非若段氏所言之絕對也，豈可等而視之乎？

四、字有歧義，則出「一曰」之例

　　夫《說文》之爲書也，旨在推明古人制字之由，凡所說解，多能參稽眾議，定於一尊，其或間存別說而出「一曰」之例者，見其愼也！蓋時當後漢，形體既遞有譌變，古義亦容有失傳，是故眾說紛如，各逞所見，莫衷一是，別義歧說生焉！雖以許氏之博學通識，師承有自，而於是非之抉擇，精蕪之取舍，亦難決斷，故凡有所疑，則兼錄並收，不囿己見者也。審「一曰」之爲用，段氏已屢屢言之矣！

> 凡義有兩歧，出一曰之例。（「禋」字注，頁 3）
> 凡一曰，有言義者，有言形者，有言聲者。（「祝」字注，頁 6）
> 　《說文》一曰者，有二例：一是兼采別說；一是同物二名。（「藿」字注，頁 27）
> 許書之一曰，有謂別一義者，有謂別一名者。（「楚」字注，頁 274）
> 　許書一字異義言一曰，一物異名亦言一曰，不嫌同辭也。（「銅」字注，

乃先「搞」後「据」，而「拮」字遠隔在後，其說解又大加刊落，猝難通也。
　　（九）其尤可恨者，連語而偏旁不同，從而刪之，更不易見：如「繙」下云：「冕也。」段氏謂「當作『繙冕』，亂也。」蓋先刪「繙亂」二字，而連篆讀爲一句，有疑之者。謂「冕」亦作「繞」，與「繙」從糸同類，不加深考而改之，非吾茂堂，誰能正之乎？（《說文釋例》卷一〇・「說解正例」，頁 418〜420）

頁 582）

董理段説，知「一曰」之例，其用凡五：一曰明義有兩歧；二曰示形有二構；三曰存音有異讀；四曰兼采別説；五曰記物有殊名。

按之《説文》，「一曰」者外，復有「一名」、「或曰」、「亦曰」、「或説」、「或言」、「或云」、「又」、「又曰」、「一説」、「或」、「或謂之」、「一」諸稱，名號雖異，其實一也。其中名「一曰」者，凡七百九十六見，其中義例則七百六十又三見，知許君捃拾異説，兼存並蓄，以俟後之來者，是不妄議者也，故王念孫曰：

> 《説文》之訓，首列製字之本意，而亦不廢假借，凡言一曰及所引經，
> 類多有之，蓋以廣異聞，備多識，而不限於一隅也。（《説文解字注·序》）

黃季剛先生亦申之曰：

> 《説文》為説解文字而作，蓋徒不為其説解而已。有一字數解皆可通
> 於形體者，許君必並存之，「一曰」諸文即其顯徵。（如「易」字下釋曰：
> 「開也，一曰飛揚，一曰長也，一曰彊者眾貌。」皆可通於形體之類。《説
> 文》為書，觀其題號，已足明其恉趣，蓋凡篆刻可以加於文字者，雖多不
> 嫌，是以《説文》中多「一曰」之文，以其皆可解釋下筆之意故也。凡意
> 訓不足以詮明下筆之理者，雖六經明文，皇古遺言，有所不用。）蓋孰為
> 倉頡造字本義，孰為後起之義，許君不能知，存之以俟後聖，亦其謹也！
> （《文字聲韻訓詁筆記》·「説文綱領·三、説解」，頁 85）

案：王、黃二氏之説，一以為許君「一曰」之例，乃所以「廣異聞、備多識，而不限於一隅」；一以為許氏不能知「孰為倉頡造字本義，孰為後起之義」，乃「存之以俟後聖」。按之《説文》，可謂信而有徵矣！

然《説文》自漢安帝建光元年獻書後，迭經傳鈔，降及李唐，復有李陽冰之篆改，多私意穿鑿之訓，謬妄無根之説。後雖有二徐戮力校刊，然已非許氏原貌，妄學者竄誤塗墨，自亦不免，則「一曰」之例，當亦有私竄之者，此段氏已疑之矣！

《説文》示部「禋，絜祀也；一曰精意以享為禋。」注曰：

> 凡義有兩歧者，出一曰之例：《山海經》、《韓非子》、《故訓纂》皆然。
> 但《説文》多有淺人疑其不備而竄入者，《周語》內史過曰：「精意以享禋
> 也。」「絜祀」二字已苞之，何必更端稱引乎？舉此可以隅反。（「禋」字
> 注，頁 3）

王筠亦有是意曰：

> 案此二字（一曰）為許君本文者蓋寡，其為後人附益者，一種也；合
> 《字林》於《説文》，而以「一曰」區別之者，又一種也；其或兩本不同，

校者彙集爲一，則所謂「一曰」者，猶今人校書，云一本作某也，是又一
種也。(《說文釋例》卷十一‧「一曰」條，頁 439)

馬敍倫撰《說文解字六書疏證》，承沿王氏之說，亦曰：

本書箸別義者，大率言「一曰」、或言「或曰」、或言「一說」、或言「一
云」，皆先後校者之詞，故爲例不純。(卷一‧「祥」字條，頁 32。鼎文)

又引某氏曰：

許書凡一曰者，皆校者所增，或記異本，或箸別義也。(卷一‧「禋」
字條，頁 40)

案:夫趙宋以往，印刷未興，流行舊籍，胥賴傳鈔，歷時久遠，則其間衍奪譌誤，自
所難免，是今本《說文》容有經後人竄亂，而非許氏之舊者，是固然矣！此王、馬
得其實之一者也。然若謂後人合《字林》於《說文》，而以「一曰」別之，又或校者
彙錄異本，故出「一曰」之名，而以爲其出於許君之手者蓋寡，斯乃肊構私斷，難
使信服也！許君於「天地鬼神、山川艸木、鳥獸蚰蟲、雜物奇怪、王制禮儀、世間
人事，莫不畢載」，則眾說異聞，蒐而集之，豈非其徵？且以大小徐本對勘，「一曰」
之文大致相當，則什九爲許氏原文，蓋可無疑也矣！

五、其於所不知，蓋闕如也

段氏曰：

許全書中，多箸「闕」字，有形音義全闕者，有三者中闕其二、闕其
一者，分別觀之。凡言「闕」者，十有四容有後人增竄者，如「單」下「大
也，從吅甲，甲亦聲，闕」，此謂從甲之形不可解也。㠯從反邑，厈從反
屵，叵從反可，卯從卩可，林從二水，蟲從三泉，皆云「闕」，謂其音讀闕
也。(頁 773)

又曰：

自序云：「其於所不知，蓋闕如也。」凡言「闕」者，或謂形、或謂
音、或謂義，分別讀之。(「旁」字注，頁 2)

凡云「闕」者，或闕其義、或闕其音、或闕其形。(「砦」字注，頁 69)

王筠亦曰：

許君〈敍〉曰：「其於所不知，蓋闕如也。」故書中多署闕字。然許
君所自署者，其條有三：一則字形失傳也。「帝」下云：「從二、闕、方聲。」
闕字在從二之下，是謂「冂」非字也……一則字形較著而不可解者也。「砦」
下云：「窳也、闕。」案:吅自是字，而不可以得「窳也」之義，故云闕。……

一則疊文與本文無異者也。……如「屾」之與「山」,「沝」之與「水」,「䲷」之與「魚」,義同而音又近,或亦本無此字,特以他字從之,而列之爲字,故言闕邪!(《說文釋例》卷十一・「闕」字條,頁 494～498）

葉德輝准此,乃析其類曰:

《說文》各部字有無解義、形、聲而云闕者;有有解義、形、聲而云闕者;有無從某而云闕者;有有從某而云闕者。其爲歷來傳本闕者有之;爲傳寫脫誤闕者亦有之。今爲區其類,曰形闕、曰義闕、曰形聲並闕、曰形聲義並闕、曰讀若闕。」(《說文闕義釋例》)

然嚴可均則據段氏「凡言闕者,十有四容有後人增竄者」之說,舖張揚厲,斷《說文》凡言闕者,俱非許氏原文,其言曰:

凡言「闕」者,斷爛校者加闕字記之,小徐等指爲許語,皆承李陽冰之誤也……按:今二徐本云闕者,「旁」、「單」、「皆」……凡四十六見,余詳考之,斷非許語!(《說文校議》第一・「旁」字下)

及其後也,嚴章福雖以爲「闕」例乃許書本有,然非所以示形音義之缺也,惟缺引經者耳!其言曰:

《校議》云:「今二徐本云闕者凡四十六見。」余謂四十七,自部「𦎫」下亦有闕字,未之及也。許〈敘〉篇云:「其於所不知,蓋闕如也。」此言引經,非關說解。蓋經典多假借,《說文》皆正字,惟恐後世不明經術,故引經以證某字,即《說文》某所引皆古文……許所不知者,不敢妄爲稱引。後世不達許意,而于說解中,訓詁形聲,轉寫斷爛者,謬指爲原本所或闕,是誤讀許〈敘〉者,蓋《說文》一書,本非錄舊,何有于闕?(《說文校議議》・卷一上・「旁」字下)

案:可均《校議》、章福《議議》,專正鼎臣之失,其諸訓故形聲、名物象數,旁稽互證,復許君之舊,其功爲大!然於此言之疑,恐疑之大過矣!今考二徐本《說文》,其云「闕」者,或二徐皆有、或大徐有而小徐無、或小徐有而大徐無者,計凡五十二見(段注本則凡四十三見),非止四十七見耳,此失者一也;夫《說文》流行既久,迭經傳鈔,則魯魚亥豕之謬,帝虎陶陰之誤,勢也;許君去聖人造字已遠,其於縱橫之形、形聲之音、點畫之義,有所不知者,亦勢也!則鈇橋以爲「闕」者皆轉寫斷爛者加之,非許書原有,此恐自信太過耶!且若果爲傳寫者所加,自當於有所不足者加之,審之《說文》,實又未必然也,如邑部:「郖、美陽亭即郖也;民俗以夜市有郖山,從山从豸,闕。」(頁 288)許君於此形、音、義之說解俱全,無從闕焉;若此「闕」由校者所加,其意果安在哉?此失者二也;

章福《議議》復以爲「闕」者乃許氏當引經證字而缺者，故記之以自明也，此說實誤。按之《說文》，其引經以說者，計凡一千一百一十二見，於《說文》，略不過十之一、二，若字必待引經而發明之，則《說文》九千之數，何其引經者率不過一千之譜耳？且《說文》之引經，亦非見諸經典者必引，不然，其於「仁」字下當曰：「克己復禮爲仁。」「禮」字下當曰：「非禮勿視、非禮勿聽、非禮勿言、非禮勿動。」「恕」字下當曰：「其恕乎？己所不欲，勿施於人。」類此者夥矣！且「經典所有之字不見《說文》者以千數，《說文》中字不見經典者亦以千數」（黃侃語，《文字聲韻訓詁筆記》「字書分四種」條，頁 13）若《說文》之「闕」，果爲許氏自明引經之缺者，則其見諸經典者焉止一千之數哉？其他經典中字，許君何不言乎？「五經無雙」，或有所失，然不若是之甚歟！此失者三也；經典用字固多假借，然許君之引經也，又非專以正假借耳。夫《說文》引經證字，厥有六類：曰證字之本義、曰證字之引申義、曰證字之假借義、曰證字之形構、曰證字之音讀、曰證字之見用〔註 21〕。知引經明假借者，僅爲一端，非可以偏概全，此失者四也。故劉師培曰：

> 許書審迹詮詞，據形爲斷，則以恉具于心，非名莫顯；義定於名，匪形莫辨。名以立稱，形以辨物，形有必定之迹，斯義有不遷之經，故曰：「別異分理，萬物咸睹。」若造字以前，別具初詁，即形說誼，無所准據，尋宗討本，有傷懸越，質信靡緣，文疑則闕，譬猶導江岷山，導河積石，九州之外，弗溯重源。昔尼父刪書，斷自二典，史遷年表，肇始共和；以此方之，其例一也。若復侈說遠流，是非無正，巧說邪詞，使學者疑。不足立字例之條，洞聖人之恉，此則訛濫之本源，誣撟之瓌說，篆籀湮替，自此始矣！（《劉申叔先生遺書・左盦外集》卷一六・「答四川國學學校諸生問說文書」第六通，頁 1980～1981。華世）

黃季剛先生亦曰：

> 〈敘〉云：「博采通人，至於小大。」又云：「於其所不知，蓋闕如也。」據此則許君說字，皆有徵信。經典之有徵者，則徵之經典；經典之無徵者，更訪之通人；其有心知其意，無可取徵者，則寧從蓋闕，以避不敏。良以學問之道，貴能辨章然否，無徵之文，其然否不可知，付諸蓋闕，非得已也！使許君憑其私臆，以意爲說，將何以間執嚮壁虛造變亂常行者之口哉？（《文字聲韻訓詁筆記》・「說文綱領」・『闕』字條，頁 89）

〔註21〕見本師蔡信發先生《說文答問・六》第一四八條：「《說文》引經的用意何在？」《國文天地》卷五・第九期，79 年 2 月。

靚劉、黃二氏之論，其去嚴氏之議，何如邪？

第三節　《說文解字》釋義之方法

　　許君於《說文》九三五三字，率多探其義，說其形，明其音，與《倉頡》、《訓纂》諸書之以需用之字編成有韻之句，自不可以道理計。其於釋義，雖無謹嚴家法，頗似亂雜無章，隨興所至，然細覈《說文》，許君於字義訓詁之際，冥冥中實有規矩制度可尋。今人江舉謙先生綜計許君釋義之法，厥有二十有二類，本師蔡信發先生掘其未發，補其未備，悉得二十有八例〔註22〕，條分縷析，舉例詳實，可謂善矣！今複檢《說文》，略得其餘，粗分「形式」與「內容」二目，以見許氏釋義之大概：

一、形　式

　　《說文》之釋義，率多以「某、某某也。」為本，然許氏非專一不變，於條陳之際，往往隨文改之，或明其文，或求其變，未可等視也！其釋義之式，略得九例：

1、某、某某也

　　此式於《說文》中十有七、八，為《說文》釋義之本型，如：

　　（1）艸部：「艸、百芔也。」（頁22）

　　（2）小部：「小、物之微也。」（頁49）

　　（3）目部：「目、人眼也。」（頁131）

2、某，某某（故）謂之某。

　　（1）示部：「祳，社肉，盛之以蜃，故謂之祳。」（頁7）

　　（2）音部：「音，聲生於心有節於外謂之音。」（頁102）

　　（3）木部：「機，主發謂之機。」（頁264）

3、某，某某曰（為、謂）某

　　（1）示部：「祠，春祭曰祠。」（頁5）

　　（2）口部：「咨，謀事曰咨。」（頁57）

　　（3）木部：「本，木下曰本。」（頁251）

　　（4）莽部：「莽，南昌謂犬善逐兔艸中為莽。」（頁48）

〔註22〕江文冗長，不煩援引，詳見《說文解字綜合研究》・第四編〈說文解字分論〉・第一章「說解本義」，頁269～340，59年元月初版，東海大學。蔡師之說見《說文答問・增補》第105條：「《說文》解釋字義的方式有多少種？」《國文天地》卷四・第十一期，78年4月。

（5）又部：「友，同志爲友。」（頁 117）

（6）食部：「饑，穀不熟爲饑。」（頁 224）

4、某，某某、某某也

此釋義之術，又分三目：

甲、聯綿成名：

其種又有二類，一爲二字成名，然一字具專義者，如：

（1）示部：「祮，衭祮、祖也。」（頁 4）

（2）艸部：「芩，芩耳、卷耳艸。」（頁 30）

（3）日部：「昧，昧爽、且明也。」（頁 305）

一爲二字成名，分之不爲義者，如：

（1）玉部：「琅，琅玕、似珠者。」（「玕，琅玕也。」）（頁 18）

（2）足部：「蹢，蹢躅、逗足也。」（「躅，蹢躅也。」）（頁 83）

（3）骨部：「髑，髑髏、頂也。」（「髏、髑髏也。」）（頁 166）

乙、疊字成名者

（1）火部：「煌，煌煌、煇也。」（頁 490）

（2）水部：「洶，洶洶、涌也。」（頁 554）

（3）車部：「轟，轟轟、群車聲也。」（頁 737）

丙、三字成名者

（1）鼠部：「鼶，斬鼶鼠、黑身白腰若帶，手有長白毛，似握版之狀，類蝯蜼之屬。」（頁 484）

（2）虫部：「蜜，螽醜蜜、垂腴也。」（頁 676）

（3）虫部：「蝙，蠅醜蝙、搖翼也。」（頁 676）

案：甲類之屬固同爲二字成名，然名雖同而實相異也。蓋後者，合二字成名之聯綿詞，分之則單字不爲義，若前者則不如是矣！蓋前者固亦爲一聯綿詞，合之成名，然其中一字具專義，故單字亦可示義，如「芩耳」之「耳」，本「主聽者也」，假借而與「芩」合爲一詞，是不與「琅玕」同耳！故段《注》曰：「凡物以兩字爲名者，不可因一字與他物同謂爲一物。」（「鶪」字注，頁 152）「單字爲名，不得與雙字爲名者相牽混。」（「蛁」字注，頁 670）

5、某，某某曰某、某某曰某

此式中之「曰」字，或作「爲」、或作「謂之」、或作「名」、或作「者」，其實一也！其目有二：

甲、相對為訓

（1）言部：「言，直言曰言、論難曰語。」（頁 90）

（2）男部：「舅，母之兄弟爲舅、妻之父爲外舅。」（頁 705）

（3）蟲部：「蟲，有足謂之蟲、無足謂之豸。」（頁 682）

（4）貝部：「貝，海介蟲也，居陸名猋、在水名蜬。」（頁 281）

（5）肉部：「脂，戴角者脂、無角者膏。」（頁 177）

乙、集比為訓

（1）耒部：「耦，廣五寸爲伐，二伐爲耦。」（頁 186）

（2）冂部：「冂，邑外謂之郊，郊外謂之野，野外謂之林，林外謂之冂。」（頁 230）

（3）水部：「洫，十里爲成，成間廣八尺、深八尺，謂之洫。」（頁 559）

案：相對釋義或集比爲訓者，蓋爲近義之詞，後人日用而不知其爲別。許君志存聖人造字之意，故於義近之字，每每詳言其分，細審其別，欲後之來者知其所以異者也！

6、某，某某也、某某也

此式或作「某，某某也、某某曰某」、或作「某，某某曰某、某某也」：

（1）口部：「吒，噴也、叱怒也。」（頁 60）

（2）日部：「暵，乾也、耕暴田曰暵。」（頁 310）

（3）刀部：「刺，君殺大夫曰刺、直傷也。」（頁 184）

案：此以二義爲訓，按之說解，或二者爲同義詞，如：「敦，怒也、詆也。」（頁 126）「棧，棚也、竹木之車曰棧。」（頁 265）；或一爲本義、一爲引申義，如：「揣，量也、度高曰揣。」（頁 607）「捷，獵也、軍獲得也。」（頁 616）「量」「獵」皆爲引申義；或一爲本義、一爲假借義，如：「黑，北方色也、火所熏之色也。」（頁 492）「坤，地也、《易》之卦也。」（頁 688）「北方色也」「《易》卦也」皆爲假借義。夫聖人造字，其本義當是惟一，焉得有二？及其後也，義之引申、假借，多義詞生焉！然許書之異於倉雅、傳注者，在存乎字之本義耳。是以二義爲訓，恐係傳鈔竄入者耳！故段氏屢屢言之：「其上當有『一曰』二字。」是也。

7、某，某、某也

（1）革部：「靬，靬、乾革也。」（頁 108）

（2）本部：「奏，奏、進也。」（頁 502）

（3）女部：「委，委、隨也。」（頁625）

案：此與「芝，神芝也。」（頁23）、「枸，枸木也。」（頁247）、「蜥，蜥易也。」（頁671）相異。蓋「芝」「枸」「蜥」者，乃以本名爲訓，而「軒」「奏」「委」者，非必二字成名方可以表義也；且又與「妝、飾也。」「繼、續也。」「增、益也。」不類。蓋「妝」之類，乃被釋字與釋字恰可聯名成詞，然不重出其字，故段氏每每言之：「此複舉字之未刪者。」是也。

8、某，某也，某某也

（1）冊部：「冊，符命也，諸侯進受於王者也。」（頁86）

（2）欠部：「歎，吟也，謂情有所悅，吟歎而歌詠。」（頁416）

（3）山部：「山，宣也，謂能宣散气生萬物也。」（頁442）

案：此說解之式，先釋之以義，然或恐其義相混，或懼其義不明，故又說明補備之，如：口部：「嘆，吞歎也。」（頁61）義與「歎」近，故於「歎」下補充說明之；又如以「宣」釋「山」，意愃難明，故又補之以足其意。

9、某，某某、某某、某某也

（1）鳥部：「鷸，鵽鷸、山鵲，知來事鳥也。」（頁151）

（2）人部：「仿，仿佛、相似，視不諟也。」（頁374）

（3）易部：「易，蜥易、蝘蜓，守宮也。」（頁463）

案：此或兩物同名，或兩詞義近，乃並列爲訓，渾言不別故也；析言之，則有別矣！如「蝘，在壁曰蝘蜓，在艸曰蜥易。」（頁671）渾言之曰：「守宮」，析言之，則「蜥易」、「蝘蜓」自是二物焉！

二、內 容

夫許君去聖人造字之際雖遠，然其說字也，莫不以字之本義爲鵠的，此亦其矻矻黽力者也。今檢索《說文》，其釋義之術，略得二十有四焉：

1、以本義為訓

（1）茻部：「莫，日且冥也。」（頁48）

案：徐鍇曰：「平野中望日且莫，將落，如在茻中也。今俗作『暮』。」惠棟曰：「䒾，今作『莫』，俗作『暮』，日下加日，不成文。」（《讀說文記》）案：字象日在茻中，乃夕陽西下之狀，故以「日且冥」釋之；且冥者將冥也。考《廣雅・釋詁》：「暮，夜也。」〈釋言〉：「夜，暮也。」其字已作「暮」，則日下加日所起已早，《詩・雲漢》：「方社不莫。」《釋文》：「莫，本亦作暮。」知唐以上經

傳「莫」「暮」二體並行，不自近世始也。

（2）言部：「訓，說教也。」（頁 91）

案：徐鍇云：「訓者順其意以訓之也。」段《注》：「說教者，說釋而教之，必順其理。」錢坫曰：「《廣雅》：『訓，順也。』《詩》：『四方其訓之。』《左傳》作『順之』。〈洪範〉：『是訓是行。』《史記》作『是順』，順而教，故說釋也。」（《說文解字斠詮》卷第三，頁 69，國風）馬敘倫曰：「說教也，當作說也、教也。」（《說文解字六書疏證》卷之五，頁 602）夫說釋而教之，乃因勢利導之意，許釋「訓」爲「說教」，與「誨，曉教也。」「譔，專教也。」語例正同，馬氏必析而二之，非也。

（3）自部：「自，鼻也。」（頁 138）

案：段《注》：「此以鼻訓自，而又曰：『象鼻形。』王部曰：『自讀若鼻，今俗以作始生子爲鼻子是。』然則許謂自與鼻義同音同，而用自爲鼻者絕少。」羅振玉曰：「卜辭中『自』字作，或作，可爲許書之證。」（《增訂殷虛書契考釋》卷中・〈文字〉第五，頁 24 下，鼎文）考金文「自」作，或作，與篆體形近，蓋初文本但作，上象鼻，在口之上，有口，鼻形益見，其後作書者引長口字兩畫向上，遂成爲矣！王筠曰：「今人言我，自指其鼻，蓋古意也。」（《文字蒙求》卷一・〈象形〉，頁 12，藝文）

2、以引申義為訓

（1）一部：「元，始也。」（頁 1）

案：元，甲文作、，正象人之首頂也，朱駿聲曰：「當訓首也，从古文人古文下，首於人體最上，故从人會意。」（《說文通訓定聲》・乾部第十四，頁 724，藝文）《左僖三十三年傳》：「狄人歸其元。」《哀十一年傳》：「歸國子之元。」《孟子・藤文公下》：「勇士不忘喪其元。」皆「首」之證也。人身百體，首爲之本，其生也，亦以首始之，故引申爲凡「始」之稱。《爾雅・釋詁》：「元，始也。」此或爲許書所本耳！

（2）享部：「享，獻也。」（頁 231）

案：享，甲文作、，羅振玉釋曰：「古金文作、、、、，諸形與此同。吳中丞云：『象宗廟之形。』是也。」（仝上，頁 17 上）屈萬里先生亦曰：「與同，吳清卿《說文古籀補》所謂『象宗廟之形』者也。」（《殷虛文字甲編考釋》）知「享」字實象宗廟太室之形，本義當爲「獻祭之處」，許氏以「獻」訓之，誤以引申義爲本義也。饒炯以爲「享者，有事於廟寢之名，《爾雅》云『孝

也」,《廣雅》云『祀也』,皆其本義,當云:『象進孰物於廟寢之形』。」雖可補許氏之不足,然猶未若羅、屈說之允當也。

(3) 之部:「之,出也。」(頁275)

案:之,甲文作 㞢、㞢、㞢、㞢,金文作 㞢、㞢、㞢、㞢。羅振玉曰:「卜辭从止从一,人所立也。《爾雅·釋詁》:『之,往也。』當為『之』之初誼。」(全上,頁63下)段《注》已曰:「引申之義為『往』,〈釋詁〉曰:『之,往。』是也。」則羅說不為本義可知。徐灝曰:「『之』之言『滋』也,艸木滋長也。江陰孔氏廣居曰:『艸木初出多兩葉對生,及其既長,則枝葉左右參差,故㞢象初生之形,而㞢象枝莖益大也。』」(《說文解字注箋》第六下,頁2002,廣文)是也。艸木之生,出于地而長,故引申為凡一切「出」義。

3、以假借義為訓

(1) 口部:「各,異詞也。」(頁61)

案:各,卜辭作 㖧、㖧、㖧,金文作 㖧、㖧、㖧。楊樹達先生曰:「从夊从凵,當釋『各』,示足有所至之形,為『來格』之『格』本字,『徦』『迠』皆後起加義旁字。」(《卜辭求義》,頁6上)徐灝曰:「各,古『格』字,故从夊,夊有至義,亦有止義,故格訓為至,亦訓為止矣!……因假為異辭,久而昧其本義耳!」(全上,頁460)是「各乃从夊从口會意,而當以『來至』為本義,其用作異詞之義者,是乃『諸』之借。」(李國英先生《說文類釋》,頁161~162)

(2) 用部:「用,可施行也,从卜中。」(頁129)

案:用,甲文作 用、用,金文作 用、用,篆文已小變矣!揆之甲、金文,「从卜中」之說,既不可信,「可施行也」之義自益不可從。徐灝曰:「用之从用,絕非中字,古鐘鼎銘多作用,或作用、用,又有作用者,其非卜中甚明;且事之施行豈得待卜乎?……灝案:古文用,或作用,兩旁象變銑,中象篆帶,上出象甬,短畫象旋蟲,絕肖鐘形。又鐘甬字古篆作用,形聲亦皆與用相近,金部鐘或作鋪,尤其明證。……用本象鐘形,因借為施用,別作庸,而庸又為功庸所專,別作鏞,皆以借義奪其本義也。」(全上,頁987~988)是也。

(3) 東部:「東,動也,從木官薄說:『從日在木中。』」(頁273)

案:東于卜辭作 東、東,金文作 東、東,林義光《文源》曰:「古作東,不從日,⊖象圍束之形,與口同意。」林氏僅據甲文論證「東」之初形本義不盡如許君之說。魯實先先生則進而疏通其孳乳之途,以為東借為方位之之名,故孳乳為「橐」,其言曰:「卜辭有字……以愚考之,乃橐之古文,上有綴纓以示縅

口之紐，下無綴縷以示有底之形。其中所從之口乃石之象形，蓋以石置囊橐之中，不在巖厂之下，故省厂存口，既以爲聲符，亦以象貯物之形也。」（說詳《殷契新詮》。「釋橐」，《幼獅學誌》一卷二期，頁 13～15）則許氏說義析形類例并誤是也。

4、憑藉為訓

憑藉爲訓者，說解時援引證據以爲釋義之本也。按之《說文》，其援引憑藉爲說者，厥有七類：

甲、引經為說

（1）牛部：「犕，《易》曰：『犕牛乘馬。』」（頁 52）

（2）正部：「乏，《春秋傳》曰：『反正爲乏。』」（頁 70）

案：語見《左宣十五年傳》：「天反時爲災，地反物爲妖，民反德爲亂；亂則妖災生，故文反正爲乏。」（頁 408）此說字形而義在其中矣！

（3）來部：「敕，《詩》曰：『不敕不來。』」（頁 234）

案：今本《毛詩》無此語，段《注》：「蓋〈江有汜〉之詩：『不我以』古作『不我敕』，敕者來之也，不我敕者，不來我也。許概兼稱《詩》，《爾雅》當云：『詩曰：不我敕。』不敕不來也，轉寫譌奪，不可讀耳！敕與以不同者，蓋許兼稱《三家詩》也。」

（4）囧部：「盟，《周禮》曰：『國有疑則盟。』諸侯再相與會，十二歲一盟，北面詔天之司慎司命。盟殺牲歃血，朱盤玉敦，以立牛耳。」（頁 317）

案：《周禮・司盟》：「司盟，掌盟載之法，凡邦國有疑會同，則掌其盟約之載及其禮儀，北面詔明神，既盟則貳之。」許氏乃約舉之也。其下又隱括《左傳》《周禮》《禮記》之文以爲說：《左昭十三年傳》：「明王之制，使諸侯再朝而會，再會而盟。」故許云「諸侯再相與會，十二歲一盟」也；《左襄十一年傳》：「載書曰：『凡我同盟，或間茲命，司慎司盟、名山名川、群神群祀、先王先公、七姓十二國之祖，明神殛之。』」盟告諸神而先稱二司，故許但云「北面詔天之司慎司命」也。又《周禮・天官・玉府》：「若合諸侯，則共珠槃玉敦。」〈夏官・戎右〉：「盟則以玉敦辟盟，遂役之。」《禮記・曲禮下》：「涖牲曰盟。」故許云「盟殺牲歃血，朱盤玉敦，以立牛耳。」

（5）言部：「詢，《詩》云：『素以爲詢兮。』」（頁 655）

案：今《詩》無此文，惟見《論語・八佾篇》：「子夏問曰：『巧笑倩兮，美目盼兮，素以爲絢兮，何謂也』？子曰：『繪事後素。』」是逸詩也。許氏引經主證

字義，此字無義，故許但稱《詩》也。

（6）車部：「輔，《春秋傳》曰：『輔車相依。』」（頁733）

案：文見《左僖五年傳》：「諺所謂輔車相依，脣亡齒寒者，其虞虢之謂也。」考《詩·小雅·正月》曰：「其車既載，乃棄爾輔。」《傳》曰：「大車既載，又棄其輔也。」《正義》：「爲車不言作輔，此云乃棄爾輔，則輔是可解脫之物，蓋如今人縛杖於輻以防輔事也。」則車與輔是爲二物，輔以利車之行也，故引申之義爲凡相助之稱。

或有實引經而不明言者，如：

（1）鳥部：「鶴，鶴鳴九皋，聲聞于天。」（頁153）

案：《詩·小雅·鶴鳴》：「鶴鳴于九皋，聲聞于天。」許君本此。

（2）耒部：「耡，殷人七十而耡。」（頁186）

案：《孟子·藤文公上》：「夏后氏五十而貢，殷人七十而助，周人百畝而徹，其實皆什一也。」許君本此，唯「助」作「耡」耳。

（3）水部：「泝，逆流而上曰泝洄。」（頁561）

案：《詩·秦風·兼葭》：「遡洄從之，道阻且長。」《傳》：「逆流而上曰遡洄。」《爾雅·釋水》：「逆流而上曰泝洄，順流而下曰泝游。」許君本此。

乙、引書為說

（1）衣部：「襄，《漢令》：『解衣而耕謂之襄。』」（頁398）

案：許此引《漢令》說字形，而義在其中矣！故段《注》曰：「此『襄』字所以從衣之本義，惟見於《漢令》也。」阮元亦曰：「《說文》恐後人不解『襄』字收入衣部之故，故引《漢令》以明之，而佐助之義即在其中。且《說文》衣爲覆二人，本有偶竝之義，故不再爲訓也。」（《揅經室一集》卷一·「釋相」，頁28，商務）是也。

（2）耳部：「聆，《國語》曰：『回祿信於聆遂。』」（頁599）

案：文見《國語·周語上》：「昔夏之興也，融降于崇山；其亡也，回祿信於聆隧。」（卷一·「內史過論神」，頁30，漢京）

（3）女部：「嫡，《甘氏星經》：『大白號上公，妻曰女嫡，居南斗食厲，天下祭之曰明星。』」（頁623～624）

案：馬宗霍曰：「『大白號公，妻曰女嫡，居南斗食厲，天下祭之曰明星。』此即以《星經》說爲『嫡』之本義也。蓋『嫡』專爲星名而製……故不別作義訓。……此所云『天下祭之曰明星』者，疑非《星經》語，許就時制爲之說也。」（《說文引群書攷》·卷二，頁93～94）

亦有實爲引書而不明言者，如：

　　（1）虫部：「蟹，有二敖八足，旁行，非它鮮之穴無所庇。」（頁678）

　案：《荀子·勸學篇》：「蟹六跪而二螯，非蛇蟺之穴無可寄託者，用心躁也。」
許說或本於《荀子》之言而隱栝之耶。

　　（2）口部：「名，自命也。」（頁57）

　案：《淮南子·繆稱訓》：「聲、自召也；貌、自示也；名、自命也；文、自官也。」
許說或本於此也。

丙、引通人爲說

　　（1）犬部：「狗，孔子曰：『狗，叩也，叩氣犬守之。』」（頁477）

　　（2）戈部：「武，楚莊王曰：『夫武，定功戢兵，故止戈爲武。』」（頁638）

丁、引方言爲說

　　（1）艸部：「莒，齊謂芋爲莒。」（頁25）

　　（2）女部：「嬌，南楚之外謂好曰嬌。」（頁624）

　　（3）金部：「鍇，九江謂鐵曰鍇。」（頁709）

　案：「莒」「嬌」「鍇」皆方言也；「芋」「好」「鐵」皆雅言也，故雖顏曰「引方
言爲說」，實則乃「以雅言釋方言」也。或引方俗名物以爲訓者，如：

　　（1）艸部：「荊，楚木也。」（頁37）

　　（2）衣部：「袚，蠻夷衣也。」（頁401）

　　（3）糸部：「絣，氐人殊縷布也。」（頁668）

戊、以後世制度爲訓

　　（1）井部：「井，八家爲一井。」（頁218）

　　（2）木部：「桶，木方、受六升。」（頁267）

　　（3）匸部：「匹，四丈也。」（頁641）

或有以漢世陰陽五行之說釋義者，如：

　　（1）青部：「青，東方色也。」（頁218）

　　（2）赤部：「赤，南方色也。」（頁496）

　　（3）黃部：「黃，地之色也。」（頁704）

　案：天干、地支之訓，許君亦皆以陰陽五行說之。

或以漢之郡縣、山川爲說：

　　（1）邑部：「部，天水狄部。」（頁289）

　　（2）山部：「嶷，九嶷山也，舜所葬，在零陵營道。」（頁442）

（3）水部：「渚，渚水、在常山中丘逢山，東入濡。」（頁 545）

（4）阜部：「阮，代郡五阮關也。」（頁 742）

己、以古制為訓

（1）广部：「庠，禮官養老，夏曰校，殷曰庠，周曰序。」（頁 447）

（2）戈部：「戣，周制侍臣執戣，立於東垂兵也。」（頁 636）

（3）斗部：「斝，玉爵也；夏曰醆，殷曰斝，周曰爵。」（頁 724）

庚、以口語為訓

（1）疒部：「瘌，頭痛也。」（頁 352）

（2）尸部：「尿，人小便也。」（頁 407）

（3）手部：「扣，牽馬也。」（頁 617）

5、明字義之源流

明源流者，明字義之所以然者也，厥有三類：

甲、以舊說得義

（1）示部：「社，地主也。……《春秋傳》曰：『共工之子句龍為社神。』《周禮》曰：『二十五家為社，各樹其土所宜木。』」（頁 8）

（2）人部：「伊，殷聖人阿衡也，尹治天下者。」（頁 371）

案：俞樾曰：「如許君之說，則是殷為伊尹特製此字，而〈禹貢〉已有『伊洛瀍澗』之文，此字不始于商初明矣！……伊尹正因伊水得名，而許君顧謂因伊尹特製此字，何哉？曰：『此篆說解為妄人竄改，非許書之舊也。』許君原文當曰：『伊，古聖人尹治天下者也。』」（〈兒笘錄〉第三·「伊」字條，《春在堂全書》冊二·《第一樓叢書》，頁 1192）許氏之訓「伊」，曲為之說，俞氏依《說文》女部：「媧，古之神聖女化萬物者也。」（頁 623）之語例，而斷「伊」字之義當為「古聖人尹治天下者」，信然也！

（3）女部：「婚，歸家也。《禮》：『娶婦以昏時。』婦人陰也，故曰婚。」（頁 620）

案：「婚」之為名乃因「娶婦以昏時」故也，是許引《禮》之說，已明其得義之由來，與婦人之為陰為陽，實無相涉，「婦人陰也」，無所取義，許君曲為之說也。

乙、以事物之生滅得義

（1）齒部：「齔，毀齒也，男八月生齒，八歲而齔；女七月生齒，七歲而齔。」（頁 7）

（2）麥部：「麥，芒穀，秋穜厚薶，故謂之麥。」（頁 234）

（3）韭部：「韭，韭菜也，一種而久生者也，故謂之韭。」（頁 340）

丙、以風俗禮誼得義

（1）示部：「禷，以事類祭天神。」（頁 4）

（2）示部：「祠，春祭曰祠，品物少多文辭也。」（頁 5）

（3）女部：「姻，婿家也，女之所因，故曰姻。」（頁 620）

6、同義為訓

甲、同部同訓：

（1）玉部：「琢，治玉也。」「瑂，治玉也。」「理，治玉也。」（頁 15）

（2）口部：「唪，驚也。」「唇，驚也。」「吘，驚也。」（頁 60）

（3）宀部：「窨，安也。」「定，安也。」「宴，安也。」（頁 342～343）

乙、異部同訓：

（1）辵部：「適，之也。」（頁 71）彳部：「往，之也。」（頁 76）

（2）言部：「讖，驗也。」（頁 91）竹部：「籤，驗也。」（頁 198）

（3）刀部：「刀，兵也。」（頁 180）戈部：「戎，兵也。」（頁 636）

7、相互為訓

甲、同部互訓

（1）走部：「走，趨也。」「趨，走也。」（頁 64）

（2）言部：「証，諫也。」「諫，証也。」（頁 93）

（3）糸部：「纏，繞也。」「繞，纏也。」（頁 653）

乙、異部互訓

（1）玉部：「珍，寶也。」（頁 16）宀部：「寶，珍也。」（頁 343）

（2）殺部：「殺，戮也。」（頁 121）戈部：「戮，殺也。」（頁 637）

（3）木部：「札，牒也。」（頁 268）片部：「牒，札也。」（頁 321）

8、相遞為訓

甲、同部遞訓

（1）言部：「談，語也。」「語，論也。」「論，議也。」「議，語也」（頁 90～
92）

（2）心部：「恔，憭也。」「憭，慧也。」「慧，儇也。」（頁 508）（案：人部：
「儇，慧也。」）

（3）手部：「拉，摧也。」「摧，擠也。」「擠，排也。」「排，擠也。」（頁 602）

乙、異部遞訓：

（1）日部：「曄，光也。」（頁 307）

　　　火部：「光，明也。」（頁 490）

　　　明部：「明，照也。」（頁 317）

　　　火部：「照，明也。」（頁 489）

（2）人部：「俾，益也。」（頁 380）

　　　皿部：「益，饒也。」（頁 214）

　　　食部：「饒，飽也。」（頁 224）「飽，猒也。」（頁 223）

　　　甘部：「猒，飽也，足也。」（頁 204）

（3）心部：「惕，放也。」（頁 514）

　　　放部：「放，逐也。」（頁 162）

　　　辵部：「逐，追也。」「追，逐也。」（頁 74）

9、形　訓

析其形而義在其中，或說其義而形在其中者均屬之：

（1）獨體象形文之形訓，如：曲部：「曲，象器曲受物之形也。」（頁 643）

（2）變體象形文之形訓，如：𥄉部：「𥄉，到首也。」段《注》：「『到』者今之『倒』字，此亦以形爲義之例。」（頁 428）

（3）省體象形文之形訓，如：片部：「片，判木也。」（頁 321）

（4）獨體指事文之形訓，如：丂部：「丂，气欲舒出、𠃌上礙於一也。」段《注》：「𠃌者气欲舒出之象，一、其上不能徑達。此釋字義而字形已見，故不別言形也。」（頁 205）

（5）合體指事文之形訓，如：凶部：「凶，惡也，象地穿交陷其中也。」（頁 337）

（6）變體指事文之形訓，如：丂部：「𠃎，反丂也。」（頁 205）

（7）同文會意字之形訓，如：豩部：「豩，二豕也。」（頁 460）

（8）異文會意字之形訓，如：是部：「尟，是少也。」段《注》：「於其形得其義也。」（頁 70）

（9）變體會意字之形訓，如：正部：「《春秋傳》曰：『反正爲乏。』」段《注》：「此說字形義在其中矣！」（頁 70）

（10）形聲字之形訓，如：面部：「靦，面見人也，從面見，見亦聲。」段《注》：「此以形爲義之例。」（頁 427）

10、音訓：以聲音相關之字為訓（說詳第五章第五節）

夫以文字之形構言之，則《說文》之音訓其道有三：

（1）以同聲符之字為訓，如：人部：「俴，淺也。」（頁 382）

案：「俴」「淺」皆從「戔」得聲，是二字音同也。

（2）以聲母之字為訓，如：艸部：「萍，苹也、水艸也。」（頁 572）

案：「萍」從「苹」得聲，是以聲母訓聲子之例也。

（3）以聲子之字為訓，如：衣部：「衣，依也。」（頁 392）

案：「依」從「衣」得聲，是以聲子訓聲母之例也。

若以聲韻之聯繫言之，則《說文》之音訓其術亦有三：

（1）以同音之字為訓，如：士部：「士，事也。」（頁 20）

案：士、鉏里切；事、鉏史切。同屬「牀」紐、「咍」部，是為同音為訓之例。

（2）以雙聲之字為訓，如：艸部：「藩，屏也。」（頁 43）

案：藩、甫煩切，「非」紐；屏、必郢切，「幫」紐。二字古聲同屬「幫」紐。是為雙聲為訓之例。

（3）以疊韻之字為訓，如：鬥部：「鬩，鬥也。」（頁 115）

案：鬩、下降切，屬「東」部；鬥、都豆切，屬「侯」部。「東」「侯」二部對轉相通。是為疊韻為訓之例。

11、反義為訓

或直指其義難以為訓，故許氏乃以反義之字訓之：

（1）小部：「少，不多也。」（頁 49）

（2）貝部：「貴，物不賤也。」（頁 284）

（3）人部：「假，非真也。」（頁 378）

或就相違之詞訓之：

（1）日部：「暗，日無光也。」（頁 308）

（2）禾部：「秕，不成粟也。」（頁 329）

（3）疒部：「瘖，不能言也。」（頁 352）

12、相對為訓

夫語言無窮，而造字有限，以有限之字表無窮之意，其義日用而轉移者勢也！文字創製既久，濛混日深，其於義近之字，久而不聞其異，此聖人懼之，許氏亦懼之！故於字本義實二而后人雜用之者，許君乃列舉相對之訓以為說解焉：

（1）艸部：「落，凡艸曰零、木曰落。」（頁 40）

（2）角部：「觕，實曰觕、虛曰觲。」（頁 189）

（3）阜部：「隍，城池也，有水曰池、無水曰隍矣！」（頁 743）

案：段玉裁曰：「夫製字各有意義，『晏』『景』『暑』『旱』之日在上，皆不可易也。日在上而干聲，則爲不雨；日在旁而干聲，則爲晚。」（「旰」字注，頁 308）蓋文字初造，其形或正或反、或橫或直，本無一定，及其後也，日用已久，體態既定，而形符不可隨意移易，以其義有專屬故也。非止形符如此，一字而有專義，亦如是矣！不然，凡義近而互用，則製字之本義何由得乎？

13、本字為訓

說解時，被釋之字亦居於解釋詞中者屬之：

（1）口部：「謗，訶聲謗喻也。」（頁 60）

（2）山部：「嵬，山石崔嵬高而不平也。」（頁 441）

（3）手部：「撻，鄉飲酒罰不敬撻其背。」（頁 614）

14、本名為訓

夫《說文》者，字書也，其所錄者率以單字爲要，然言語中自有二字成名者，故許君於收輯之際，雖亦以單字表之，然其說解，則還其本名焉！此類之訓，尤以「艸」、「木」、「山」、「水」、「魚」、「虫」諸部爲夥。按之《說文》，其術有三：

甲、或僅以本名訓之，如：

（1）艸部：「芝，神芝也。」（頁 23）「薺，白薺也。」（頁 33）

（2）木部：「李，李果也。」「樺，樺木也。」（頁 242）

（3）山部：「崋，崋山也。」「嶋，首嶋山也。」（頁 443）

（4）水部：「沈，沈水也。」「洇，洇水也。」（頁 521）

（5）魚部：「鱄，鱄魚也。」「鰜，鰜魚也。」（頁 582）

（6）虫部：「蛺，蛺蜨也。」「蛮，蛮蟲也。」（頁 674）

乙、或二字為名，復釋其義者，如：

（1）玉部：「瑾，瑾瑜、美玉也。」（頁 10）

（2）木部：「欂，欂櫨、柱上枅也。」（頁 256）

（3）門部：「闉，闉闍、城曲重門也。」（頁 594）

丙、或於本名而外又加說解補備之，如：

（1）示部：「祔，祔祭，祖也。」（頁 4）

（2）日部：「昧，昧爽，且明也。」（頁 305）

（3）山部：「嶢，焦嶢，山高皃。」（頁 445）

案：甲、乙、丙三類皆以二字成名爲訓，然止甲類爲本名者外，乙、丙則復有說解焉。乙類者乃二字爲名，單字則不爲義也，丙類雖亦爲聯綿成詞者，然中有一字具專義，即或單字亦表義也。

15、集比為訓

字義或深奧難明，或罕聞稀見，故許君於釋義之際，乃聚其同類而義微別者以爲說解焉：

(1) 死部：「殀，戰、見血曰傷、亂或爲惛、死而復生爲殀。」（頁166）

(2) 米部：「粲，稻重一秅，爲粟二十斗、爲米十斗曰粲。」（頁334）

(3) 糸部：「縓，帛亦黃色也。一染謂之縓，再染謂之䞓，三染謂之纁。」（頁657）

16、疊字為訓

於說解中，疊其字以爲訓，其類多爲形容之詞。按之《說文》，疊字爲訓，其道有二：

甲、或為連綿詞者：

(1) 彳部：「徥，徥徥、行皃。」（頁77）

(2) 言部：「訾，訾訾、不思稱意也。」（頁98）

(3) 子部：「孜，孜孜、汲汲也。」（頁124）

乙、或為句中疊字者：

(1) 目部：「瞴，目旁薄緻䀰䀰也。」（頁131）

(2) 彡部：「髟，長髮猋猋也。」（頁430）

(3) 水部：「溇，雨溇溇也。」（頁563）

17、二義為訓

(1) 网部：「署，部署也、各有所网屬也。」（頁360）

(2) 馬部：「馬，怒也、武也。」（頁465）

(3) 氏部：「氏，至也、本也。」（頁634）

案：說見「形式・第六條」。

或有兼義爲訓者：

(1) 示部：「禁，吉凶之忌也。」（頁9）

(2) 受部：「𤔔，治也。……讀若亂同。」（頁162）

乙部：「亂，不治也。」（頁747）

(3) 受部：「受，相付也。」段《注》：「受者自此言，受者自彼言，其爲相付，

一也。」（頁162）

案：「禁」兼「吉」「凶」二義，猶「亂」之兼「治」、「不治」也。「𤔔」訓「治」，「亂」訓「不治」，「亂」从「𤔔」得聲，形聲字必以聲符為初文，「𤔔」既為「治」，則「亂」亦當有「治」意，故《書‧泰誓》：「予有亂臣十人，同心同德。」《傳》：「我治理之臣雖少，而心德同。」《爾雅‧釋詁》：「亂，治也。」今許氏以「不治」釋「亂」，是「亂」乃兼「治」「不治」二義也。「受，相付也」，今則自此言者曰「受」，自彼言者曰「授」，是「受」者本兼「受」「授」二義，其後也，「受」專「接受」義，乃另造「授」字，其本義則一也。

18、通名為訓

（1）玉部：「璥，玉也。」「珛，玉也。」（頁10）
（2）艸部：「葵，菜也。」「菹，菜也。」（頁24）
（3）禾部：「穋，禾也。」「私，禾也。」（頁324）

案：「璥」「菹」「穋」者，止「玉」「菜」「禾」之一種，而許氏率以「玉也」「菜也」「禾也」釋之，是以通名為訓之例也。

19、別名為訓

（1）隹部：「隹，鳥之短尾總名也。」（頁142）鳥部：「鳥，長尾禽總名也。」（頁149）
（2）女部：「女，婦人也。」（頁618）
（3）田部：「男，丈夫也。」（頁705）

案：李國英先生日：「許氏說隹曰：『鳥之短尾總名』，說鳥曰：『長尾禽總名』，實則『隹』『鳥』古本一字，并為『禽之總名』，非有短長尾之別，但動靜形畫或異耳！」（《說文類釋》，頁20）考諸《說文》，從「隹」之字未必皆短尾也，如「雉」；從「鳥」之字亦未必皆長尾也，如「鶴」；且「隹」部之字，如「雞」「雕」，其重文皆從「鳥」作，「鳥」部之字，如「鴬」「鶬」，其重文俱從「隹」作，則許氏彊為之分，是以別名為訓也。又『男』『女』之說者，男未必皆丈夫、女亦未必皆婦人，「丈夫」「婦人」者，亦為別名之說也。

20、借喻為訓

形義說之不易，許氏乃藉相當相似之物以為說，務使字義憭然矣！其型或作「某，如某某也。」、「某，某某如某某。」、「某，似某某也。」、「某，某某似某某。」、「某，猶某某也。」、「某，若某某也。」其種有二：

甲、僅以取喻之說為訓：

（1）言部：「讎，猶膽也。」（頁90）

（2）豸部：「貘，似熊而黃黑色。」（頁462）

（3）豸部：「貙，貙獌似狸。」（頁462）

（4）馬部：「騏，馬青驪文如綦也。」（頁465）

（5）虫部：「螭，若龍而黃，北方謂之地螻。」（頁676）

乙、取喻而外，復明其特徵：

（1）兕部：「兕，如野牛，青色，其皮堅厚可製鎧。」（頁463）

（2）馬部：「駮，駮獸，如馬、倨牙、食虎豹。」（頁473）

（3）犬部：「狼，似犬，銳頭白頰、高前廣後。」（頁482）

21、明功用

或直指其用者：

（1）艸部：「苑，所以養禽獸也。」（頁41）

（2）竹部：「築，所以擣也。」（頁255）

（3）木部：「梳，所以理髮也。」（頁261）

或釋其義在先，明其用於后者：

（1）角部：「觿，佩角，銳耑可以解結。」（頁188）

（2）韋部：「韠，韍也，所以蔽前者也。」（頁237）

（3）木部：「椵，椵木，可作牀几。」（頁246）

22、明類別

說解時，直指物類之屬別者，亦多有之，或言「類」、或言「屬」、或言「別」、或言「種」、或言「名」，其實一也：

（1）艸部：「蒲，菡蒲、蒻之類也。」（頁28）

（2）鬲部：「鬲，鼎屬也。」（頁112）

（3）禾部：「稗，禾別也。」（頁326）

（4）豸部：「貉，北方豸、豸種也。」（頁463）

（5）邑部：「邱，地名。」（頁302）

（6）魚部：「鰿，魚名。」（頁587）

案：段《注》：「許書之例不言某名也。」（「鮦」字注，頁582）又曰：「《左傳》注多不名，如《毛傳》：『水也』『山也』『地也』，皆是。許君亦不言名，如『郂，地也。』『邥，地也。』以及『邑也』『國也』，皆是。凡言名者，人所改。」（「邥」字注，頁301）段說或可參稽。

23、明狀態

　　許氏之說解，亦有表事物之狀態者，或言「意」、或言「兒」、或言「然」：

　　（1）走部：「趨，走意。」（頁 65）

　　　　　言部：「愬，思之意。」（頁 95）

　　（2）羽部：「翊，飛兒。」（頁 141）

　　　　　女部：「婟，直項兒。」（頁 625）

　　（3）丂部：「甬，艸木華甬甬然也。」（頁 320）

　　　　　心部：「憀，憀然也。」（頁 510）

24、其　他

　　《說文》釋義之屬，略言于上，然亦有莫能歸其類者，則臚列于下：

　　甲

　　（1）儿部：「儿，古文奇字人也。」（頁 409）

　　（2）大部：「穴，籀文大改古文。」（頁 503）

　　（3）白部：「白，此亦自字也。」（頁 138）

　　案：此以異體字爲訓之例，其不列於「人」、「大」、「自」下爲重文者，蓋有字
　　因其構形故也。

　　乙

　　（1）氏部：「毘，闕。」（頁 634）

　　（2）戈部：「戠，闕。」（頁 638）

　　（3）亞部：「亝，闕。」（頁 745）

　　（4）酉部：「醠，闕。」（頁 758）

　　（5）酉部：「醮，闕。」（頁 758）

　　案：此以「闕」字爲訓，謂其形音義之說皆闕也。

　　丙

　　（1）示部：「祜，上諱。」（頁 2）

　　（2）艸部：「莊，上諱。」（頁 22）

　　（3）禾部：「秀，上諱。」（頁 323）

　　（4）火部：「炟，上諱。」（頁 484）

　　（5）戈部：「肇，上諱。」（頁 635）

　　案：言「諱」者，乃諱帝之名。許君於君之名，均諱而不書，其所以有篆文者，
　　後人補之也，「祜」字段《注》：「此書之例當是不書其字，但書『上諱』二字，

書其字,則非諱也;今本有篆文者,後人補之。不書,故其詁訓形聲俱不言。」（頁 2）

丁

(1) 肉部:「肯,或曰獸名,象形。」（頁 179）

(2) 虫部:「虫,一名蝮,博三寸,首大如擘指,象其臥形。」（頁 669）

案:此許氏以「一曰」之例爲訓。若「獸名」「蝮」爲其本義,則前言「或曰」「一名」者,恐爲衍文而未之刪者也;若「獸名」「蝮」爲別義,則其本義之說,何許氏未加明焉?

戊

(1) 隹部:「雉,有十四種:盧諸雉、鷸雉、卜雉……」（頁 143）

(2) 風部:「風,八風也,東方曰明庶風、東南曰清明風……」（頁 683）

案:此類之說解怪甚!不聞其義,止見其類屬,與上言以「一曰」釋義者不殊也。果傳鈔斷簡訛亂者邪?不然,本義之昧若何之甚歟?

第四節 《說文解字》釋義之術語

《說文》之釋義,其術犖犖可觀,至其說解之用語,亦可得而說也:

1、也、者、者也

「也」爲語气詞,常置語末,以示說解之盡,其式爲:「某,某也。」如:

(1) 示部:「禎,以眞受福也。」（頁 2）

(2) 告部:「告,牛觸人角箸橫木,所以告人也。」（頁 54）

(3) 竹部:「筑,以竹曲五弦之樂也。」（頁 200）

「者」「者也」,爲別事之詞,亦置於語末,以爲強調之意,如:

(1) 玉部:「玉,石之美有五德者。」（頁 10）

(2) 艸部:「苗,艸生於田者。」（頁 40）

(3) 一部:「吏,治人者也。」（頁 1）

(4) 史部:「史,記事者也。」（頁 117）

2、曰、爲、(故)謂之

「曰」「爲」「謂之」三者,皆表判斷之詞,猶今之「叫做」「稱作」也,被釋字均置於其后,其式爲:「某,某某曰某。」「某,某某爲某。」「某,某某(故)謂之某。」如:

（1）示部：「禂，師行所止，恐有慢其神，下而袍之曰禂。」（頁7）

（2）衣部：「卒，隸人給事者為卒。」（頁401）

（3）木部：「梪，木豆謂之梪。」（頁209）

然則，「謂之」者或有明字義之由來也，如：

（1）示部：「脤，社肉，盛之以蜃，故謂之脤。」（頁7）

（2）竹部：「笙，十三簧，象鳳之身也。笙、正月之音，物生故謂之笙。」（頁199）

（3）韭部：「韭，韭菜也。一種而久生者也，故謂之韭。」（頁340）

3、謂

「謂」為動詞，乃明一特定之物，乃「指某而言之」也。言「謂」者，被釋字輒置「謂」前，其式為：「某謂某也。」如：

（1）言部：「訦，燕代東齊謂信訦也。」（頁93）

（2）肉部：「脉，齊人謂臑脉也。」（頁173）

（3）多部：「夥，齊謂多也。」（頁319）

4、所以、可以、可作、可為

此四者，非但釋義，且以明功用也，如：

（1）口部：「口，人所以言食也。」（頁54）

（2）竹部：「籭，竹器，可以取矗去細。」（頁194）

（3）木部：「枋，枋木，可作車。」（頁247）

（4）木部：「枸，枸木，可為醬。」（頁247）

5、類、屬、別、穜、名

此五者，皆所以明事物之屬別也，段氏曰：「凡言屬者，以屬見別也；言別者，以別見屬也。重其同，則言屬，秔為稻屬是也；重其異，則言別，稗為禾別是也。」（「秔」字注，頁326）又曰：「凡異而同者曰屬……凡言屬而別在其中……言別而屬在其中。」（「屬」字注，頁406）是「屬」「別」二者，物或略同，惟稍異者耳，如：

（1）豸部：「貍，貓之類。」（頁462）

（2）鬲部：「鬲，鼎屬也。」（頁112）

（3）禾部：「稗，禾別也。」（頁326）

（4）虫部：「蠻，南蠻、它穜。」（頁680）

（5）邑部：「邱，地名。」（頁302）

6、如、似、若、猶

此四者率以爲比擬、描寫釋義之詞也。蓋直訓難明其義，故藉相似相當義近之物以爲說解耳：

(1) 金部：「鍑，如釜而大口者。」（頁711）

(2) 匚部：「匜，似羹魁、柄中有道可以注水酒。」（頁642）

(3) 車部：「輩，若軍發車百兩爲輩。」（頁735）

(4) 言部：「讎，猶𥄲也。」（頁90）

然「猶」或以「今語釋古語」也，如：

㸚部：「爾，麗爾猶靡麗也。」段《注》：「『麗爾』古語，『靡麗』漢人語，以今語釋古語，故云『猶』。」（頁129）是也。

7、皃、意、然、形、狀

此五者或言事物之狀態、或言事物之性質，而以爲描寫者也：

(1) 艸部：「茁，艸初生地皃。」（頁38）

(2) 走部：「趂，走意。」（頁65）

(3) 卤部：「卤，艸木實垂卤卤然。」（頁320）

(4) 豸部：「豸，獸長脊、行豸豸然，欲有所司殺形。」（頁461）

(5) 鼠部：「𪕌，斬𪕌鼠，黑身白腰若帶，手有長白毛，似握版之狀，類蝯蜼之屬。」（頁484）

8、聲

言「聲」者，明被釋字爲一狀聲之詞，皆直訓爲某物、某事之聲也，常作「某，某聲也。」：

(1) 牛部：「𤘺，牛息聲。」（頁52）

(2) 口部：「喤，小兒聲。」（頁55）

9、詞

言「詞」者，明所釋之字爲虛詞也。多爲泛指之稱，常作「某，某詞也。」：

(1) 日部：「者，別事詞也。」（頁138）

(2) 丂部：「寧，願詞也。」（頁205）

(3) 矢部：「矣，語已詞也。」（頁230）

第五章 《說文解字》釋義之檢討

第一節 《說文解字》釋義之價值

夫《說文》之作也，蓋欲覩聖人造字之恉，明字例之條。其說解也，率皆以形爲依歸，此段大令譽爲「形書」故也。後人不察，依乎段說，復按許書顏曰「說文解字」，以爲乃說「文」之象，解「字」之形，益信其爲說形之作焉。爬抉許書，知其不然邪。試觀許〈敘〉，知其所以雜廁古文，乃「厥意可得而說」故也；其獻書，乃「廣業甄微，學士知方；探嘖索隱，厥誼可傳」（頁 789）；許沖之上書，與夫言文字，則以爲乃五經之所本，「自《周禮》、《漢律》，皆當學六書，貫通其意」；與夫言《說文》，則以爲「六藝群書之詁，皆訓其意」。觀此，皆言「意」，以爲《說文》之所重者，則其不爲說義者何？且後漢諸生，「怪舊藝而善野言」，以致「是非無正，巧說邪辭，使天下學者疑」，故許氏「依字解經」，實欲破其迷誤，言必遵修舊文而不穿鑿也。夫「依字」者，即以字形爲據；「解經」者，即說解經意。職是，字形乃《說文》之資，字義乃《說文》之鵠的，二者恆相因，不可須臾離也！

《說文》之訓釋，蓋以本義爲主，本義明而後餘義明，引申之義明，假借之義亦明，此《說文》所以爲訓詁之圭臬者也。善乎劉申叔之言曰：

> 竊以說字之書，頗繁前趾。據形系聯，例由許肇。建首立一，齊以形埒。反本復始，義不忘初。用能因象括誼，睹形識恉。秤群彙於萬殊，返斯文於嚮古。亦猶襄陵之浸，制以隄防；泛駕之馬，驅以銜策，故曰『本立道生』。（《劉申叔先生遺書・左盦外集》卷一六・「答四川國學學校諸生問說文書」第一通，頁 1978）

今覈《說文》之釋義，審其類例，明其施用，略有六事焉：

一、明本義，以爲餘義之本

　　夫聖人造字之初，蓋一字表一事一物一義。其後人事日繁，字不足用，故一字或表數義。苟不明其本，則字義之引申、假借無根矣！如「名」字，歷來言之者，其義項略有：

1、人之名

　　《禮記・檀弓上》：「幼名冠字，五十以伯仲死諡，周道也。」《疏》：「幼名冠字者，名以名質，生若無名，不可分別，故始生三月而加名，故云幼名也。」（頁 136）

2、事物之名

　　《釋名・釋言語》：「名，明也。名實使分明也。」《莊子・逍遙遊》：「名者實之賓也。」《管子・心術篇》：「名者聖人之所以紀萬物也。」

3、聲譽、令聞

　　《禮記・中庸》：「故大德……必得其名。」鄭《注》：「名，令聞也。」（頁 885）〈表記〉：「先王諡以尊名。」《注》：「名者謂聲譽也。」（頁 913）

4、功　也

　　《國語・周語》：「勸百姓以爲己名，其殃大矣！」韋《注》：「名，功也。」（卷三，頁 147）

5、文　字

　　《周禮・秋官・大行人》：「九歲屬瞽史論書名，聽聲音。」《注》：「書名，書之字也，古曰名。」（頁 565）《儀禮・聘禮》：「百名以上書於策。」《注》：「名，書文也，今謂之字。」（頁 283）

　　案：《說文》：「名，自命也，從口夕。夕者冥也；冥不相見，故以口自名。」（頁57）自命者自名也。冥夕不相見，懼人不識，故自名使知之。則「人之名」乃用其本義，引申之，以爲凡「事物之名」也。縮小之而爲「聲譽」「令聞」之稱，由此之引申則有「功」義。至若「文字」者，「古曰名，今曰字」，與「自命」無涉，是爲同音假借耳！夫是，苟不知「名」本義若何，則於用字之際，將漫瀚無所依附焉！故段《注》曰：

　　　　許之爲是書也，以漢人通借繁多，不可究詰。學者不識何字爲本字，何義爲本義，雖有《倉頡》《爰歷》《博學》……諸篇，揚雄、杜林諸家之說，而其篆文既亂雜無章，其說亦零星閒見，不能使學者推見本始，觀其會通，故爲之依形以說音義，而製字之本義昭然可知。本義既明，則用此字之聲，而不用此字之義者，乃可定爲假借；本義明而假借亦無

不明矣！（頁 764）

二、破假借，以爲求本字之據

許〈敘〉曰：「假借者，本無其字，依聲託事。」（頁 764）或造字，或用字，假借之說略無疑義。「大氐假借之始，始於本無其字，及其後也，既有其字矣，而多爲假借。又其後也，且至後代，譌字亦得自冒於假借」（段《注》，頁 764）。是假借者，所以濟文字之窮者也。後之學者，苟不明假借，因字解經，則扞隔而難通；若讀以本字，則渙然冰釋矣！如：《左僖五年傳》：

> 晉侯復假道於虞以伐虢。宮之奇諫之曰：「虢、虞之表也；虢亡，虞
> 必從之。晉不可啓，寇不可翫。一之謂甚，其可再乎？諺所謂『輔車相依，
> 脣亡齒寒』者，其虞、虢之謂也。（頁 207）

宮之奇以諺語喻虞、虢二者相依相存之情，適然妥切，此後人所能詳也。然「輔車相依，脣亡齒寒」一語，今僅存其半：「脣亡齒寒」，至若「輔車相依」則罕見焉！何邪？以其義隱難解、聯想不豐故也。夫「輔車相依」者，歷來略有二說：《呂氏春秋・權勳篇》記其事曰：

> 宮之奇諫曰：『不可許也。虞之與虢也，若車之有輔也。車依輔，輔
> 亦依車，虞、虢之勢是也。先人有言曰：「脣竭而齒寒。」夫虢之不亡也
> 恃虞，虞之不亡也亦恃虢也。若假之道，則虢朝亡而虞夕從之矣！奈何其
> 假之道也？』

案：此事《韓非子》、《淮南子》亦言之，文字略同〔註1〕。陳奇猷先生於其文下曰：

> 案：明周祈《名義考》云：「輔乃車兩旁木，所以夾車者，其字从車，
> 人頰骨似車輔，故曰輔車。」此說甚是。……車輪之外圍謂之「牙」，則
> 夾於牙兩旁之木謂之「輔」。牙無輔以夾之則牙不正，輔無牙則無所用之
> 而必廢，是牙與輔相依爲用。無輔則牙不正，牙不正則不能行。……輔夾
> 於牙之外，如人面之頰……然則以夾牙之木釋輔，面面皆通。輔之爲夾牙
> 兩旁之木，殆無疑矣！（《呂氏春秋校釋》，頁 872。華正）

〔註1〕《韓非子・十過篇》：「（晉獻公）乃使荀息以垂棘之璧、與屈產之乘，賂虞公而求假道焉。虞公貪利其璧與馬，而欲許之。宮之奇諫曰：『不可許！夫虞之有虢也，如車之有輔；輔依車，車亦依輔，虞、虢之勢正是也。若假之道，則虢朝亡而虞夕從之矣！不可，願勿許。』虞公弗聽，遂假之道。」
《淮南子・人間訓》：「晉獻公欲假道於虞以伐虢，遺虞垂棘之璧與屈產之乘。虞公惑於璧與馬，而欲與之道。宮之奇諫曰：『不可！夫虞之與虢，若車之有輪，輪依於車，車亦依輪。虞之與虢相恃而勢也。若假之道，虢朝亡而虞夕從之矣！』虞公弗聽，遂假之道。」

是陳氏以爲「輔」乃車輪兩旁之夾木，用以輔助車之行也；有「輔」，則車行以正，無「輔」，則車不可行矣！又考《詩・小雅・正月》云：「其車既載，乃棄爾輔。……無棄爾輔，負于爾輻。」」《傳》曰：「大車重載，又棄其輔。」俞樾曰：

> 按「革」部（指《說文》）「轉，車下索也。从革專聲。」竊疑「輔」「轉」古同字。專从「甫」得聲，故「甫」聲、「專」聲義每相通。……輔从「甫」而轉从「專」，「專」聲即「甫」聲也。輔爲車下索，故爲可解脫之物。《詩》又曰：「無棄爾輔，負于爾輻。」《傳》曰：「負，益也。」其實負者旋也……「負于爾輻」者，旋繞于其輻也。然則輔爲車下索無疑矣！……在車下與輿相連縛也。此即「輔車相依」之義矣！（《兒笘錄》第四・「輔」字條，頁 1207）

綜觀《毛傳》、曲園《兒笘錄》、《呂氏春秋校釋》，「輔」或爲「車索」，或爲「車兩旁之夾木」，然終爲可解脫之物，則「輔車相依」之義，當如《詩・正義》所云：「爲車不言作輔，此言「乃棄爾輔」，則「輔」是可解脫之物，蓋如今人縛杖於輻，以防輔事也。」此其一解也。另一說則爲《左傳》杜《注》：

> 輔、頰輔；車、牙車。

孔《疏》曰：

> 《廣雅》云：「輔，頰也。」則輔頰爲一。《釋名》曰：「頤、或曰輔車，其骨彊可以輔持其口，或謂牙車，牙所載也；或謂頜車也。」……牙車、頜車，牙下骨之始也。頰之與輔，口旁肌之名也。蓋輔車一處分爲二名耳。輔爲外表，車是內骨，故云相依也。

案：審杜《注》、孔《疏》，可知「輔」殆爲「酺」之借。「酺」爲人之兩頰，車爲上下之牙床，頰外車內，故言「輔車相依」也。

凡此二訓，當以何者爲是邪？爬梳前說，彼以輔爲車之一屬，合《詩》文觀之，其可以助車之平穩，不爲傾覆，當可無疑。若此，則言「相依」似亦可也。然輔雖爲車之一屬，實爲可解脫之物，其所以用之者，在防輔事耳。則「輔」「車」二者非必相依不可須臾離也，故《詩》乃又言「棄」耳。且《傳》文已言「虢、虞之表也」，既爲「表」矣，何來「棄」邪？則其相依之情自不可以取喻矣！後說則不然。考《說文》面部：「酺，頰也。」（頁 427）段《注》：「頰者面旁也。……古多借『輔』爲『酺』，如《毛詩傳》曰：『倩，好口輔也。』此正謂醮酺。」古借「輔」爲「酺」者，尚有其例，如《楚辭・大招》：「醮輔奇牙，宣笑嘕只。」王逸《章句》：「嘕，笑兒也。言美女頰有醮輔，口有奇牙，嘕然而笑，尤媚好也。輔，一作酺。」《淮南子》：「奇牙出，醮輔搖。」高誘《注》：「醮輔，頰邊文，婦人之媚也。」知「醮輔」

乃笑靨，猶今之「酒窩」也，「輔」即「酺」，面之兩旁者也。然「輔」又爲口內之牙床骨，《易・咸卦》：「上六，咸其輔頰舌。」孔《疏》引馬融曰：「輔，上頜也。」（頁83）又〈艮卦〉：「六五，艮其輔。」（頁116）虞《注》：「輔，面頰骨，上頰車也。」則「輔」爲「酺」之借無疑矣！故段《注》曰：

> 蓋自外言，曰酺曰頰曰靨酺；自裡言，則上下持牙之骨謂之酺車，亦
> 謂牙車、亦謂頜車、亦謂頰車……許言酺頰也者，言其外也；《易》言酺
> 頰、言輔，言其裡也。酺車非外之酺，頰車非外之頰，此名之當辨者也。

夫是，渾言之，「酺」乃內之「車」與外之「頰」之統稱也；析言之，則爲外之「頰」耳。「車」與「頰」、「輔」連用，乃指植齒之牙骨，惟其載牙之物，故謂之「車」也。且《傳》文「輔車相依」與「脣亡齒寒」相承，「輔」「脣」俱爲外，「車」「齒」皆爲內，一內一外，相契若符。若輔爲車之一屬，則借喻不類矣！微《說文》，則宮之奇之喻，惡得昭然也已哉？

三、尋字義之由來

夫音義之說，自來有異〔註2〕，訓詁學者亦以推求事物得名之由來爲訓詁方法

〔註2〕夫語言以聲表義，語音之與語義不可須臾離也，前修時賢於此皆有論述，其說或同或異，今綜其言，可得音義相關者三事：

（一）音義同源說：

戴震曰：「訓詁音聲相爲表裡。」（〈六書音韻表序〉）又：「字書主於故訓，韻書主於音聲，然二者恆相因。」（〈論韻書中字義答秦蕙田書〉）

段玉裁曰：「聲與義同原，故諧聲之偏旁多與字義相近，此會意形聲兩兼之字致多也。」（〈說文〉「禛」字注，頁2）

黃承吉曰：「蓋聲起於義，義根於聲，其源出於天地之至簡極紛，其究發爲口舌之萬殊一本。要之，非聲音不足以爲訓詁。」（《字詁義府合按・序》，頁267。北京中華）

劉師培曰：「蓋意由物起，既有此物，即有此意；既有此意，即有此音。」又曰：「蓋古人制字，義本于聲，聲即是義，聲音訓詁本出一原。」（《左盦外集》卷六・〈正名隅論〉，頁1661～1666）又有〈字義起於字音說〉三篇，亦主是說。

（二）聲象乎意說：

鄒伯奇曰：「聲像乎意者，以脣舌口氣像之也。」

陳澧曰：「聲音，肖乎意而出者也。」（〈說文聲表序〉）又曰：「《釋名》云：『天，豫、司、兗、冀，以舌腹言之，天、顯也，在上高顯也；青、徐以舌頭言之，天、坦也，坦然高而遠也。風，豫、司、兗、冀，橫口合脣言之，風、氾也，其氣博氾而動物也；青、徐言風，踧口開脣推氣言之，風、放也，氣放散也。此以脣舌口氣像之之說也。』」（《東塾讀書記》・卷一一）

（三）音近義通說：

此說由來已久，如《詩・豳風・東山》：「烝在栗薪」《箋》曰：「栗、析也。……古者聲栗、裂同也。」（頁296）又《儀禮・既夕禮》：「既正柩，賓出。遂匠納車于

之一，甚或以爲惟如此方是眞正之訓詁焉〔註3〕。學者於注釋之際，固以解明字義與詞義爲事，然求其名義之由來者，亦往往有之。許君生當後漢，前之者如：《毛詩‧序》：「風，風也、教也；風以動之，教以化之……上以風化下，下以風刺上。主文而譎諫，言之者無罪，聞之者足以戒，故曰風。」《禮記‧祭統》：「夫鼎有銘，銘者自名也。自名以稱揚其先祖之美，而明著之後世者也。」（頁838）又〈鄉飲酒義〉：「東方者春，春之爲言蠢也。……南方者夏，夏之爲言假也。……西方者秋，秋之爲言愁也。……北方者冬，冬之爲言中也。」（頁1008）若此者，許君自當知之矣！蓋《說文》之作也，亦以明字義而解迷誤，究微恉而導野言，故其訓釋，非但承襲經義、師說、通人、方語，且偶亦推字義之所以然，明其說之不誣也！如：「王，天下所歸往也。」（頁9）何以謂之「王」？以天下皆歸其所主故也。「澍」者「時雨也」，時雨者，及時雨也。天旱不得生，時雨至，「所以樹生萬物者也」（頁562）。此乃許君懼百姓日用而不知其所以然，故既訓其義，復又存其得義之由來也。

　　至或山水、草木、蟲魚、鳥獸、器物，歷來俱以爲適然偶會，聊無義也，故朱駿聲《說文通訓定聲‧凡例》曰：「凡山水國邑及姓氏之類，皆託其字爲表識，無關本誼，故注亦不詳。」按之《說文》，其實不然。如：馬部：「騢，馬赤白雜毛。……謂色似鰕魚也。」（頁466）何以「色似鰕魚」即謂之「騢」乎？考魚部：「鰕，鰕魚也。」（頁586）段《注》：「鰕者今之蝦字，古謂之鰕魚。」是也。蓋蝦熟而色赤紅，今馬之毛色赤似蝦，故謂之騢也。又玉部：「瑕，玉小赤也。」（頁15）知「鰕」「騢」「瑕」三篆皆因色赤而得名，是爲同源字耳！又如：虫部：「蝝，復陶也。」（頁672）《爾雅‧釋蟲》并同。或以爲此乃「託名標識」之詞，其義不可得而說也。

階閒。」鄭《注》：「車、載柩車，《周禮》謂之『蜃車』，〈雜記〉謂之『團』，或作『輇』、或作『摶』，聲讀皆相附耳！」（頁486）是其例。其後則有「右文說」。沈括《夢溪筆談》卷一四云：「王聖美治字學，演其義以爲『右文』。古之字書皆從左文。凡字，其類在左，其義在右，如木類，其左皆從木。所謂『右文』者，如戔，小也。水之小者曰淺，金之小者曰錢，歹之小者曰殘，貝之小者曰賤。如此之類，皆以『戔』爲義也。」張世南《游宦紀聞》、王觀國《學林》亦主是說。至清儒則大倡其言：王念孫曰：「竊以訓詁之旨，本於聲音，故有聲同字異、聲近義同。雖或類聚群分，實亦同條共貫。譬如振裘必提其領，舉網必挈其綱。」（〈廣雅疏證‧序〉）王引之曰：「凡字之相通，皆由於聲之相近，不求諸聲而求諸字，則窒矣！」（《經義述聞》卷三‧「嗣」字條，頁71。江蘇古籍）又：「詁訓之旨，存乎聲音，字之聲同、聲近者，經傳往往假借。學者以聲求義，破其假借之字而讀以本字，則渙然冰釋；如其假借之字而強爲之解，則詁鞠爲病矣！」（《經義述聞‧序》）

〔註3〕黃季剛先生曰：「《說文》『元，始也。』以造字論，元與始之聲、形皆無關，只以其觀念相同，可以相訓，而非完全之訓詁也。完全之訓詁必義與聲音皆相應。」（《文字聲韻訓詁筆記》‧「義訓與聲訓」條，頁190）又曰：「凡以聲音相訓者，爲眞正之訓詁；反是，即非眞正之訓詁。」（仝上，「聲訓舉例」條，頁200）

然黃季剛先生曰：

> 復陶之爲言覆幬也。《左傳·襄三十年》：「使爲君復陶。」《注》：「主
> 衣服之官。」《昭十二年》：「秦復陶。」《釋文》：「雨衣也。」此與蟲名異
> 而取義則同。又《論衡·論死篇》：「蟬之未蛻爲復育。」育，古音與「冑」
> 通，則「復陶」、「復育」亦聲轉義近也。（復育，《廣雅》作「蝮蜟」）（《爾
> 雅音訓》卷下·「釋蟲」第一五，頁258。藝文）

案：黃氏於此明蟲名之「蝮陶」、官名之「復陶」、衣名之「復陶」，語出一源，皆得
義於外覆衣著或軀殼耳！益知許說之信而有徵矣！

四、通字（詞）義古今之變

　　夫文字有限，而語言無盡。以有限之字記無盡之言，其勢窮矣！文字孳乳，隨
時異用；空間阻隔，字依音造，故同一音也，而「蟲」與「瑟」異形；同一「璞」
也，而周人、鄭人異義〔註4〕。此一音多字、一字多義故也！

　　歷來究字義之轉移者，據齊佩瑢《訓詁學概論》所言，凡有六式（頁70～80）：

1、縮小式

　　如瓦部「瓦，土器已燒之總名。」（頁644）《詩·小雅·斯干》：「乃生女子……
載弄之瓦。」《傳》：「瓦，紡塼也。」（頁388）「紡塼」者土器之一耳，是爲「瓦」
義之縮小也。

2、擴大式

　　如水部：「河，河水，出敦煌塞外昆侖山，發原注海。」（頁521）「江，江水，
出蜀湔氐，徼外崏山入海。」（頁522）乃今「黃河」「長江」之專稱也。《詩·
關雎》：「在河之洲」、〈漢廣〉：「江之永矣」、《孟子·滕文公上》：「決汝漢、排
淮泗，而注之江。」是其例。其後則以爲凡水流之通稱焉。

3、變壞式

　　如民部：「氓，民也。」（頁633）《詩·衛風·氓》：「氓之蚩蚩，抱希貿絲。」
《傳》：「氓，民也。」（頁134）《孟子·公孫丑上》：「天下之民皆悅而願爲之
氓矣！」趙《注》：「氓者謂其民也。」（頁64）又〈萬章下〉：「君之於氓也。」

〔註4〕黃季剛先生曰：「淮南『蟲』與『瑟』同音；周人謂『玉』爲璞，鄭人謂『鼠』爲璞，
此音同而不必義同也。物有同音而異語者，亦有同語而異音者。同音異語，如『蟲』
與『瑟』；同語異音，如《爾雅》『初、哉、首、基』，俱訓『首』是也。同音者不必
有一定之義，同語者不必一音，而往往同音，如江、河、淮、海、漢、湖、洪、沆，
皆大也；洪與紅亦同，鴻、訌亦有關。」（《文字聲韻訓詁筆記》·「形音義三者不可
分離」條，頁49～50）

《注》：「氓，民也。」（頁 185）是其例。民爲百姓，本無貴賤之別，其後乃謂流亡之民爲氓，其義惡矣！如《周禮・地官・遂人》：「凡治野以下劑，致甿以田里，安甿以樂昏，擾甿以土宜……」鄭《注》：「變民言甿，異外內也。甿猶懵懂無知兒也。」（頁 232～233）《孟子・滕文公上》：「願受一廛而爲氓。」《注》：「氓，野人也。」（頁 97）案：甿即氓之或體。或謂氓從亡從民，流亡之民，即野人也；說雖委曲，要非亦見其義之轉移也。今則謂無賴爲氓。

4、變好式

如牛部：「牧，養牛人也。」（頁 127）《詩・小雅・無羊》：「爾牧來思，何蓑何笠。」「牧人乃夢。」（頁 389）是其例。蓋牧民猶牧畜也，故《周禮・天官・大宰》：「以九兩繫邦國之名，一曰牧以地得民。」鄭《注》：「牧，州長也。」（頁 32）又：「乃施典于邦國而建其牧。」《注》：「以侯伯有功德者加命作州長謂之牧。」（頁 34）又〈春官・大宗伯〉：「八命作牧。」《注》：「一州之牧，王之三公，亦八命。」（頁 280）《禮記・曲禮下》：「九州之長入天子之國曰牧。」鄭《注》：「每一州之中，天子選諸侯之賢者以爲之牧也。」（頁 89）今則或以爲「州牧」者是。

5、變強式

如干部：「干，犯也。」（頁 87）案：干之本義當作「盾」，許氏誤以引申義爲本義也（詳第七章第一節）。《詩・大雅・旱麓》：「干祿豈弟。」《傳》：「求也。」（頁 558）又《左文四年傳》：「其敢干大禮以自取戾。」杜《注》（頁 307）、《公羊宣十二年傳》：「以干天禍。」何《注》（頁 204）、《國語・晉語》：「若干二命以求殺余。」韋《注》（卷一〇，頁 368）並云：「干，犯也。」郝蘭皋《爾雅義疏・釋言》曰：「犯與求，其義相反而相近。」實則「犯」乃「求」義之增強，強求則爲干，故今曰「干涉」也。

6、變弱式

如走部：「走，趨也。」《釋名・釋姿容》：「徐行曰步。」「疾行曰趨」。「疾趨曰走。」是走之本義猶今之「跑」也。今則反之，徐行曰走也。則「跑」「走」之義弱矣！

凡此者，率皆用義之變也。若抱本守一，不知通變，則昧矣！善乎段若膺之言曰：

> 凡字有本義焉、有引申、假借之餘義焉。守其本義而棄其餘義者，其失也固；習其餘義而忘其本義者，其失也蔽。蔽與固皆不可以治經。（《段玉裁遺書・經韻樓集》卷一・「盈不濡軌傳曰由輈以下曰軌」，頁 874）

五、明新詞之源流、方語之推衍

　　詞彙之有新作，猶文字之有孳乳，亦隨時異用故也。如今之飯店餐館，略有「雅座」之名。考之《說文》，雅乃「楚烏」，是爲鳥名，其與「雅座」之義無涉焉。黃季剛先生曰：

> 　　《御覽》百八十一引《通俗文》：「客堂曰序。五下反。」今北京酒食
> 肆設坐以待客，曰「雅座」，即此「序」字。（《黃侃論學雜著·蘄春語》，
> 頁421。上海古籍）

按之《說文》广部：「序，廡也。」「廡，堂周屋也。」（頁448）言部：「訝，相迎也。」（頁96）大、小徐本「訝」之或體作「迓」。知「序」爲待客之處，其原於「迓」，即相迎也。迎客之屋爲「序」，則「雅座」之義乃「迎客之席」是也。

　　方言俗語，其式多樣，義變之迹雖難以繩墨，要不爲「音變」與「俗諱」二者。如今言肉之美食者曰「里肌」。里者居也，其不爲義明矣！按之《說文》呂部：「呂，脊骨也。」（頁346）知「里」乃「呂」之音近而變也。「呂肌」者，兩脊之瘦肉也〔註5〕。

　　亦有因語諱而義變者〔註6〕，如《禮記·曲禮上》：「毋揚飯，飯黍毋以箸。」（頁41）《說文》竹部：「箸，飯攲也。」（頁195）支部：「攲，持去也。」（頁118）飯攲者持飯之具，知〈曲禮〉乃用本義耳。今則曰「箸」爲「筷」，何也？語諱故也！

〔註5〕本條主要參稽陸宗達先生《訓詁學的知識與應用》·〈說文解字與訓詁學〉，頁61。語文出版社，1990年1月第1版。

〔註6〕語諱因其產生之由，可分：

　　（一）相對性：如遺人祝壽之物，若「衣」「鞋」「糕」之類，不可加一「壽」字，否則即爲不祥矣！反之，若以爲喪禮，須加「壽」字以名之，以表其敬也。

　　（二）區域性：如閩人諱言「茄」，名「紫菜」代之；川人諱言「舌」，蓋「舌」與「蝕」音同，故謂「舌」爲「招財」；猪舌爲「猪招財」，牛舌爲「牛招財」。《禮記·曲禮上》：「入竟而問禁，入國而問俗，入門而問諱。」（頁59）是也。

　　（三）時代性：如《禮記·曲禮下》：「凡祭宗廟之禮，牛曰一元大武；豕曰剛鬣；豚曰腯肥；羊曰柔毛；雞曰翰音；犬曰羹獻；雉曰疏趾……」（頁98）彼時諱說其名，今則未必然，隨時異用故也。

　　（四）行業性：如漁家諱言「沉」，與其音同之字亦皆諱之，故於船上進食，不可說「盛」飯，蓋「盛」與「沉」方言音同，故代之以「裝」也、「添」也。

　　（五）多重性：同一忌諱之語，而以多種語彙代之，略無一定也，如《史記·項羽本紀》：「坐須臾，沛公起如廁。」《水滸傳》第二回：「那端王起身淨手，偶來書院少歇。」又第五一回：「朱仝獨自帶過雷橫，只做水火。」《紅樓夢》第九回：「秦鐘趁此和香憐弄眉擠眼，二人假出小恭，走至後院說話。」又第二九回：「誰知寶玉解手兒去了纏來，忙上前問張爺爺好。」此之「如廁」「淨手」「水火」「出小恭」「解手」云云，皆爲「屎溺」之諱也。

蓋船家因「箸」音同「住」，故諱而曰「快」。其後復加「竹」旁以爲「筷」耳。此乃因語諱而義變者也。

六、考究成語之原義

成語流傳既久，使用益廣，其義固豐且富矣！後之來者，承襲舊說，則其義或轉移而不知焉。如：《左莊十年傳》載「曹劌論戰」一事，中有「犧牲玉帛，弗敢『加』也，必以信」一語，或以爲此「加」乃「增加」焉耳。此殆不然也！覈之《說文》力部：「加，語相譖加也。」（頁 707）言部：「誣，加也。」（頁 97）「譖，加也。」（頁 99）知「加」「誣」「譖」三字義同，故段氏於「誣」下注曰：

> 玄應五引皆作「加言」。……云加言者，謂憑空構架，聽者所當審慎也。……「加」與「誣」皆兼毀譽言之；毀譽不以實皆曰「誣」也。

「加言」「憑空構架」「毀譽不以實」云云，是「加」者非謂「增加」，乃言語不實者也，即「誣妄」「誣蔑」是也。以其不實，故羅織之罪，其辭可虛；以其敬神，故祭祀之牲帛，其數不敢虛報，必以信實。朱允倩不明字義之綜覈，故於「加」字下曰：

> 此字从口非誼，疑从力可省聲，或吹省聲。許君謂「語相增加」，隸「口」部，恐屬傅會。（《說文通訓定聲》·隨部第十，頁 529）

案：「加」从「力」「口」構字。加，古牙切，古音「見」紐；口，苦厚切，古音「溪」紐，同屬牙音，是爲同類雙聲，則「加」爲形聲字，當云：「从力口聲。」此許氏析形誤也。朱氏之以「加」爲形聲字，要非無見。然以加乃「可」或「吹」二字之省聲，則蛇足矣！蓋云「从力口聲」已足，何庸贅詞哉？則朱氏析形亦誤，至其所疑，則昧先正之用例焉耳！

蓋「加」之从「口」取義者，其來也亦已久矣，如：

1、《論語·公冶長》：「子貢曰：『我不欲人之加諸我也，吾亦欲無加諸人。』」馬融《注》曰：「加，陵也。」袁宏曰：「加，不得理之謂也。」

2、《左僖十年傳》：「欲加之罪，其無辭乎？」（頁 221）

3、《左襄十三年傳》：「及其亂也，君子稱其功以加小人，小人伐其技以馮君子。」杜《注》：「加，陵也。……馮，亦陵也。」（頁 555）

4、《禮記·檀弓上》：「獻子加於人一等矣！」鄭《注》：「加猶踰也。」（頁 119）

5、《禮記·內則》：「不敢以貴富加於父兄宗族。」鄭《注》：「加猶高也。」（頁 522）

若此者，不論其爲本義或爲引申義，率皆有「貶」義存之焉！則「犧牲玉帛，弗敢加也」之「加」，爲言語不實之虛誇、誣妄，略得其實矣！

故以言訓詁，不可望文生義，望字生訓，以後起義解初義；讀《說文》，亦不可拘於一文之義，必當綜覈全書，旁通他篆之說解，則字義之推求，其庶幾乎近之矣！此段大令於《說文》之注疏中，已有言及，如《說文》广部：「廬，寄也。秋冬去，春夏居。」（頁447）「廛，二畮半也；一家之居。」（頁449）段於「廛」下注曰：

> 古者在野曰「廬」，在邑曰「里」，各二畮半。……里即廛也。《詩·伐檀》毛《傳》曰：「一夫之居曰廛。」〈遂人〉：「夫一廛。」先鄭云：「廛，居也。」後鄭云：「廛，城邑之居。」……毛、鄭皆未明言「二畮半」，要其意同也。許於「廬」不曰「二畮半」，於「廛」曰「二畮半」，以錯見互足。

「以錯見互足」，「加」字例之也。故俞樾曰：

> 蓋許書別義有即見本字下者，如「祥、福也，一曰善」是也。有見於他篆說解者，如「戲，三軍之偏也，一曰兵也」，並無「戲謔」義，而「謔」下曰：「戲也。」則戲謔之別義見矣！（《春在堂襍文》四編五·〈張乳伯說文發疑序〉，頁1084。《近代中國史料叢刊》，文海）

劉師培亦曰：

> 夫許書簡奧，不可周知。或本篆注文僅誌正詁，誼有演溢，別見旁篆，如「士」誼訓「事」，「壻」篆從「士」，注云：「士者夫也。」是壻從士形別取夫誼；「士」「夫」恉近，「夫」「事」誼違。壻既訓夫，靡關「事」誼……若此之倫，懸領可徹，守株膠瑟，難與適辨。（《左盦外集》卷一六·「答四川國學學校諸生問說文書」第四通，頁1979）

揆諸「加」篆之義，俞、劉之說信然也！

七、存漢季之通語

　　許君於《說文》之訓解，率皆以漢時之通語言之，其文之或長或短，其意之或簡或繁，必是時人所易曉易解者也。其引方言爲說者，尤可見一斑。如：

1、王　部

「皇，大也。從自王，自、始也。……自讀若鼻，今俗冐作始生子爲鼻子是。」（頁9～10）

案：《方言》卷一三：「鼻，始也。獸之初生謂之鼻，人之初生謂之首。」許君殆或本此。桂馥《說文義證》曰：「馥疑此文倒互，當云：『獸初生謂之首，人初生謂之鼻。』」非也。蓋漢之前，即謂人之始生者爲「首子」矣！如《韓非子·二柄篇》：「桓公好味，易牙蒸其首子而進之。」〈難一〉、〈十過〉二篇文同。《韓非子

纂聞》:「首子,長子也。」即或漢季之書,其文亦皆以「首子」言之。如《史記・宋微子世家第八》:「微子開者,殷帝乙之首子,而紂之庶兄也。」(頁 608)《漢書・元后傳》:「且羌胡尙殺首子以盪腸正世,況於天子而近已出之女也。」(頁 4020)是漢語亦本前所言,以人之始生謂首也。「今俗日作」云,知叔重之際,時人已漸以「鼻子」爲言「首子」矣!

2、木　部

「槌,關東謂之槌,關西謂之㭱。」「㭱,槌也。」「栚,槌之淇橫者也。」(頁 264)

案:《方言》卷五:「自關而西謂之槌,齊謂之㭱;其橫關西曰㭼。」若依《方言》,則關東、關西互倒,當作「關西謂之槌,關東謂之㭱」者是。然許君非必專據《方言》以爲說也,或其時方言俗語已改,或許君所據不同,亦未可知矣!「㭱」之爲言「峙」也,與「栚」之爲橫槌者對文。《禮記・月令》:「具曲植籧筐。」鄭《注》:「植,槌也。」(頁 304)段《注》:「㭱與植蓋一字,古音同在一部也。」則㭱之爲峙,更可知矣!

3、土　部

「圯,東楚謂橋。」(頁 700)

案:《史記・留侯世家第二五》:「良嘗閒從容,步游下邳圯上。有一老父衣褐至良所,直墮其履圯下。」(頁 804)《集解》引徐廣曰:「圯,橋也,東楚謂之圯。」《索隱》引李奇曰:「下邳人謂橋爲圯。」則「圯」之爲「橋」其來久矣!竊疑「圯」與「圮」古本一字。《說文》:「圮,毀也。」(頁 697)此說本於《爾雅・釋詁》:「圮,毀也。」《經典釋文》:「圮,岸毀也。」蓋橋梁之設,當於岸毀或水缺之處。楚人因之以圮爲名,猶「古者城闕,其南方謂之軷」也。古者「己」「巳」音幾同(同爲段之第一部),隸定之形尤相似,故「圮」譌而爲「圯」,遂若專爲楚橋造字也已哉!

若此者,許書尙多。蓋時移勢異,叔重說解時之通語,幾二千年,吾人今見之,其不可曉者固亦有之,然以爲究古漢語之詞彙,實爲不可多得之寶典也!

夫《說文》體大思精,其訓詁之價值,實不止上舉寥寥七事,惟挈其大要耳!蓋吾人去聖人造字也久矣!執古人之字與今人讀,猶操今人之音與古人言。今音非古人所能解,猶古字亦非今人所能識也。蓋小篆破而八分生;八分散而隸書出,其創造非一人,其變遷非一世矣!自隸書以來,其能發明六書之旨,使三代之史,尙存於今日,而得以識古人制作之本者,許氏《說文》之功爲大!故王鳴盛《說文解字正義・敘》盛推《說文》爲「天下第一種書」,曰:

> 凡訓詁當以毛萇、孟喜、京房、鄭康成、服虔、何休爲宗，文字當以
> 許氏爲宗。然必先究文字，後通訓詁，故《說文》爲天下第一種書。讀遍
> 天下書，不讀《說文》，猶不讀也。但能通《說文》，餘書皆未讀，不可謂
> 非通儒也。

王氏之譽，恐或大過。然許書於「天地、艸木、鳥獸、蚰蟲、雜物奇怪、王制禮儀、世間人事莫不畢載」，則王氏之讚，要非無因也。曩者昌黎韓子有言曰：「凡爲文詞，宜略識字。」夫「識字」者，豈惟甲則言甲，乙則言乙而已哉？果如是也，則童子束髮抱書，八村夫子塾窮紅紙作方字，日識四五，即謂之識字矣！何大儒如韓子猶不敢易言之，而但求略識之邪？蓋識字之難，不第辨別其形聲，而尤在通知古文假借之例，與古今文義異同、分合之詳耳！不然，讀「輔車」不知「輔」之爲「酺」，讀「弗敢加」不知「加」之爲「誣」，昧其所通，異義於是乎蠭起，此韓子之所懼，而學者之所妄者也。於《說文》，果能推闡以盡其餘，爬羅以通其礙，則以遍讀秦漢以上之書不難矣！豈僅略識字而已哉？

第二節　《說文解字》釋義依據之檢討

「許君以爲音生於義，義著於形。聖人之造字，有義以有音，有音以有形；學者之識字，必審形以知音，審音以知義。」「許君之書，主就形而爲之，說解其篆文則形也。」「許以形爲主，因形以說音說義。」（段《注》語）則《說文》之說辭，要以析形爲本，殆無疑也！夫許氏所據以訓釋者，如前章所言，有「文字」與「說解」二者，故本節亦分而論之：

一、收輯文字之檢討

（一）古　文

「古文」一詞，自來應用既廣且泛，吾人或名之曰「殷周古文」、「晚周古文」、「秦漢古文」（小篆），若此者，率與「隸書」相對爲言也，此爲廣義之古文；狹義者，乃繩之《說文》古文耳。

其始也，漢儒之於「古文」，亦有二說：《漢書・郊祀志》記宣帝時，美陽得鼎，獻之。張敞好古文字，桉鼎銘勒而上議曰：「……今鼎出於郊東，中有刻書曰：『王命尸臣：官此栒邑，賜爾旂鸞黼黻琱戈。尸臣拜手稽首曰：敢對揚天子丕顯休命。』臣愚不足以迹古文，竊以傳記言之。」其言「古文」云者，當係指「尸臣鼎銘文」而說。又《說文・敘》：「郡國亦往往於山川得鼎彝，其銘即前代之古文。」此之「古

文」，實亦先代之鼎器銘文耳；此古文之說者一也。《說文・敘》又曰：古文、孔子壁中書也。此之「古文」者，乃東漢之際，以爲壁中書諸簡冊所專有，此古文之說者二也。本節所言之古文，斯亦指壁中書而言耶！

　　《說文》中之古文，據許氏自敘可知，其原自漢世所存之古文經傳，尤以孔壁古文與張蒼所獻《春秋左氏傳》爲宗。漢人，即或叔重亦若是，俱信壁中書乃孔子所書、《春秋左氏傳》爲左丘明所撰；所謂古文者，乃早於孔、左之前之字體，故不與籀文、小篆類近也。審視史實、證諸文物，當知此論殆有質言耳！夫壁中書諸經傳乃始皇三十四年焚書之際，有識之士，藏而匿之，得以幸存者也。方其時，上距孔子、丘明已二百餘年矣，其不爲孔、左手書原兒，當可想見，故王國維曰：

> 至孔子書六經，左邱明述春秋，皆以古文，此亦似謂殷周古文。然無
> 論壁中所出與張蒼所獻，未必爲孔子及邱明手書，即其文字亦當爲戰國文
> 字，而非孔子及邱明時之文字。」（《觀堂集林》卷七・〈說文所謂古文說〉，
> 頁 316）

此《說文》中古文不可信者一也！又文字之爲用，具有時代之共性、社會之慣性，一時一地之人，其遣詞用字，略無殊異。職是，清陳介祺據周末古器銘文與《說文》中古文相較，見二者形體近似，乃以壁中古文當爲周末人所傳。及其後也，王觀堂撰〈桐鄉徐氏印譜序〉，復取六國兵器、貨幣、璽印、陶器所鑄之字，較之《說文》，而以爲許氏所謂古文者，實乃六國時通行之字，其言曰：

> 三代文字，殷商有甲骨及彝器，宗周及春秋諸國並有彝器傳世，獨戰
> 國以後，彝器傳世者，唯有田齊二敦一簠及大梁上官諸鼎，寥寥不過數器。
> 幸而任器之流傳，乃比殷周爲富。近世所出，如六國兵器，數幾踰百，其
> 餘若貨幣、若璽印、若陶器，其數乃以千計，而魏石經及《說文解字》所
> 出之壁中古文，亦爲當時齊魯間書。此數種文字，皆自相似。然並譌別簡
> 率，上不合殷周古文，下不合小篆，不能以六書求之。（《觀堂集林》卷六・
> 〈桐鄉徐氏印譜序〉，頁 299）

又其後也，孫海波亦藉文字形體之異同而定《說文》之古文爲戰國時之文字，言曰：

> ……以文字證之，《說文》之古文，其形體與商周文字輒異與六國文
> 字多合：其合也，自當有其淵源，必非偶然也。余嘗取《說文》古文以與
> 商周六國文字相較，得字七十有九，其合於商周也四之一，其合於六國也
> 四之三，則知漢代所謂古文，即六國文字。（《中國文字學》中編・「文字
> 之發生及其演變」，頁 67。學海）

《說文》古文既自壁中書與民間所獻之古本經書來，所書者，非簡牘即帛革，固名

之爲「簡帛文字」可也。其爲六國時文字，王、孫二氏辯之詳矣！此《說文》古文不可信者二也！《說文・敘》曰：「壁中書者，魯恭王壞孔子宅，而得《禮》、《記》、《尚書》、《春秋》、《論語》、《孝經》。」案：壁中書之《禮》、《記》、《論語》、《孝經》四者，俱是七十子及其後學者所爲，豈孔子之筆得以書之邪？豈孔子之世，得能豫知後世之名邪？則壁中書恐是戰國中晚期之簡冊，下距漢景、武之際不遠，此《說文》古文不可信者三也。

　　古文既爲戰國時文字，然《說文》之古文又不復存六國俗體之兒矣！何邪？蓋新莽之際，「使大司空甄豐等校文書之部，自目爲應制作，頗改定古文」（《說文・敘》）許氏生當王後，其所見者當爲新莽改定之體，即或非爲《說文》所本，然字體之改易，其不復見原兒，自不待言而明也，如：《說文》「信」之古文「𬤊」（頁93），從言從心、「舞」之古文「𡂥」（頁236），從羽從亡，若此者，於卜辭、金文以至戰國文字均未之見，反與「馬頭人爲長」、「人持十爲斗」之說相類，若此者，恐爲新莽改定之古文也。二則兩漢時，尚無印刷之業，典冊流傳，端賴謄抄，流傳既久，謬誤益大，此勢之不能免者也，如：「得」，《說文》古文作「𢔘」（頁77），從見從寸，形構之文無以見其義，考甲文、金文，「得」字均從貝從又，以手持貝，乃見「得」義，則《說文》古文得所從之「見」，實爲「貝」之形謬也。

　　至或《說文》所輯之古文，各家之數略有出入：明楊愼《六書索隱》云：「其所載古文三百九十六。」清蔡惠堂《說文古文攷證》以爲「四百餘字」；王國維《說文所謂古文說》：「全書中所有重文古文五百許字」；胡光煒《說文古文考》收錄古文單字六百十又二文；舒連景《說文古文疏證》收錄古文單字四百五十又七文；商承祚《說文中之古文考》收錄古文單字四百六十又一文。其所以異者，大率除許氏明言某某爲古文者外，於正篆中何者或爲古文，各家臚列不一故也。故錢大昕曰：

　　　　三代古文奇字，其詳不可得聞，賴有許叔重之書，猶存其略。《說文》所收九千餘字，古文居其大半，其引據經典，皆用古文說，閒有標出古文籒文者，乃古籒之別體，非古文祇此數字也。（《潛研堂文集》卷二十七・〈題跋一〉・「跋汗簡」條，頁470。上海古籍）

（二）籒　文

《說文・敘》云：

　　　　及宣王大史籒，著大篆十五篇，與古文或異。（頁764）

段《注》曰：

　　　　大篆與倉頡古文或異，見於許書十四篇中者備矣！凡云「籀文作某」
者是也。「或」之云者，不必盡異也，蓋多不改古文者矣！

據此，則《說文》收輯之籀文，其原自《史籀篇》者可知矣！或以為許〈敘〉既云
史籀乃周宣王時大史，故《說文》中之籀文，自當為西周晚期之文字，其然乎？豈
其然乎？

　　《漢志》云：「《史籀篇》者，周時史官教學童書也。」是《史篇》者猶如後世
之《千字文》、《幼學瓊林》，以為兒童啓蒙之書也。原書逸亡不可考，據《漢志》「建
武時，亡六篇」之言，知許君固不及得其全篇，然不亡者九，許氏當有所聞見。唐
玄度所謂「章帝時，王育為作說解，所不可通者十又二三」，則《說文》中引「王育
曰」者，當是「說解」之語，是許君所謂籀文者，其原有所本，當可信從。然《說
文》之籀文，果為周宣王時之迹邪？抑為後世字體相淆，僅存其名者邪？尋字體勢，
或可略解其惑耳！

　　夫籀文之體勢，王丑山曰：「籀文好重疊。」（《說文釋例》卷五·「籀文好重疊」，
頁 221）俞樾曰：「籀古之文多繁重。」（《春在堂襍文》續編二·〈丁怡生重文序〉，
頁 684）王國維曰：「《史篇》文字，就其見於許書者觀之，固有與殷周間古文同者，
然其作法大抵左右均一，稍涉繁複，象形象事之意少，而規旋矩折之意多。推其體
勢，實上承石鼓文，下啓秦刻石，與篆文極近。」（《觀堂集林》卷五·〈史籀篇疏證
序〉，頁 254）章太炎曰：「今觀籀文，筆畫繁重，結體方正。」（〈小學略說〉）四家
之說，略得大概，然揆諸古器文物，恐未必是焉。蓋所謂「規旋矩折」云云，乃西
周中晚期以降銅器銘文共同之特點也。方其時，舉凡銘文之布局，文字橫豎之結構，
筆畫無波折，兩端求平整，線條化、方塊化，為其共有之作風，「克器」、「頌器」、「虢
季子白盤」，是其最著者也。至若「籀文好重疊」「左右均一，稍涉繁複」，亦止得其
一，未得其二。誠然，籀文中固有重疊、繁複之形者，如：

篆文　籀文

禋

述

昔

乃

然亦有从某省簡者，如：

篆文　　籀文

爨　　[篆文字形]　　[籀文字形]（籀文爨省）

飴　　[篆文字形]　　[籀文字形]（籀文飴从異省）

饕　　[篆文字形]　　[籀文字形]（籀文饕从虤省）

此俞、王之未得其實者一也。又「稍涉繁複」者，非止籀文有之，即或古文亦有之，如：「一」之作「[字形]」（頁 1）、「哲」之作「[字形]」（頁 57）、「嚴」之作「[字形]」（頁 63）、「正」之作「[字形]」「[字形]」（頁 70）、「善」之作「[字形]」（頁 102），此爲形符不同之異體耳；亦有籀文形符與篆文同者，如：「嘯」之作「[字形]」（頁 58）、「靮」之作「[字形]」（頁 110）、「鷫」之作「[字形]」（頁 156）、「胗」之作「[字形]」（頁 173）、「邊」之作「[字形]」（頁 196），若此者，或爲假借之迹焉，其不爲「左右均一，稍涉繁複」者明矣！此俞、王之未得其實者二也。職是，則籀文之較篆文爲早，或可信從，然其是否亦居古文之先，殆不能無疑！故王國維曰：

> 所謂秦文，即籀文也。……六藝之書行於齊魯，爰及趙魏，而罕流布於秦（猶《史籀篇》之不行於東方諸國）。其書皆以東方文字書之。漢人以其用以書六藝，謂之古文，而秦人所罷之文與所焚之書，皆此種文字，是六國文字即古文也。觀秦書八體中有大篆無古文，而孔子壁中書與《春秋左氏傳》，凡東土之書，用古文不用大篆，是可識矣！故古文、籀文者，乃戰國時東西二土文字之異名，其源皆出於殷周古文。（《觀堂集林》卷七・〈戰國時秦用籀文六國用古文說〉，頁 305～306）

案：王氏以爲古文、籀文乃同時異地之文字，明其中之紛擾，可謂摧陷廓清矣！夫秦文中固有與籀文相當者，如：

秦國文字　　　　　　籀文

兵　　[字形]（新郪虎符）　　[字形]　　（頁 105）

奢　　[字形]（詛楚文）　　　[字形]　　（頁 501）

辭　　[字形]（石鼓文）　　　[字形]　　（頁 749）〔註7〕

〔註 7〕本節所列之戰國文字，率依容庚先生《金文正續編》、高明先生《古文字類編》爲據。

然按之《說文》，其所輯之古文亦有與籀文相合者，如：

古文			籀文		
殳		（役之古文偏旁）		（殺之籀文偏旁）	（頁 121）
馬				（大徐本如此）	（頁 465）
員		（實之古文偏旁）			（頁 281）
申		（電之古文偏旁）			（頁 753）

職是，則古文、籀文亦非全然無涉焉！「六藝之書行於齊魯，爰及趙魏，而罕布於秦」，略得其實，而「《史籀篇》之不行於東方諸國」，則王氏之昧也！故容庚辯之曰：

> 王國維別爲「戰國時秦用籀文、六國用古文」之說。今以彝器文證之。
> 齊魯之彝器文，與秦國無大異。古文之異於秦者，並異於齊魯，不能謂爲
> 東土文字如是也。六國遺器中……皆不盡與古文相同。（《中國文字學・形
> 篇》・第二章「字體」・第六節「古文」，頁 37。廣文）

容氏之說，證之彝器銘文，或可諟正王氏之失哉！

　　綜斯所言，夫籀文乃西周晚期文字，後經宣王之史「留」董理而爲童蒙之書，降及李斯等據以作《倉頡》、《爰歷》、《博學》，幾六百年矣！間或流行傳鈔，其不爲《史籀》之原皃，而許氏《說文》中之籀文，實乃戰國時之文字，當可臆度也！

（三）小　篆

《說文・敍》曰：

> 秦始皇帝初兼天下，丞相李斯乃奏同之，罷其不與秦文合者。斯作
> 《倉頡篇》、中車府令趙高作《爰歷篇》、大史令胡毋敬作《博學篇》，皆
> 取《史籀》大篆或頗省改。

《漢志》則於《倉頡》、《爰歷》、《博學》三篇下注曰：「文字多取《史籀篇》，而篆體復頗異，所謂秦篆者也。」是小篆亦名「秦篆」，乃始皇帝兼并天下所定之通行文字，亦爲漢語古文字之殿軍者也。據許〈敍〉與《漢志》可知，小篆乃李斯等省改大篆而來，故名號雖殊，而其相承則不可畫然也；亦不可以爲篆文乃李斯等所自造！按之彝器銘文，如：「新郪虎符」、「陽陵虎符」，據王國維考釋，一爲「秦并天下前

二書俱爲台灣大通書局印行。

二三十年間物也」，一爲秦并天下後之重器〔註8〕，時有先後，然其所書者，與今小篆無異。又其遠者，如：「秦銅量」乃秦孝公十六年之物也，下距李斯等作《倉頡》諸篇，業已一二五年矣，其銘文亦與小篆無別；「虢季子白盤」，周宣王十二年之器，下距李斯董理文字，幾六百年矣，然其銘文體勢與小篆頗相類近，或爲小篆之濫觴耳。職是之故，小篆固由籀文而來，斯等雖有《倉頡》三篇之作，殆亦「減其繁重，改其怪奇」而已哉，其非所以新創也明矣夫！

小篆之與籀文，既難隔離，則其與古文又如何？如上所言，《說文》中古文、籀文皆戰國之際通行之文字，其原當爲商、周之卜辭、金文，其別概有繁簡之殊而已矣，小篆既與籀文有關，則與古文之聯繫自亦不免。審諸古器文物，篆文體勢之點畫橫直，與古文無殊或形小變者，指不勝屈，如：

戰國文字			篆文
五	㐅 㐅	（璽印、盟書）	㐅
癸	𣥯 𣥯	（盟書、陶文）	𣥯
皇	皇 皇	（泉貨、璽印）	皇
子	𢀕 𢀕	（陶文、簡冊）	𢀕
放	𣃓	（中山王壺）	𣃓

此篆文之不離古文者一也。又按之《說文》，有以古文爲篆文之偏旁者，如：「帝」「旁」，俱從古文「上」（二）爲偏旁（頁2）；「躬」之從古文「呂」（𠮺）爲偏旁（頁346）；「頭」「頌」，俱從古文「頁」（𩑋）爲偏旁（頁420）。或有古文之偏旁與篆文同者，如：「全」之古文作「仝」，其偏旁與篆文「入」（人）同（頁226）；「射」之古文作「躲」，其偏旁與篆文「矢」（矢）同（頁228）。此篆文之不離古文者二也。

小篆非原始文字，《說文》所以據爲說解者，固時勢使然者外，許氏實有所權也，此如陸宗達先生所云：

> 《說文》所收的文字，屬篆文。它是我國文字史上最早的一批形體固定、造形系統的漢字，又是最晚的一批能夠反映原始造字意圖的漢字。更重要的是，它是中國古代文獻大量產生時期的記錄符號，因此，這批文字

〔註8〕見王國維《觀堂集林》卷一八・〈秦新郪虎符跋〉、〈秦陽陵虎符跋〉二文，頁904～908。

在漢字和漢語的研究上有特殊的作用。首先，由于它形體固定，造形系統化的程度較高，便容易發現漢字造字的規律，並能根據這些規律識別具體的字形。甲骨和早期鐘鼎均未形成成熟的固定系統，所以其形體辨識難度較大。相當一批字眾說紛紜，未能定論，已定論的也要靠《說文》充當階梯。這是它比金甲文字晚而帶來的好處。其次，它雖然有相當一批字脫離筆意而筆勢化了，但從總的情況看，其意仍可得而說，不像後來的隸書，完全符號化了。這又是它比隸書、楷書早而帶來的好處。更重要的，用這種文字記錄了大量的文獻，因此，有了一批全面反映古生活的文獻語言作爲了解文字形義的後盾……這就是爲什麼《說文》雖非最早文字卻有特殊作用，雖有比之更早的鐘鼎甲骨，而其價值仍不稍貶的原因。（《訓詁學的知識與應用》，頁 55～56）

夫筆意者，蓋表意文字初造之際，因其記錄語詞之語意而繪形，後之來者因形而得其本義者謂之；筆勢者，文字或傳鈔，或書寫工具之殊，因時改易，日趨齊整化、符號化，原始表意之形失而本義泯昧難求者謂之。許君《說文》收輯文字，謂其以篆文爲主則可，謂其皆篆文則失當。蓋《說文》率以古文、籀文、小篆爲要，前已言之，且篆文之作用固或如陸氏所言，然古、籀、篆實爲戰國文字之遺，其去文字初造遠矣，固筆意日失而筆勢日增者，勢也；且許氏生當後漢，古器文物出土者尠，其不得見甲金文者，亦勢也！許氏緣此，故其因形釋義，多有未妥，此亦無可如何者也矣！

二、說解依據之檢討

前言《說文》所據以說解者，計有：引經傳、引群書、引通人說、引方言，凡此四者，或以證字義、或以明字形、或以詳字音、或存字之異說、或證字之援用，吾人今見之，當可想見許君之用心哉！如：目部「眊」下曰：「眊，目少精也。……《虞書》『髦』字從此。」（頁 132）案：《漢書·武帝紀》：「哀夫老眊。」師古《注》：「眊，古髦字。」是師古以作「眊」字爲古文，作「髦」字爲今文，則《說文》所引作「眊」字，應爲古文《尚書》，於此故可知古今版本之異，古今用字之別，且字義隨時轉移之迹亦可略得其概也。又如：口部：「咺，朝鮮謂兒泣不止曰咺。」「唴，秦謂兒泣不止曰唴。」「咷，楚謂兒泣不止謂嗷咷。」「喑，宋齊謂兒泣不止曰喑。」（頁 55）若此者，率以後世之方國俗語以爲字義之說解，未必符合聖人造字之恉，然許君正示人以文字非一時一地一人所造之史實也。蓋時有古今之遞嬗，地有山川之閒隔，文字語言之有紛歧，勢之所必然者也。許君此說，於本義之允當然否，固

可再予深究，然以雅言釋方言，引而錄之，後之來者得有窺見同義詞原流之便，不可謂非輯合之功也！

　　雖然，許君援引以入文者，是乃間接輔助說解，明其言之不虛，多非逕以爲釋義，其說或有不合本義之例，然亦無損其援引之功也。揆《說文》據以說解者，除此四者外，尚有藉後起制度以爲說解者，其類計有：後世制度爲說，一也；漢世陰陽五行爲說，二也；秦、漢之郡縣、山川爲說，三也；先秦古制爲說，四也。夫《說文》之撰，其去文字初造遠甚，聖人製字之恉，其難於窺知者，乃勢之必然也。今許君據其所知之義釋之，如：

　　1、「井，八家爲一井。」（頁218）

　　2、「桶，木方、受六升。」（頁267）

　　3、「庠，禮官養老，夏曰校，殷曰庠，周曰序。」（頁447）

　　4、「戣，周制侍臣執戣，立於東垂兵也。」（頁636）

案：「八家爲一井」者，此概以西周「井田之制」爲說也。蓋七家、九家胡爲乎不可爲一井邪？奚必八家哉？且造字之初即能豫知有周「井田」之制歟？不然，「掘地出水曰井」，其與八家何涉？又「桶，木方、受六升」，夫桶者，或圓或方，或大或小，非必以木爲之者稱之；且其實所受者，亦非必以六升爲據也。豈竹、金爲之而圓，其受或五升或七升者，不得謂之曰桶乎？此理之所必無者也！誠然，許氏據後世制度解義者，今日或尚存其名，如：「丈，十尺也。」「尺，十寸也。」「寸，十分也。」（案：其名雖同，其實則異！漢之尺寸，與今之尺寸，短長當不相若也。）然以後世制度解義其不合聖人造字之本義者明矣！「庠」「戣」之類者准是。至若「邑」部之篆、「山」部自「猲」篆至「嶹」篆、「水」部自「汎」篆至「澥」篆、「阜」部自「隯」篆至「陶」篆，其文字殆爲戰國方名之遺，其說解或秦、漢時郡縣之稱，斯不爲造字本初者，自不待言，此亦許氏釋義之失也！

　　《說文》中又有以哲學之論與漢世陰陽五行之議以爲說解之資者，前者如：

　　1、「一，惟初大極，道立於一，造分天地，化成萬物。」（頁1）

　　王筠曰：「一之所以爲數首者，非曰此字祇一畫，即可見一之意也。果爾，則一畫成字者，爲部首者十八字，列部中者二字，何者不可以爲一字哉？此即卦畫之單，乃一畫開天之意，故平置之。」（《說文釋例》卷一·「指事」條，頁17）

　　2、「十，數之具也。一爲東西，一爲南北，則四方中央備矣！」（頁89）

　　王筠《說文句讀》曰：「天數五、地數五，一總其數，故曰具也。」孔廣居亦曰：「十者，乂之下又一乂也。以乂之袤者正之，所以別于乂，而又不離乎乂也。……天數乂，地數乂，二乂合一故爲十也。」（《說文疑疑》）

案：王、孔二氏迴護許書而曲爲之說，其昧於造字之實者，當有質言。夫造字之際，其簡而易者莫若「一」。其爲字也，豈必識開天闢地而後畫之邪？且文字非原自八卦，胡可乎據言「一」必爲卦畫之單邪？聖人之造「一」字，當不若是之繁且雜矣！又其「天數五，地數五」者，是何言邪？曲意解字，反增疑惑也已哉！非徒無功，實爲有過焉耳！故丁山曰：

> 積一爲二，積一二爲三，二與三積畫而成。巴比倫、羅馬及若干民族之初文無不如是，所謂此心同，此理同也。許君乃蔽於《老子》：「道生一，一生二，二生三，三生萬物。」，後蔽於董仲舒：「造文者，三畫而連其中謂之王，三者天、地、人也。」種種玄談，而謂二象地數，三象天、地、人。即夫人人皆知之「一」字，亦且謂象太極之形，其辭雖淵源有自，其理殊玄之又玄，崇讖緯而棄顯義，雖漢儒結習使爾，然文字自爲文字，究不可竄入方士誕說，就許君所稱孳乳諸字之古文考之，皆不合方士太極兩儀三才之道。然則二三諸文成於積畫，一一──諸文縱橫成象，蓋至古之文，至簡之理，此古誼失傳，後儒皆不得其解者，一也。(《數名古誼》)〔註9〕

李國英先生亦曰：

> 造字之初，固無此一元論之意識可據，是則不可如此說字，「一」于卜辭屢屢可見，并用爲數名，而當以「數之始也」爲訓。(《說文類釋》，頁142)

丁、李二氏，諟正許氏之說者，至簡至理，摧陷廓清，信然已也！

其以陰陽五行爲說者，如：

1、「腎，水臧也。」（頁170）

2、「六，易之數、陰變於六，正於八。」（頁745）

案：夫《說文》之所以作也，正懼「俗儒圖夫，翫其所習，蔽所希聞，不見通學，未嘗覩字例之條，怪舊執而善野言，以其所知爲秘妙，究洞聖人之微恉」也，許氏既有此悟，何以釋義反又取其所懼者以爲說邪？何以既知其「不合孔氏古文，謬於《史籀》」反又以爲說解邪？豈非顛倒其說已邪？其故果安在哉？曰：「時勢使然也！」

蓋劉漢之際，其說經者本有今古文之爭，許君事師古文學家賈逵，遵師承，守

〔註9〕丁山《數名古誼》原文未之見，本文轉引自江舉謙先生《說文解字綜合研究》第四編「說文解字分論」‧第一章「說解本義」‧第一四節「奧義爲說」，頁315。東海大學，民國59年元月初版。

家法，故其立說，亦以古文經說爲主〔註10〕，故〈敘〉文屢抨擊今文俗儒說字之穿鑿附會，不足爲憑。然自董生倡「天人感應」說以降，讖緯之風日熾。降及東漢，學者復有河圖洛書之見，如劉歆「以爲虙羲氏繼天而王，受《河圖》，則而畫之，八卦是也；禹治洪水，賜《雒書》，法而陳之，〈洪範〉是也。」〔註11〕班固之「《河圖》命庖，《洛書》賜禹，八卦成列，九疇逌敘，世代寔寶，光演文武，《春秋》之占，咎徵是舉。」〔註12〕是其風也。叔重生逢其時，其不爲流風所濡者難矣！

　　夫許君雖師法古文學，然《說文》中復有以讖緯爲說字義；方其時，彼或據以爲說經解誼者，非止一人耳！前此者有尹敏也，「帝以敏博通經紀，令校圖讖……敏對曰：『讖書非聖人所作，其中多近鄙別字，頗類世俗之辭，恐疑誤後生。』帝不納。敏因其闕文增之曰：『君無口，爲漢輔。』帝見而怪之，召敏問其故。敏對曰：『臣見前人增損圖書，敢不自量，竊幸萬一。』」（《後漢書》卷七九上·〈儒林列傳〉第六九上，頁 2558）又有賈逵者，其於奏文言之曰：

> 臣以永平中上言《左氏》與圖讖合者，先帝不遺芻蕘，省納臣言，寫其傳詁，藏之祕書。……至光武皇帝，奮獨見之明，興立《左氏》、《穀梁》，會二家先師不曉圖讖，故令中道而廢。……今《左氏》崇君父，卑臣子，彊幹弱枝，勸善戒惡，至明至切，至直至順。且三代異物，損益隨時，故先帝博觀異家，各有所採。《易》有施、孟，復立梁丘；《尚書》歐陽，復有大小夏侯，今三傳之異亦猶是也。又五經家皆無以證圖讖明劉氏爲堯後者，而《左氏》獨有明文。五經家皆言顓頊代黃帝，而堯不得爲火德。《左氏》以爲少昊代黃帝，即圖讖所謂帝宣也。如令堯不得爲火，則漢不得爲赤。其所發明，補益實多。」（《後漢書》卷三六·〈鄭范陳賈張列傳〉第二六，頁 1237）

案：尹、賈二氏，明似善圖書之說，發讖緯之言，其實不然！蓋東漢之際，圖讖大熾，光武藉其安人心，定天下〔註13〕，其後君臣莫不奉爲神仙之術，迷誤不諭！有

〔註10〕《說文》中載錄五行與五臟相配之說，尤可見許君之以古文學家爲說。如《說文》肉部：「腎，水藏也。」「肺，金藏也。」「脾，土藏也。」「肝，木藏也。」（頁 170）心部：「心，人心，土藏也。……博士說曰爲火藏。」（頁 506）段《注》於「肺」下曰：「各本不完，當云：『火藏也，博士說曰爲金藏。』下文『脾』下當云：『木藏也，博士說曰爲土藏。』『肝』下當云：『金藏也，博士說曰爲木藏。』乃與『心』字下『土藏也，博士說曰爲火藏』一例。」案：「腎，水藏也」今、古文說同。其云「博士說」者，乃指今文學家也，知許、段皆爲古文學家耳！

〔註11〕見《漢書》卷二七下·〈五行志〉第七上，頁 1315。

〔註12〕見《漢書》卷一○○下·〈敘傳〉第七○下，頁 4243。

〔註13〕《後漢書·光武帝紀》：「行至鄗，光武先在長安時同舍生彊華自關中奉《赤伏符》，

識之士，如桓譚以「不讀讖」而叩頭，鄭興因「不爲讖」而惶恐〔註14〕，則尹、賈
豈得不戒之愼之耶！從正則君廢其事，隨俗則意嫌其非，思之再三，苟欲其「不遺
芻蕘，省納臣言」，欲《左氏》之爲學官，則舍圖讖莫由！職是之故，尹、賈先輕讖
緯，而後從之，非所以附勢，實不得已也！故徐彥曰：

> 莊顏之徒說義不足，故使賈逵得緣其隙漏，奮筆而奪之，遂作長義四
> 十一條，云《公羊》理短，《左氏》理長，意望奪去《公羊》而興《左氏》
> 矣，鄭眾亦作長義十九條、十七事，專論《公羊》之短，《左氏》之長，
> 在賈逵之前……鄭眾雖扶《左氏》而毀《公羊》，但不與讖合，帝王不信……
> 賈逵作長義四十二條，奏御于帝，帝用嘉之，乃知古之爲眞也。賜布及衣，
> 將欲存立，但未及而崩耳。」（《春秋公羊注疏序》）

夫鄭眾與賈逵均議《公羊》之短、《左氏》之長，然一者帝王不信，一者帝用嘉之，
其故果安在哉？惟其合圖讖與否耳！此賈逵順水推舟，良有以也〔註15〕！流風所

曰：『劉秀發兵捕不道，四夷雲集龍鬥野，四七之際火爲主。』群臣因復奏曰：『受
命之符，人應爲大，萬里合信，不議同情，周之白魚，曷足比焉！今上無天子，海
內淆亂，符瑞之應，昭然著聞，宜荅天神，以塞群望。』光武於是命有司設壇場於
鄗南千秋亭五成陌。六月己未，即皇帝位。燔燎告天，禋于六宗，望於群神。其祝
文曰：『……讖記曰「劉秀發兵捕不道，卯金修德爲天子。」秀猶固辭，至于再，
至于三。群下僉曰：「皇天大命，不可稽留。」敢不敬奉。』於是建元爲建武，大赦
天下，改鄗爲高邑。」卷一上，頁22。

〔註14〕 《後漢書・桓譚馮衍列傳》：「是時帝方信讖，多以決定嫌疑。又醻賞少薄，天下不時
安定。譚復上疏曰：『……凡人情忽於見事而貴於異聞，觀先王之所記述，咸以仁義
正道爲本，非有奇怪虛誕之事。蓋天道性命，聖人所難言也。……今諸巧慧小才伎
數之人，增益圖書，矯稱讖記，以欺惑貪邪，詿誤人主，焉可不抑遠之哉！……』
帝省奏，愈不悅。其後有詔會議靈臺所處，帝謂譚曰：『吾欲（以）讖決之，何如？』
譚默然良久，曰：『臣不讀讖。』帝問其故，譚復極言讖之非經。帝大怒曰：『桓譚
非聖無法，將下斬之。』譚叩頭流血，良久乃得解。」卷二八上，頁691。
又〈鄭范陳賈張列傳〉：「帝嘗問興郊祀事，曰：『吾欲以讖斷之，何如？』興對曰：
『臣不爲讖。』帝怒曰：『卿不爲讖，非之邪？』興惶恐曰：『臣於書有所未學，而
無所非也。』帝意乃解。興數言政事，依經守義，文章溫雅，然以不善讖故不能任。」
卷三六，頁1223。

〔註15〕 《後漢書・張衡列傳》：「初，光武善讖，及顯宗、肅宗因祖述焉。自中興之後，儒
者爭學圖緯，兼復附以訞言。衡以圖緯虛妄，非聖人之法，乃上疏曰：『臣聞聖人明
審律歷以定吉凶，重之以卜筮，雜之以九宮，經天驗道，本盡於此。……自漢取秦，
用兵力戰，功成業遂，可謂大事，當此之時，莫或稱讖。……成、哀之後，乃始聞
之。……一卷之書，互異數事，聖人之言，勢無若是，殆必虛僞之徒，以要世取資。
往者侍中賈逵摘讖互異三十餘事，諸言讖者皆不能說。』」（卷五九，頁1911～1912）
又〈方術列傳〉：「漢自武帝頗好方術，天下懷協道蓺之士，莫不負策抵掌，順風而
屆焉。後王莽矯用符命，及光武尤信讖言，士之赴趣時宜者，皆騁馳穿鑿，爭談之
也。故王梁、孫咸名應圖籙，越登槐鼎之任；鄭興、賈逵以附同稱顯；桓譚、尹敏

及，許氏於彼時「卯金刀，在軫北，字禾子，天下服」（《古微書》·〈孝經援神契〉）之謬說，雖忿其姦妄不經，斥「馬頭人為長」「人持十為斗」諸說為「不合孔氏古文，謬於《史籀》」；然於書中反屢以五行說字，豈其為尹、賈之流乎？或明識不足，相互矛盾，而自亂體例者乎？

夫惟《說文》之以陰陽五行為說者，其為時勢使然當可臆度，彼不足以釋義而又自亂體例者，雖許君復起，亦莫得以自解脫也。然或見許君之矛盾，以為聖人之失當不若是者歟，故圓說以疏通之，闡幽以迴護之，如王顯即以《說文》不收「劉」字而斷許君之以陰陽五行說字者乃有意為之，其言曰：

> 《說文》中收有從「竹」的「劉」，從「水」的「瀏」，在說解中也出現了「劉劉」的字眼、「劉向」、「劉歆」的名字，就是不收「劉」字的篆體，這就是許慎有意地在否認和反對讖緯神學的什麼「卯、金、刀，名為劉，赤帝後，次代周」那些胡說八道。……人畢竟是聰明的，處在當時的淫威之下，反對讖緯神學的先哲們也懂得了在敢於鬥爭的同時，還要善於鬥爭。像尹敏的編造讖語去反對讖緯神學，可以說是以矛攻盾的鬥爭手法；像賈逵的強調《左傳》符合緯說，力圖使《左傳》成為官學，以便進而奪取讖緯神學所據守的公羊經學陣地。可以說是順水推舟的鬥爭手法；像許慎的不把「卯、金、刀」的「劉」字收入《說文》……可以說是聲東擊西的鬥爭手法。手法雖各不同，但都是以批判讖緯神學、反對讖緯神學為目標的。（《古漢語論集》第一輯·「談談許慎及其《說文》跟讖緯的問題」，頁 44～50。湖南教育）〔註16〕

以乖忤淪敗，自是習為內學，尚奇文，貴異數，不乏於時矣！是以通儒碩生，忿其姦妄不經，秦議慷慨，以為宜見藏擯。」《注》：「謂桓譚、賈逵、張衡之流也。」（卷八二上，頁 2705）知尹、賈之言讖緯，實不得已也！

〔註16〕 實則王氏之前，已有疑許書之無「劉」篆者，如徐鍇於「鎦」字下曰：「《說文》無『劉』字，偏旁有之。此字又史傳所不見，疑此即『劉』字也。從金從戼從刀，刀字屈曲傳寫誤作『田』爾。」（《說文繫傳·校勘記》卷中）段《注》曰：「此篆二徐皆作『鎦』，別無『劉』篆。『鎦』，古書罕用，古未有姓鎦者，且與『殺』義不協，其義訓『殺』，則其文當作『劉』。楚金疑脫『劉』篆，又疑『鎦』之戼下本作刀，轉寫為『田』，後說是也。竹部有『劉、劉聲』、水部有『瀏、劉聲』，又『劉劉伐』，又劉向、劉歆。以許訂許，此必作『劉』。若無『劉』字，劉聲無本矣！今輒更正篆文，以截斷眾疑。」（「鎦」字注，頁 721）
案：段氏「以許訂許」「截斷眾疑」，固其所善，然自信大過，當有質言。夫先秦兩漢典籍所亡者多，其有無「鎦」字，本難斷言，即或「鎦」篆前之「錯」、「銘」、「鏃」、其後之「鎔」、「鑠」諸篆，於今之古書，亦罕用之，豈其篆文皆為後人所改易者歟？此其蔽者一也。夫《說文》非為《百家姓》之以姓氏為著，故古有無姓「鎦」者，非許氏所當究；果無其姓，豈《說文》不得錄之哉？此其蔽者二也。「鎦」為形聲字，

案：《說文》竹部收有「劉」篆（頁 192），水部收有「瀏」篆（頁 552），說解時又屢屢言及「劉」字，如艸部：「蔞，艸也……劉向說：『此味苦苦蔞也。』」（頁 37）木部：「杶，劉劉杶。」（頁 245）虫部：「蜾，復陶也，劉歆說：『蜾，蠅蠹子也。』」（頁 672）且漢室爲劉姓之君，故許氏斷無不知「劉」字之理，然《說文》中厥無「劉」篆者，何邪？王氏以此發微，似可自成一說，然細覈《說文》，實有當辯以明之者：蓋許君《說文》爲輯字，非爲造字，其有無「劉」字，非許氏所能定，亦非許氏所能言。則其書中無某事，勢也，非理之所必無也！此王氏不辨者一也。許書中正篆無其字，而旁篆說解者有之，非止爲一，如鬯部：「鬯，黑黍也。一稃二米曰釀，从鬯矩聲。」（頁 220）心部：「慫，驚也，从心從聲，讀若悚。」（頁 514）《說文》矢部、心部俱無「矩」「悚」二字；又如正篆無「由」字，然「迪」「胄」「笛」「舳」「油」「鮋」「軸」諸篆俱从「由」得聲。豈許君《說文》本必收有「由」字，而後「迪」諸字方可造之乎？不然，則《說文》所無之字，非必許君有意棄而不錄，此王氏不辨者二也。許君之作是書也，於山川鼎彝之銘，尚且欲收而輯之，「萬物咸覩，靡不兼載」；即或漢人俗字俗說，非爲初形本義者，許君亦往往兼收並蓄，不之棄，如王部「皇」下云：从自王，自、始也。……自讀若鼻。今俗曰作始生子爲鼻子是。（頁 9～10）言部「譀」下云：「誃，俗譀从忘。」（頁 99）肉部「肩」下云：「肩，俗肩从戶。」（頁 171）若「劉」字本爲一正篆，許君錄之猶恐不及，何棄之有？即或「劉」爲一後起俗字，許君於他俗字尚且收之，何一「劉」字反棄而不取焉？此王氏不辨者三也。若此之疑，前儒俞曲園已辯之矣！其言曰：

許君之子沖上書進《說文解字》……云：「以文字未定未奏上。」夫曰「未定」，則間有遺漏，亦或理之所有。而世人於凡所從得聲之字及說解中字，爲正篆所無者，皆以爲佚文而欲補入之，此不善讀許書者也。夫許書所偶佚及後人傳寫所奪，不過十之二三耳！如「帝」篆說解云：「二、古文上字。」則不必補「二」字矣！……然則許君何不列入正文也？曰：

其聲符本當兼義，然「聲不兼義者，必有本字可求；否則必爲他字之假借」。夫假借造字，聖人有之，據張建葆先生《說文假借釋義》考之，《說文》九三五三文中，假借造字者凡七一○事（案：《師大國文研究所集刊》刊載者凡七○八條；而文津出版社於民國八十年十二月初版者，則較集刊本多「鞏」「黏」二條，計七一○見，今准此。），則「鎦」聲果不兼義，焉知其不爲他字之假借造字乎？段氏昧此，或師承戴君「四體二用」之遺也！此其蔽者三也。至或無「劉」則「鎦」「瀏」之得聲無本，以爲《說文》本有「劉」字，此恐未必然（如正篆無「由」字，然有以之得聲之「油」「迪」「笛」諸篆），此其蔽者四也。

「古人重師說，苟師說所無，不敢輕爲之說。……許君自序稱：「李斯作
《倉頡篇》、趙高作《爰歷篇》、胡母敬作《博學篇》，皆取史籀大篆或頗
省改，所謂小篆者也。」又曰：「今敘篆文，合以古籀，博采通人，信而
有徵，稽譔其說。」然則許君此書，必原本三倉及張敞、杜業、爰禮、秦
近諸人所說者，此即其師說也。師說之所無，則許君無從稽譔其說矣！此
古文之所以不備載也。而他字之從古文得聲者，不得因本書所無而泯滅
之，是以仍著其爲從某聲也。後人若欲於許君之後別爲一書，則取乎此等
字而羅列無遺，無所不可；若欲爲許君補之，則許君所不受也。至於見說
解者，則或取當日通行之字，使學者易曉，若一一補列，轉爲許書之玷矣！

（《春在堂雜文》四編八·〈王夢薇說文佚字輯說序〉，頁1251）

案：俞氏此言，以爲《說文》收字之所以不備，乃師說所無，故許君亦不敢違逆增
損云云，恐亦拘泥太過！蓋許君非一腐儒也，前修未密，後出轉精之理豈有不知？
《說文》中引今文家言、輯俗字、錄俗說者，即其修葺前隙之舉也；若必恪遵師說，
稟持家法，其所有者有之，所無者無之，則今文家言、俗字、俗說之類，皆當去之，
胡得兼收並蓄哉？此俞氏之未深思者也。然爬羅剔抉，釋許君收字偶失之疑，可謂
得之；其於《說文》之有俗字，固不能詳備，然較諸王說，則恐或近之矣！

　　夫許君《說文》之作也，覯字例之條，窺造字之恉，洋洋乎巨細靡遺，諄諄乎
信而有徵，然因時勢所趨，其未能信守初衷，自亂體例者，雖許氏復起，亦難諉其
過也已矣！

第三節　《說文解字》之義訓

　　傳統訓詁學者俱言釋義之道有三：曰義訓、曰形訓、曰音訓。按之《說文》，說
解之術雖繁，然比類合誼，要亦不過略此三端焉。故亦分而論之：

　　夫詞者所以表意，字者所以記言；詞有聲有義而無形，字則形音義俱備，古今
中外無不然者。詞之聲、義，與字之聲、義相當，然字之形則不爲詞所拘，故有同
字而異詞焉，有同詞而異字焉，職是，則字與詞不類，故《說文》輯文九千，然詞
非九千也。詞與字雖爲二屬，然其所以記言表意則一也。夫義者，心之所思，志之
所趨，表之於字詞，欲人所以知者，舍訓詁莫由！然字詞非爲邏輯概念，夫概念者，
乃同類事物之屬性，取其共同性，去其特殊性；字詞則爲具體事物之所寄，重其特
殊性，略其共同性。職是之故，以語言說解字詞之義，或直訓或義界〔註17〕，皆有

〔註17〕直訓者，乃以一字或一詞直接訓釋被解釋字者謂之，如：

其不逮者，非若概念之完整嚴密，差似之可也；且字詞之說解，亦推求其所以達意耳，非必有科學性之定式也。故其說解也，或言性狀，或表形皃，或明所用，皆為義之一端，非是其本質屬性之全也。揆之《說文》，其釋義之術固凡二十又四事，然隱而括之，綜而論之，莫非四式：

一曰：「類別式」：義或相近，殊異者微，故說解之際，於此微異之處，亦分而別之，或有八事：

  1、區別狀態：風部：「飆，扶搖風也。」「飄，回風也。」「颺，高風也。」（頁684）

    案：同為「風」，然其所以表狀者異，故許君區而別之。

  2、區別特性：肉部：「脂，戴角者脂、無角者膏。」（頁177）木部：「棠，牡曰棠、牝曰杜。」（頁242）鹽部：「鹽，鹵也，天生曰鹵、人生曰鹽。」（頁592）

    案：夫字別義差，理之必然。故義雖相近，別之不易，然物有異而名亦隨之，許君董而理之，不因類近而相混，此亦字例之條也。

  3、區別動作：足部：「跬，蹨也。」「蹨，躡也。」「躡，踐也。」（頁82）手部：「挈，縣持也。」「拑，脅持也。」「搼，閱持也。」（頁602）

    案：同為以足履地，同為以手持物，許君乃就其方式之微別者言之。

  4、區別形皃：豕部：「豬，豕而三毛叢居者。」（頁459）莧部：「莧，山羊細角者。」（頁477）犬部：「犬，狗之有縣蹏者也。」（頁477）

    案：天下萬事萬物，形皃類近者，指不勝屈，說之千百言不若以易曉者論之，此許君所以只示人以特出之皃，雖非全體形容，而人盡知其所指者也！

  5、區別方域：邑部：「邠，周大王國，在右扶風美陽。」「郿，右扶風縣也。」（頁288）水部：「深，深水出桂陽南平，西入營道。」「汨，長沙汨羅淵也。」（頁534）

    案：此類字率皆為戰國文字之遺，其說解亦以後起義解之，雖為《說文》之失，然許君以其所知之方域名之，後之來者藉以究秦漢之地理制度，非無益也。

《爾雅·釋詁》：「崇，充也。」〈釋訓〉：「鍠鍠，樂也。」
《說文》：「詮，具也。」（頁94）「及，逮也。」（頁116）
至若義界，黃季剛先生曰：「義界者，謂此字別於他字之寬狹通別也。夫綴字為句，綴句為章，字、句、章三者其實質相等。蓋未有一字而不含一句之義，一句而不含一章之意者。凡以一句解一字之義者，即謂之義界。」（《文字聲韻訓詁筆記》·「訓詁構成之方式」條，頁187）

6、區別部位：竹部：「筡，竹膚也。」「笨，竹裡也。」（頁 192）頁部：「頸，
頭莖也。」「項，頭後也。」（頁 421）

案：物之全體固有名，而內外上下亦各有其稱，許君釋之，明字義之有專屬
也。以之為詞，則「筡」「笨」皆可為竹，「頸」「項」率為頭頸，此猶段氏
屢言之「渾言」「析言」之別也。

7、區別位置：門部：「闈，宮中之門也。」「閭，巷門也。」「閭，里門也。」（頁
593）

案：此與（六）相當，然一為同物而裡外上下之異稱，一為物因所在不同而
名亦隨之，其稱雖異，其為物則一，此其大較也。

8、區別作用：艸部：「茪，艸也，可目作席。」（頁 28）「蔞，艸也，可目亨魚。」
（頁 31）竹部：「箠，所目擊馬也。」（頁 198）「筭，長六寸，所目計歷數
者。」（頁 200）

案：同為艸，一可目作席，一可目亨魚；同為竹器，一可目擊馬，一可目計
數，微《說文》，其誰辨之？

二曰：「比況式」：以物諭物，復以特徵補備之，明其異同也，如：瓦部：「瓨，似罌、
長頸、受十升。」「甌，似小瓿、大口而卑，月食。」（頁 645）金部：「鈃，
似鐘而長頸。」（頁 710）「鍑，如釜而大口者。」（頁 711）

三曰：「情狀式」：或曰「描寫式」，乃就事物之行狀具體形容之，如：目部：「矔，
目多睛也。」「瞵，目無睛直視也。」（頁 132）雨部：「霤，屋水流也。」「霓，
屈虹、青赤或白色。」（頁 579）

四曰：「自名式」：說解時，被解釋字置於解釋語中，藉上下文之語意見其義也，如：
示部：「神，天神引出萬物者也。」「祭，祭祀也。」（頁 3）宀部：「宣，天
子宣室也。」（頁 341）「寬，屋寬大也。」（頁 344）

若此者，《說文》之於說解，雖不能盡蒐字義之原，而許君孜孜不怠，亦可謂善矣！
然說解中有「互訓」「遞訓」者，殆為許君之失也矣夫！夫字義既以說解告人，則當
以人人可讀可誦之語言之，因釋語而知其義，此訓詁之要也。今或以「互訓」表之，
如：走部：「走，趨也。」「趨，走也。」（頁 64）糸部：「纏，繞也。」「繞，纏也。」
（頁 653）；或以「遞訓」行之，如：言部：「談，語也。」「語，論也。」「論，議
也。」「議，語也。」（頁 90～92）手部：「拉，摧也。」「摧，擠也。」「擠，排也。」
「排，擠也。」（頁 602）如此反覆相訓，終為循環論證（異部互訓、遞訓准是），
互訓、遞訓之篆或三或四、或五或六，終至無窮，吾人雖可因此知其為同義字、同
義詞，然諸篆微恉若何，無由得之，則其說解縱逾千百，究何益焉？斯亦許氏偶昧

者歟！外此者，其有以被釋字置於解釋字中，實亦不可通者也。夫訓詁所以生者，蓋以其所知明其所不知，今被釋字已爲不可知，復又以之爲解釋詞，則其義爲之奈何？故沈兼士斥之曰：

> 以本字釋本字之法，有違於以已知推未知之訓詁原則（雖釋者與被釋者詞性有動靜之別），故雖遠見於古籍，而其後漸廢。」（《沈兼士學術論文集》·〈右文說在訓詁學上之沿革及其推闡〉，頁 76。北京中華）

再者，許君《說文》既以釋本義爲志，則九三五三篆之解，當皆本義方是，然揆之《說文》，其實不然！本義而外，亦有以引申義、甚或假借義說解者，如：

1、干部：「干，犯也。」（頁 87）：

案：戴侗《六書故》曰：「蜀本《說文》曰：『干，盾也。』」王筠曰：「云『一曰盾也』以爲別義乃可，若以爲正義，則從反入從一，何以得盾義？」（《說文句讀》卷五，頁 257。上海古籍）審諸甲文，干字作 、、，金文作 、、、，并象盾形，故李孝定先生曰：「契文上出諸形文，即爲盾之象形字，上從，其飾也。金文作 ，亦由 所衍變，其遞嬗之迹當如下圖所示： →（此係假想之形）→（虞篇「干戈」）→（毛公鼎「以乃族干吾王身」此當讀爲「捍禦」）→（干氏叔子盤）→（郘文）→（篆文）。契文作空廓形之口者，金文率皆作●，其後又皆變作一，此文字遞嬗之通例也。」（《甲骨文字集釋》第三，頁 684～685）是也。毌山迴護許君，又昧文字之遞嬗，乃曲爲之說，故干「當以『盾』爲本義，許氏乃以『犯』訓之，是誤以引申義爲本義也。」（李國英先生《說文類釋》，頁 12）

2、子部：「子，十一月陽氣動，萬物滋，人⊟以爲稱，象形。凡子之屬皆从子。」（頁 749）

案：「子」字於甲文或作、、，金文又塡實作、等形，「并象頭臂足形，二足省作一足，子在襁褓，足併也；二臂不省者，幼兒喜揮舞故也。」（《說文類釋》，頁 108）其上或有作「」者，象其髮也，其不从者，猶「頁」之不从也。則「子」之義當爲「幼兒」，「十一月陽氣動」云爾，乃借爲地支之名也。然段氏專守《說文》，昧其本義，故注曰：「子本陽氣動、萬物滋之稱，萬物莫靈於人，故因假借爲人之稱。」段說實謬！蓋聖人造字，於其無所取象點畫之文，要不以人之形兒相涉者以爲構字之資，此「大」所以从人之正面取象者也。故徐灝正之曰：謂其象物滋生而假借以爲人之稱，且謂其兼象首與手足，則此篆明象人，且有籀文从 象髮可證，斷無物形借爲人形之理。『人以』

二字誤倒，蓋謂十一月建子者，以人爲稱云爾，今特正之。(《說文解字注箋》)「干」者說之以引申義，「子」者說之以假借義。夫引申者，於字之聲音相當，意義相因，而於字形不變者謂之。「盾」所以禦敵，敵當有進襲者，故引申爲「犯」也；既有敵之進襲，必爲亂勢，又可引申爲「亂」也；敵我相對，當有抵觸相涉者，故亦可引申爲「關涉」也，如：「干預人事」。自此以往，音相當、義相因者，巧歷不能得，而況其凡乎？則奚必以「犯也」爲「干」之義？「亂也」「關涉也」胡爲乎不可以釋義？又假借者，於字之聲音相當，而形義皆無關者謂之，則漢字中，聲音與「子」字相當者豈又少數？則以「十一月陽氣動……」爲義，是亦猶以「犯也」說「干」，其不爲本義者一也！然則本義爲一，引申、假借者無窮，許君豈得以盡網而列之乎？若斯之類，《說文》夥矣！其自亂體例者，蓋或收輯字體已變造字初形有以致之，然若甲乙、丑寅諸字，許氏亦莫不以天干、地支之假借義說之，豈許君不知此爲假借乎？抑或陰陽五行之流邪？不然，《說文》於罕見罕聞之篆，且詳其說解，何至簡至明之篆，許君反愚而昧哉？夫以引申義、假借義說字者，施諸傳注訓詁則可，求諸字書訓詁則否（詳第三章），斯亦許君《說文》釋義之過也歟！

第四節　《說文解字》之形訓

形訓者，析形索義之謂也。《說文》中以此釋義者所在多有，故段大令屢屢言之曰：「以形爲義」、「釋字義而字形已見」、「於其形得其義」、「說字形而義在其中」、「以形爲義」是也。夫漢字爲一表意文字，縱有六書之分，然不論其爲何書，其所以構字者，率皆有形象事物以爲表徵，象形字固不必論，即或指事字，乃全憑主觀肊構虛象之形而作之文，雖無實象可觀，然視其字則可識，察其形則見意，亦非無據也，如「二」「二」，畫一筆以爲界，而箸別一筆於其上下以示義，亦以形表意也。至若會意字，「比類合誼，㠯見指撝」，乃連合象形、指事之文會合其義，以見命義之所在者是也，如「休」，人依木而居，非「息止」者歟？至若形聲之字，一爲形符，一爲聲符；形符表義，聲符表聲，然聲必兼義，其不兼義者，必有本字可求；否則，必爲它字之假借。則形聲之字，聲固爲要，而形亦不可廢也。故段氏曰：

> 聖人之制字，有義而後有音，有音而後有形；學者之考字，因形以得
> 其音，因音以得其義。」(《廣雅疏證序》)

夫聖人之造字也，因義而構形；學者之識字也，因形而索義。其始也，字之義與字之形乃相合無間，覩其形則知其義，職是，則析形索義可行，此亦許君每每以形說義者也！善乎黃季剛先生之言曰：

　　《說文》之作，至爲謹慎。敍稱「博考通人，至於小大。」是其所說
皆有來歷。今觀每字說解，俱極謹嚴，如「示」，云：「天垂象，見吉凶，
所以示人也。从二，三垂、日月星也。觀乎天文，以察時變。示、神事也。」
示，合體指事字，爲託物以寄事，故言「天垂象，見吉凶，所以示人也。」
如不說「天」，則从上無根據；不說「垂象」，則三垂川無所繫；言「示、
神事」，爲在下凡从示之字安根。《文字聲韻訓詁筆記》·「說文之訓詁必與
　　形相帖切」條，頁 192

案：魯實先先生曰：『示』於卜辭作丅，象籌算從橫，而以計算示人，借爲神祇，故
孳乳爲『視』。(《轉注釋義》，頁 9) 本師蔡信發先生則析其形曰：「該字甲骨文作丅、
示、丅、示、丅、丅，篆文作 示，都像運算的竹片縱橫排列的樣子，是據具體
的實像造字，在六書中是屬象形。若予細分，則屬獨體象形。」(《辭典部首淺說》，
頁 115。漢光)。許君釋義析形類例皆誤，黃氏從之，固不足論矣！然黃氏深言許君
析形之由，明字義之所以然，是啓學者字形字義相合相承之門也！形不亂造，故義
有所託，雖千百年，吾人猶能識之，漢字表意之功也！

　　雖然，許君深明形義相合之迹，然其析形釋義掍誤者，亦往往有之，此蓋字
形遞嬗有以致之也。如「射」字，《說文》：「躲，弓弩發於身而中於遠也；从矢从
身。𨈑，篆文躲。从寸；寸、法度也，亦手也。」(頁 228) 考諸甲文，「射」字
原作「𢎏」，正象以手引弓發矢之形；「射」字偏旁之「身」，實爲弓矢之形譌也。
許氏依篆文說字，誤弓矢之形爲「身」，據形說義，乃曲爲之曰：「弓弩發於身」，
然字無弓矢之形，故又易其偏旁之「寸」爲「矢」矣！一誤於「身」，再誤於「矢」。
微卜辭，則「寸身爲矮」之說，孰爲正之？故篆文雖上有所承，然其去造字之初，
不知凡幾，許〈敍〉曰：

　　　　古者庖犧氏之王天下也，仰則觀象於天，俯則觀法於地，視鳥獸之文
　　與地之宜，近取諸身，遠取諸物，於是始作《易》八卦，曰垂憲象……黃
　　帝之史倉頡，見鳥獸蹏迒之迹，知分理之可相別異也，初造書契，百工以
　　乂，萬品以察。」(頁 761)

案：造字之始於倉頡，一見於《世本》，再見於《荀子》，三見於《韓非子》〔註18〕。

────────────

〔註18〕歷來言倉頡作書造字者眾，如《世本·作篇》：「沮誦蒼頡作書。」《荀子·解蔽篇》：
　　　「古好書者眾，而倉頡獨傳者壹也。」《韓非子·五蠹篇》：「古者，倉頡之作書也，
　　　自環者謂之私，背私謂之公。」《呂氏春秋·審分覽·君守篇》：「奚仲作車，倉頡作
　　　書。」《淮南子·本經訓》：「昔者倉頡作書而天雨粟、鬼夜哭。」又〈脩務訓〉：「昔
　　　者倉頡作書，容成造歷。」《論衡·順鼓篇》：「倉頡作書，奚仲作車，可以前代之時
　　　無書車之事，非後世爲之乎？」《漢書·武五子傳》：「是以倉頡作書，『止』『戈』爲

而《說文‧敘》推至庖犧畫卦者，見其造字之遠也！造字之後，經五帝三王之世，改易殊體，則文以浸多，字乃漸備。自倉頡至史籀作大篆時，歷年二千，其間字體必甚複雜。史籀所以作大篆者，欲收整齊畫一之功也。故爲之釐訂結體，增益點畫，以期不致涍亂。其後秦篆承之，亦有所改易，則篆定之字，其去初文圖象意遠可知，許氏收而輯之，以爲說解而誤者，勢之必然者耶！參稽卜辭、鐘鼎，知《說文》因形誤而說誤者，其故有三：

1、以改易之筆勢代筆意，強說字義者，如「示」「射」字說。

2、以後起之引申、假借義代本義，強合字形者，如「干」「子」字說。

3、以陰陽五行之術，附會字義，涍亂形義之表裡者，如天干、地支字說。

夫卜辭、鐘鼎銘文，許氏未之見，其所以析形釋義有誤者，蓋亦無可如何者也！

然則，據文字初形即可得其本義乎？是又不然也。如「受」，《說文》：「相付也。」（頁 162）段《注》云：「受者自此言，受者自彼言，其爲相付一也。」張舜徽先生曰：

> 《周禮》司尊彝：「皆有舟。」鄭司農注曰：「舟、尊下臺，若今時承槃。」是古者承物之器謂之「舟」，漢謂之「承槃」，猶今俗稱承茶杯之器爲「茶船」耳。受字从受从舟，金文作𦧝，甲文作𦥑，皆不省，蓋象兩人各以手傳遞承槃之意，故許君解之曰：「相付」，而授受之義自見矣！（《說文解字約注》卷八，頁 1073。木鐸）

案：「受」字甲文作𠬪、𠭥，金文作𦥑、𦧝，正象兩手傳遞承物之形。依段、張之說，則同一「受」字，依形索義則有「授予」與「接受」二義，若本義爲一，斯二者胡爲本義者歟？又如「𤔔」字，於《說文》中已衍爲四字，即：

1、言部：「䜌，亂也。一曰治也；一曰不絕也。」（頁 98）

2、攴部：「敵，煩也。」段《注》：「敵與受部𤔔、乙部亂、言部䜌，音義皆同。煩曰敵，治其煩亦曰亂也。」（頁 126）

3、受部：「𤔔，治也，幺子相亂，受治之也。讀若亂同。一曰理也。」（頁 162）

4、乙部：「亂，不治也。从乙𤔔，乙、治之也。」（頁 747）

案：「𤔔」字當爲初文，許君釋「𤔔」形爲「幺子相亂」，是曲爲之說耳。夫「𤔔」，金文作𤔔、𤔔（《說文古籀三補》），上从爪，下从又，中从 𦥑、从幺，正象上下其手以理絲之形，𦥑或爲治絲之具。𤔔既爲理絲之象，本義當爲「治」；然絲易亂，故又有「亂」義。「䜌」爲𤔔之形變，本从三絲，金文作𤔔 是也；後譌作「言」，

『武』。」《鶡冠子‧王鐵篇》：「士史倉頡作書。」《晉書‧衛恒傳》：「《四體書勢》曰：『昔在黃帝，創制造物，有沮誦倉頡者，始作書契，以代結繩。』」皆是也。

－127－

非本形也。古文下从，亦爲「又」之譌變，與𤔔古文同。䜌有治亂二義，則𤔔亦有治亂二義可知矣！其又「一曰不絕」，段《注》:「治絲易棼，絲亦不絕，故从絲會意。」斯又可補𤔔字治絲之義。其後也，蓋「語多同音，字或數義，覈其義訓，非一義之引申；審其形聲，非它字之假借，爲免義訓相殽，因復別構一字」(魯實先先生《轉注釋義》，頁 21)，此𤔔之加「乙」以爲「治」義，加「攴」以爲「亂」義故也，此猶「糶」加「出」而爲「糶」，加「入」而爲「糴」是也。徐灝明此，故箋之曰：

> 『幺子相亂』，其義難通，戴氏侗曰：『𤔔與同』是也。灝按：䜌之古文作，象手治亂絲，其兩旁省爲二垂，則成；中加橫畫者，系聯之也。復加『乙』爲亂，絲亂而以手治之，有亂義亦有治義。就其體言，則有亂義；言其用則治也，故亂亦訓治。(《說文解字注箋》)

夫同一「𤔔」字，既可釋爲「亂」義，又可說以「治」義，與「受」同例，難於字形窺知其本義也已哉！

職是之故，豈析形索義不可得乎？不然，當又何爲邪？曰:「綜合文字偏旁，審覈先正典籍，上溯先民習俗，厥義庶幾可得而知矣！」茲以「元」「武」二字爲說。

《說文》一部:「元，始也。从一、兀聲。」(頁 1) 案:《爾雅・釋詁》:「元，始也。」許氏殆本於此。夫「元」字，卜辭、金文俱作、、諸形，其下作「」，與古文奇字「人」類近，則「元」不當从「兀」聲矣！徐鍇曰:「俗本有聲字，人妄加之也。」是也。考「兀」字，《說文》:「兀，高而上平也。从一在儿上。」(頁 409) 案：許以引申義爲訓，夫兀字乃「从大省」,「象人無頭之形也，是乃『抏』之初文，當以斷首爲本義。」(李國英先生《說文類釋》，頁 138～139)「一」非字，正示其斷首之處耳。則所从之「儿」爲「人」可知。又考「秃」字，《說文》禾部:「秃，無髮也。从儿，上象禾粟之形。」(頁 411) 案：魯實先先生曰:「秃當爲從儿從秋省會意。秋者禾穀熟也，禾穀既熟則艸木零落，田無苗稈，人之無髮者似之。」(《說文正補》「秃」字條) 是也。則所从之「儿」亦爲「人」無疑！是故，「元」之偏旁當爲「人」，以「兀」「秃」俱从人例之也，故陳柱曰：

> 「元」，龜甲文作，或作；虢叔鐘作，曾伯霥簠作，据此，則「元」字當云:「从儿二，會意字也」。考龜甲文「人」字作，或作，而龜甲文「元」下或从，或从，正與「人」字作，或作同……「二」、古文「上」字是也；儿、古文奇字「人」也。元从人二，人之上爲元，元者首也。(《釋元》)

此以文字之偏旁以爲識字形構之資，楊樹達先生又進而論之曰：

《說文》一篇上一部云：「元，始也。从一、从兀。」按許君以元爲會意字，然一兀義無可說，許說殊不可通。宋戴侗《六書故》云：「元，首也。从儿、从二。儿，古文人；二，古文上。人上爲首，會意。」近人徐灝撰《說文段注箋》述戴氏之說，且引《左氏僖公三十三年傳》「狄人歸其元」、《哀公十一年傳》「歸國子之元」、《孟子・滕文公篇》「勇士不忘喪其元」以證明其義，可謂信而有徵矣！愚謂：徐氏所舉古書謂首爲元，用字之例也，愚今更以造字之例證之。《說文》七篇下冖部云：「冠，絭也，所以絭髮，弁冕之總名也。从冖、从元，元亦聲。冠有法制，从寸。」今按：許君「冠有法制」之說非是。余謂：寸者，手也；冖者，覆也。冠从寸、从冖、从元。謂人以手持覆加於首也。冠加於首，其字从元，此造字時以元爲首之證也。人之去母體也，首先出，故凡首義之字，引申之皆有「始」義。……許君以引申之義爲造字之初義，故其說不能愜當矣！（《積微居小學述林》卷二・「釋元」條，頁63）

綜觀陳、楊之說，俱以類近之形構證字之初形本義，於資料性理據外，增其理論性理據，可謂信而有徵矣！

次說「武」字。《左宣十二年傳》：「楚子曰：『……夫文：止戈爲武。武王克商作頌曰：載戢干戈，載櫜弓矢……』」（頁397）許君《說文》本之。此或爲說「武」字形之權輿焉！及其後也，承之者不乏其人，如劉師培論宋儒訓詁與漢儒不同，其一爲：「以字形解字，如朱子言：『中心爲忠，如心爲恕』。王荊公《字說》更多此例。」（《中國文學教科書》第三三課「漢宋訓詁學釋例」。《劉申叔先生遺書》，頁2454）是。然則，說則說矣，此果爲析形索義、據形說義之術哉？恐未必然也。故近人吳孟復《訓詁通論》乃質難曰：

古人是用形訓來爲其立論服務的，本不是講文字訓詁，故往往穿鑿，無當字義。（頁112）

周大璞、黃孝德、羅邦柱《訓詁學初稿》亦論之曰：

形訓中，有一條界線，我們應該首先劃分清楚，即語文學上的形訓和只求宣傳政治觀點的形訓。後者不臚列材料、認眞地、科學地從字形結構上尋求造字的本義，而是爲了宣傳某一觀點，隨意解字。（頁160）

案：孔《疏》於《傳》文下曰：「戢訓爲斂聚、斂藏之義，故爲藏也。櫜，一名韜，盛弓矢之衣也。干戈弓矢藏而不復用，是美武王能誅滅暴亂而息兵也。」又《說文》戈部：「武，楚莊王曰：『夫武，定功戢兵，故止戈爲武。』」（頁638）段《注》曰：「此隱栝楚莊王語以解武義。楚莊王曰：『於文止戈爲武』……祇取定功戢兵者，以

合於止戈之義也。」審覈孔、段之言，「止戈爲武」，其爲政治目的立論者明矣！且段氏以爲「祇取定功戢兵者，以合於止戈之義」，「祇取」云者，正示人「定功戢兵」乃「武」字眾義之一，其義非備焉！其所以說者，實乃文脈使然，以爲美善之詞，取其所需者而強爲之說，則吳、周諸人之議，非無據也！

夫「武」字，甲文作 ，金文作 ，俱從下足上戈，正象持戈而立之形。則先民之言「武」義，當與象徵之「足戈」之形相涉焉。按之典籍，先正之言「武」者，與形義相當者有三：

1、舞也：《禮記・郊特牲》：「朱干設錫，冕而舞大武。」《注》：「武，萬舞也。」孔《疏》：「諸侯得舞大武……但不得朱干設錫，冕服而舞。」（頁 487）〈樂記〉：「夫武之備戒之已久，何也？」《注》：「武謂周舞也。」孔《疏》：「舞謂周之武樂。」（頁 694）又：「武亂皆坐，周召之治也。」《注》：「武舞象戰鬥也。」（頁 695）〈仲尼燕居〉：「下管象武。」《注》：「象武，武舞也。」（頁 854）

案：據鄭《注》，可知先民實有樂舞名曰「武」，且殆爲戰鬥、雄健之舞。則足配樂、手執戈而舞，勇武之象明矣！

2、征伐也：《書・大禹謨》：「乃聖乃神，乃武乃文。」《傳》：「武，定禍亂。」（頁 53）《左宣十二年傳》：「夫武，禁暴、戢兵、保大、定功、安民、和眾、豐財者也。」（頁 398）《漢書・禮樂志》：「武，言以功定天下也。」（頁 1038）

案：既以武功定天下，平禍亂，則非武力不行；武力者，「戈」是也；征伐，士卒需行軍；行軍者，「足」是也。是征伐之義亦與足戈之形相合。

3、迹也：：《爾雅・釋訓》：「武，迹也。」《禮記・曲禮上》：「堂上接武，堂下布武。」《注》：「武，迹也。」「武謂每移足，各自成迹不相躡。」（頁 33）《詩・大雅・下武》：「繩其祖武。」《傳》：「武，迹也。」《箋》：「戒愼其祖考所履踐之迹。」（頁 582）

案：「武」之爲「迹」，古來有訓，當不誣也。然武既爲迹，則一「止」已足，何庸加「戈」焉？其加戈者，明此迹若不爲「舞也」之迹，即爲「征伐也」之迹耳！則「迹」也者，其不爲「武」字本義當可斷言之矣！

夫字者爲有形之語言，詞者爲無形之語言；詞因言而生，字因象而造，此字本義與詞本義容或參差者也。字以記詞，詞以成言，所欲達意者一也。今「武」依形而有「舞也」「征伐也」「迹也」三義，「迹」之說已如上議，則餘二者孰爲「武」之本義歟？清儒俞曲園以用字之例證「武」之本義爲「舞」，其言曰：

《說文》戈部「武」篆下引楚莊王曰：「夫武定功戢兵，故止戈爲武。」於是相承至今，以爲武字之義固如此矣！樾謂非造字之本意也。止部曰：

「止，下基也。象艸木出有址，故以止爲足。」是許君以止爲基阯字，又以爲足趾字，其實足止乃其本義。……乃謂武字从止爲取止戈之意，豈得其本義哉？然則武字本義謂何？曰：「武、舞同字，武即舞字也。」《周禮》鄉大夫職以鄉射之禮五物詢眾庶，五曰「興舞」，《論語‧八佾篇》引作「興武」；《詩‧序》「維清奏象舞也。」《獨斷》作「象武」……皆武舞同字之證。舛部「舞，樂也。用足相背，从舛無聲。」重文𦐧曰古文，从羽亡聲。然則武字从止者，足止也，猶舞字从舛也。从戈象執干戚也，猶古文𦐧字，从羽也。夂羽之𦐧，其文舞乎？从戈之武，其武舞乎？（《兒笘錄》第四‧「武」字條，頁1202）

今人陸宗達則由民情習俗考審「武」之本義亦爲「舞」，其言曰：

　　考察詞義所反映內容的歷史時期，可以幫助我們探究詞義產生的先後。……古代最早持武器的動作是驅趕野獸。集體捕獸的人們手持兵戈武器環繞已被發現的野獸跺著腳叫喊，以便把野獸趕至陷阱或網罟中捕捉之。在這個基礎上產生了原始的舞蹈；這種舞蹈在文明時期仍有保留的痕迹。《周禮》記載：「舞師掌教兵舞，帥而舞山川之祭祀。」又說：「凡野舞則皆教之。」鄭《注》與賈《疏》都認爲這種舞蹈是郊外的野人「欲學者皆教之」，并不像其他宮廷舞蹈只有在宮的舞人能夠練習。可見這種舞蹈還保留著群眾性。當時的舞蹈有文舞，持羽龠而舞，又稱羽舞；有武舞，持干戚而舞，又稱干舞，或名萬舞。《禮記‧樂記》說：「武亂皆坐，周召之治也。」鄭注「武亂」說：「武舞象戰鬥也；亂謂失行列也。」可見這種舞蹈是有整齊排比的隊列的。《禮記‧郊特牲》又說：「武壯而不可樂。」意思是說這種舞蹈十分壯觀，沒有固定的節奏，無法配樂。這正說明了名爲「武」的舞蹈既無隊列又無統一節奏，如同原始人的驅獸，是持兵戈武器而動其足的。歷史上的勞動舞蹈是先於戰爭征伐的。人們首先是與獸的戰鬥，然後才是與人的戰鬥。持兵戈武器而動其足，首先是舞蹈的形象，以後才引申出軍武、征伐之義。又因舞蹈著重步伐，才引申出步迹之義。從歷史的發展看，舞蹈應當是「武」的本義。（《訓詁學的知識和應用》，頁42～43。語文）

案：俞、陸二氏，一由用字之例，一由民俗之實，因「止」「戈」之形而細覈「武」字之本義，言之鑿鑿，當可信從！

　　綜上所述，夫漢字爲表意文字，故析形索義可行，然因字體遞嬗，致形義日遠，此形訓所以滯碍者也。故析形索義，當知四事：求諸初文之形義相當者，一也；綜

覈文字構形之偏旁以爲佐證者，二也；證諸典籍用例者，三也；考之先民生活習俗者，四也。准此四事，明文字之衍變，睽民俗之進化，知所先後，則字義之求其庶乎近之矣！

第五節　《說文解字》之音訓

夫象形之進於形聲，六書中之孳乳也。本義進至後起義，一字中之孳乳也。一字之義，初本不多，迨乎人事既繁，一義不足，於是引申推演之法興，而一字數義矣！《說文》列字，多載本義，然後起之義亦間載之，而本義晦矣。故欲推其本義，不外求之形，求之聲也。文字既以記錄語言爲依歸，則同聲多同義，非止聲符同、形符異者可同義，甚或形符、聲符皆異，而音或同或近者，其義亦可同之也！且析形索義既易有私見之蔽，則因聲求義之術，其用庶幾大矣哉！故黃季剛先生曰：

> 文字具形聲義三者，而聲之爲用，較形尤繁。洪亮吉《漢魏音序》曰：「古之訓詁即聲音。《易‧說卦》曰：「乾，健也；坤，順也。」《論語》曰：「政者正也。」基之爲始，叔向告于周；枏之爲秏，梓慎言于魯。又若〈王制〉：「刑者侀也；侀者成也。」展轉相訓，不離初音。漢儒言經，咸遵斯義。以迄劉熙《釋名》、張揖《廣雅》，魏晉以來《聲類》《字詁》諸作，靡不皆然。聲音之理通，而六經之旨得矣！」邵晉涵《漢魏音說》曰：「聲音宣而文字著焉！字日滋而聲亦漸轉，得其聲始，則屢轉而不離其宗。由是審音以定義，昭晰於制字之原，則互訓、反訓，輾轉相訓，亦屢變而不離其恉。」王念孫《廣雅疏證‧序》曰：「訓詁之旨，本於聲音。故有聲同字異、聲近義同，雖或類聚群分，實亦同條共貫。」（《文字聲韻訓詁筆記》‧「古之訓詁即聲音」條，頁 203～204）

因聲求義之功，已如洪、邵、王之說。蓋以聲音相關之字爲訓之例早矣，如：《周易‧序卦傳》：「蒙者蒙也。」「剝者剝也。」《論語‧顏淵篇》：「政者正也。」《孟子‧滕文公篇》：「徹者徹也。」若此者，典籍文獻所在多有。許君生其後，於《說文》之釋義也，自亦採以施用。故黃季剛先生屢言之曰：

> 若《說文》義訓共居十分之一二，而聲訓則居十之七八。（仝上，「義訓與聲訓」條，頁 190）

> 《說文》列字九千，以聲訓者十居七八，而義訓不過二三。（仝上，「以聲韻求訓詁之根源」條，頁 194）

> 試取《說文解字》觀之，其說解之字，什九以聲訓，以意訓者至鮮。

（仝上，「聲訓舉例」條，頁 200）

按之《說文》，說解中與被釋字之有聲音相關者，據張建葆先生《說文聲訓考》所載〔註19〕，其以雙聲爲訓者凡八〇〇見，以同音爲訓者凡三五一見，以疊韻爲訓者，凡六六九見，共計一八二〇事，則黃氏之說，其失也寬！不然，則爲概略之辭耳！

自來以爲形訓者乃由字形說解字義也；音訓者爲由字音訓釋字義也；義訓者乃無視於字音之同近與否，直截爲說字義也。故凡義訓中解釋字與被解釋字二者間具有音韻關係者，即爲聲訓，反之，即義訓耳！果爾，則音訓豈非義訓之一耑乎？若其無與形訓爲言，則義訓、音訓其實爲一，又焉得分哉？是邪？非邪？抑別有說之邪？

何謂音訓？歷來治訓詁者，言之紛紛，綜其所見，略有二說，其一如：朱宗萊《文字學形義篇》曰：

> 音訓者，字屬恆言，義亦共曉，心知其意不煩詳說，因推求其命名之由，而以聲類通之。（頁 144，學生）

齊佩瑢《訓詁學概論》曰：

> 以語言釋語言之方式有三……三曰求原（推原求根），即從聲音上推求語詞音義的來原而闡明其命名之所以然者，如《說文》：「天，顚也。」「日，實也。」《釋名》：「天，顯也。」「天，坦也。」等例是也。（頁 96）

陸宗達《訓詁學簡論》曰：

> 前人早有「聲訓」之說。所謂「聲訓」，就是從聲音線索推求語原的方法。（頁 101）

他若胡楚生先生《訓詁學大綱》、吳孟復《訓詁通論》、董紹克、殷煥先《實用音韻學》等，皆如是說〔註20〕。另一說者，如：王力《同源字論》曰：

〔註19〕 張建葆先生《說文聲訓考》，據《師大國文研究所集刊》刊載，則《說文》之以雙聲爲訓者凡五一八見，以同音爲訓者凡三三一見，以疊韻爲訓者凡五〇七見，計一三五六見。然該著於民國 63 年 2 月由弘道文化事業有限公司出版，則修正爲以雙聲釋義者凡八〇〇條，以同音釋義者凡三五一條，以疊韻釋義者凡六六九條，計一八二〇見。本文准此。

〔註20〕 （一）胡楚生先生《訓詁學大綱》：「古代許多訓詁學家，在訓釋字義的時候，往往利用音同音近的字來解釋被訓的名物，希望在音訓的原則上，推尋出那一名物「命爲此名的所以然」來，因此，音訓又可以稱之爲『推因』或『求原』。」（第五章「訓詁的方法」・第二節「音訓」，頁 80。葦正）

（二）吳孟復《訓詁通論》：「用音同或音近的字來解釋，推究事物命名的由來，即所謂以同聲相諧推論稱名辨物之意。……這種訓釋詞義的方法，叫做聲訓。」（第四講「訓詁的方法、方式」・第二節「形訓、聲訓與義訓」，頁 114。安徽教育出版社）

聲訓，是以同音或音近的字作爲訓詁，這是古人尋求語源的一種方法。（《同源字典》，頁 10。文史哲）

周大璞《訓詁學要略》曰：

聲訓就是用音同、音近、音轉的字來解釋詞義。（頁 143）

程俊英、梁永昌《應用訓詁學》曰：

因聲求義，即通過語音尋求或證明語義的一種訓詁方法。（頁 92）

他如趙振鐸《訓詁學綱要》、許威漢《訓詁學導論》、陳紱《訓詁學基礎》、郭在貽《訓詁學》、黃建中《訓詁學教程》、劉又辛、李茂康《訓詁學新論》、本師蔡信發先生皆如是說〔註21〕。

案：據此，則所謂「音訓」，或有二類：以聲音推求事物得名之由來，如《釋名卷一‧釋山第三》：「山，產也；產、生物也。土山曰阜；阜、厚也，言高厚也。大阜曰陵；陵、隆也，體隆高也。」〈釋形體第八〉：「要，約也，在體之中約結而小也。」

〔註21〕

（三）董紹克、殷煥先《實用音韻學》：「關於什麼是聲訓，各家說法大同小異。王力先生認爲『聲訓，是以同音或音近的字作爲訓詁，這是古人尋求語源的一種方法。』陸宗達先生認爲『所謂聲訓，就是從聲音線索推求語源的方法。』綜上所述可知，利用語詞音同音近的關係，訓釋語義、推求語源，就是聲訓。它是訓詁的重要方法之一。」（第四章「聲訓」‧第一節「聲訓的名義和體例」，頁 368。齊魯書社）

（一）趙振鐸《訓詁學綱要》：「因聲求義又稱聲訓，是一種重要的訓詁方法。這種方法萌芽於先秦時代。它的辦法是取音同或音近的字來解釋詞義。」（第五章「因聲求義」‧一、「早期的聲訓」，頁 89。陝西人民出版社）

（二）許威漢《訓詁學導論》：「字形對於語言中的詞來說，是外在的因素，語音才是詞的物質外殼。這裡說的『內在形式』，自然就是指口頭語言自身的物質外殼說的。內在形式的利用，便是取聲音相同或相近的字來解釋字義。這種『因聲求義』（聲訓）是訓詁學的一種重要方法。」（「分論」‧第二章「訓詁的方法」‧二、「因聲求義」，頁 73。上海教育出版社）

（三）黃建中《訓詁學教程》：「音訓，是因音以釋義的訓詁，即是通過語音（字音、詞音）的聯系而訓釋字義、詞義的一種方法。」（第五章「訓釋字詞的方法」‧第二節「音訓」，頁 218。荊楚書社）

（四）陳紱《訓詁學基礎》：「所謂因聲求義正是利用聲音的線索去考求詞義，這種方法也被稱之爲聲訓。」（第四章「訓釋詞義的方法和方式」‧第一節「解釋詞義的方法」‧二、「因聲求義」，頁 95。北京師範大學出版社）」

（五）郭在貽《訓詁學》：「（聲訓）亦稱音訓，取聲音相同或相近的字來解釋字義。」（第四章「訓詁的條例、方式和術語」‧一、「訓詁的條例」，頁 64。湖南人民出版社）

（六）劉又辛、李茂康《訓詁學新論》：「聲訓是用音同或音近的字解釋詞義的一種訓詁方法。」（第十二講「論聲訓」，頁 167。巴蜀書社）

（七）本師蔡信發先生《說文答問‧增補》：「所謂音訓，是選用跟被解之字有聲音關係的字來解釋它的意義。」（第九六條：「什麼是音訓？」。《國文天地》卷四‧十一期，民國 78 年 4 月）

一也；以同根之派生詞（即音同音近之字）相訓，如《說文》：「倚，依也。」（頁376）《禮記‧中庸》：「仁，人也。……義者宜也。」（頁887）二也。此二者似同而實異。前說以爲聲訓者，乃解釋字與被解釋字非止聲音相涉，且需推索其命名之由來。此說實本諸黃季剛先生之「推因」說：「凡字不但求其義訓，且推其字義得聲之由來，謂之推因（『即求語根』）。」（《文字聲韻訓詁筆記》‧「訓詁構成之方式」條，頁187）又曰：「蓋萬物得名，各有其故，雖由約定俗成，要非適然偶會，推求其故，即求語根之謂也。」（仝上，「求訓詁之次序」，頁197）實則，推求命名之由來，其先如《易》之「乾、健也；坤、地也」，其後如《論語》之「政者正也」，皆是也。漢興，此說亦熾，如《春秋繁露》曰：

> 舜時，民樂其昭堯之業也，故韶；韶者昭也。禹之時，民樂其三聖相繼，故夏；夏者大也。湯之時，民樂其救之於患害也，故護；護者救也。文王之時，民樂其興師征伐也，故武；武者伐也。（《楚莊王第一》，頁13。世界）

又如《白虎通‧嫁娶篇》：「女者如也，從人如人也。在家從父母，既嫁從夫，夫殁從子。」，至如《釋名》則尤爲專著。降及清末民初，西風東漸，新學激盪，視界自亦不同。學者益知語言學之溯源可求也，如劉師培曰：

> 動物植物一物必有一物之名，名莫備于《爾雅》。今考其得名之由，或以顏色相別，或以形狀區分，然此皆後起之名也。夫名起于言惟有此物，乃有此稱；惟有此義，乃有此音。蓋舍實則無以爲名也。故欲考物名之起源，當先審其音，蓋字音既同，則物類雖殊而狀態形質大抵不甚相遠。（《左盦外集》卷七‧〈物名溯源〉，頁1685）

章太炎先生亦曰：

> 語言者，不馮虛起。呼馬而馬，呼牛而牛，此必非恣意妄稱也。諸言語皆有根，先徵之有形之物，則可觀矣！何以言雀？謂其音即足也。何以言鵲？謂其音錯錯也。何以言雅？謂其音亞亞也。……此皆以音爲表者也。何以言馬？馬者武也。何以言牛？牛者事也。何以言羊？羊者祥也。何者言狗？狗者叩也。……此皆以德爲表者也。要之，以音爲表，惟鳥爲眾；以德爲表者，則萬物大抵皆是。乃至天之言顛，地之言底，山之言宣，水之言準，火之言毀……有形者大抵皆爾。以印度「勝論」之說儀之，實德業三，各不相離。人云馬云，是其實也；仁云武云，是其德也。金云火云，是其實也；禁云毀云，是其業也。一實之名，必與其德若、與其業相麗。故物名必有由起。（《國故論衡》卷上‧〈語言緣起說〉，頁39）

觀此則知語言無形，藉文字記之。後之來者緣文字以求語言事物得名之由來。如此所得之義，實爲語言之義，而非文字之義。黃氏秉之，故有「推因」之說，以爲訓詁求義方式之一，此實昧語言與語文之混也〔註22〕。然則許氏《說文》「音訓」說者何？求其命名之由來邪？抑僅聲音相涉邪？必當審諸全書有以得之。

揆覈張建葆先生《說文聲訓考》，知《說文》以聲爲訓者，得有二事：

1、說解之用字：《說文》之聲訓，其解釋字與被解釋字之用字，有以同聲符之字爲訓者，有以聲母之字訓聲子者，有以聲子之字訓聲母者，例見前章「《說文》釋義之方法·音訓」條。

2、說解之方式：《說文》聲訓之說解，其道或三：一曰單字爲訓，如「天，顛也。」（頁1）「福，備也。」（頁3）者是；二曰多字爲訓，如「神，天神引出萬物者也。」（頁3）「珇，石之次玉者，㠯爲系璧。」（頁16）者是；三曰已爲說解矣，恐其義不明，故又補備爲訓〔註23〕，如「裖，社肉。盛之㠯蜃，故謂之裖。」（頁7）「禾，嘉穀也。㠯二月始生，八月而孰，得之中和，故謂之中和。」（頁323）者是。

〔註22〕劉熙《釋名序》曰：「自古造化制器立象，有物以來，迄於近代，或典禮所制，或出自民庶，名號雅俗，各方名殊。聖人於時就而弗改，以成其器，著於既往。哲夫巧士以爲之名，故興於其用而不易其舊，所以崇易簡、省事功也。夫名之於實，各有義類，百姓日稱而不知其所以之意，故撰天地、陰陽……下及民庶應用之器，論敘指歸，謂之《釋名》。」故知《釋名》之作也，乃推求事物制度命名之所以然，其不以文字爲對象可知！如《論語·八佾篇》：「哀公問社於宰我。宰我對曰：『夏后氏以松，殷人以柏，周人以栗。曰：使民戰栗。』」姑不論宰我言周人所以以栗爲社木之說允當與否，此之訓釋即是「社木何以用栗？」故答曰：「使民戰栗。」不然，則當曰：「栗，木名。」是推求語源者，非以文字爲媒介，其所釋之義，又非字之本義也。夫文字雖以記錄語言爲實，然因其有形也，故形音義三者糾雜繁矣！語言以表意，故僅音與義之相涉耳；文字以筆錄，故音義而外，形居其中焉。職是，形一則與義相配，一則與音相合，二者並行不悖。先賢其生也早，吾人無由聆其言語，尚友之途惟典籍文獻耳。然字有限而意無窮，故用字之際，義之引申、假借生焉，吾人於其文之不可讀，其字之不可解，其形之不可求，則舍音莫由也。蓋音之表義，其始也，固是適然偶會，至及約定俗成以降，則「從某聲多有某義」「同聲多同義」之道定矣！此因聲求義之所以可行者也。故曰：「推求語源乃語言學之局隅，非語文學之聲訓也。」

〔註23〕以音同或音近之字爲釋，其所以須補備說明之者，乃其說解尚有疑惑故也。本師蔡信發先生曰：「音訓在字義解釋不夠明白的情況下須補充說明。例如《說文》用『牽』解釋『臣』字之義（見頁119），二字收音都屬『囙』攝（段玉裁的第十二部），彼此疊韻，屬音訓，是可以成立的，然而乍看之下，它的解釋並不明確。而該書在『牽』字下補上一句『事君者』，就可使『牽』義明白顯出。因臣子事奉國君，心常牽掛，所以用『牽』來解釋『臣』字之義，非常允當，自然疑義也就消失。」見《說文答問·增補》第九九條：「音訓在怎樣的情況下須補充說明？」《國文天地》卷四·十一期，民國78年4月。

　　綜此，則《說文》之所謂「音訓」者，其術因字制宜，要不害為直接釋義耳！雖然，其或有以言字義命名之由來者，如：「鬼，人所歸為鬼。」（頁 439）段《注》：「以疊韻為訓。〈釋言〉曰：『鬼之為言歸也。』郭《注》引《尸子》曰：『古者謂死人為歸人。』」案：夫「鬼」「歸」同音，同屬「見」紐、「灰」部。則段氏之言「疊韻為訓」者，非是。鬼之所以為鬼，乃人死後之所歸往故也。又如：「鐘，樂鐘也。秋分之音，萬物種成，故謂之鐘。」（頁 716）案：「鐘」「種」並从「童」聲，則二字同音矣。鐘者樂器之一，其所以名之者，乃取物之種成故也。

　　然《說文》中亦有解釋字（單字或多字之詞）與被解釋字或僅聲音相涉，而無得其命名之由來者，如：「雜，五采相合也。」（頁 399）案：「雜」「合」同屬「合」部，是疊韻為訓之例。段《注》：「所謂五采，彰施於五色作服也。引申為凡參差之稱。」知「雜」者，乃五色相混調合也；五者，言其多也。是許氏直指「雜」之義，非有以明其得名之由來耳！又如：「顏，眉之閒也。」（頁 420）案：「顏」「閒」同屬「寒桓」部，亦疊韻為訓之例也。然「眉之閒」蓋僅言「顏」之部位，實無由見其命名之由來！又如：「撢，探也。」（頁 611）案：「撢」「探」同屬「端」紐、「覃」部，是同音為訓之例。段《注》：「《周禮》：『撢人掌撢，序王意以語天下。』《釋文》曰：『與探同。』按：許書則義同而各自為字。」探，「遠取之也」，則「撢」「探」二字當是同為「遠取之」之義也。

　　或以為音訓者，解釋字之義乃被解釋字之義之引申也。此言蓋得一端，未為全耳！如：「羊，祥也。」（頁 146）祥从羊得聲，羊與祥同音。蓋六畜之中，羊性最為溫良，其用實多，或取以為祭祀、或取以為肉食、或取以為乳飲，祥之極矣！故引申而有「吉祥」之義。夫「祥，福也。」則「羊」「祥」二字本義究不相聯固亦不可互訓也。他如「士，事也」「琴，禁也。」「戶，護也。」是其例。然如上言之「撢」字，即不如「羊」例。又如：「嚨，喉也。」（頁 54）「嚨」屬「東」部，「喉」屬「侯」部，是疊韻為訓。然「喉，咽也。」「咽，嗌也。」段《注》：「咽者因也。言食因於是以上下也。」「嗌者扼也，扼要之處也。」則「嚨」與「喉」義同，「喉嚨」是為同義連綿詞。又如：「攻，擊也。」（頁 126）案：「攻」「擊」同屬「見」紐，是雙聲為訓之例。「擊，攴也。」段《注》：「攴訓小擊，擊則兼大小言之。」（頁 615）「攴，小擊也。」段《注》：「手部曰：『擊，攴也。』此云小擊也，同義而微有別。」（頁 123）知「攻」「擊」「攴」三字實異字同義耳。既為同義，則何來引申乎？此以字義類例審覈；若由形式觀之，亦有為證者，如：「跌，踢也。」「踢，跌也。」（頁 84）案：「跌」「踢」同屬「定」紐，二字既是雙聲為訓，亦是相互為訓；「排，擠也。」「擠，排也。」（頁 602）案：「排」「擠」同屬「灰」部，二字既是疊韻為訓，亦是

相互爲訓;「蕾，蕾也。」「蕾，蕾也。」（頁 30）案:「蕾」「蕾」並从「畐」聲，二字既是同音爲訓，亦是相互爲訓。誠然，或有因轉注而互訓者，如「入」之與「內」，然既爲互訓，則其義自必相當，豈有引申之別哉？准此，以爲聲訓，其釋義者，或爲本義，或爲被解釋字義之引申，非一定也！若爲本義，自可互訓；既爲引申義，則其說解，焉得顚之倒之邪？

　　夫音訓既與形訓、義訓鼎足而立，其爲訓詁之一法，自無可疑！與夫言「方法」（或「方式」或「方術」），其始也，有「研究對象」，繼之有「研究過程」，其終也，方有「研究結果」。如前言之「元」「武」，是爲研究之對象。其始也，視之莫得其解，迨乎剖析形構，方知爲「人之上」、「止戈」之形。繼之也，一則按之偏旁，一則覈之習俗，復又證之先正用例，是爲研究過程。其後也，乃得本義爲「人首」「舞蹈」，是爲研究結果。准此以往，則聲訓當亦如是也夫。然則今之所謂聲訓者，端視解釋字與被解釋字間有無聲音相涉者論之，非若析形索義之有迹可尋者也！昔王念孫言曰:

> 竊以詁訓之旨，本於聲音。故有聲同字異，聲近義同，雖或類聚群分，實亦同條共貫。……此之不寤，則有字別爲音，音別爲義。或望文虛造，而違古義，或墨守成訓，而尟會通，易簡之理既失，而大道多歧矣！今則就古音以求古義，引申觸類，不限形體。苟可以發明前訓，斯凌雜之譏，亦所不辭。（《廣雅疏證·序》）

案:「就古音以求古義，引申觸類，不限形體」，因聲破字，可謂揭櫫因聲求義之大纛，是爲語文學眞正之音訓者也〔註24〕。茲以《經義述聞》所載論之:

〔註24〕清儒揭櫫「聲音訓詁相爲表裡」、「聲義同源」之說，因聲破字，引申觸類，不限形體，故其訓詁之績，超邁前賢遠矣！今人陸宗達先生綜覈前說，撰成〈因聲求義論〉一文（收入《中國語文研究·第七期》，香港中文大學中國文化研究所）以爲因聲求義之資凡六:

　　（一）因聲求義須以古聲韻爲基石。
　　（二）形聲系統，蓋同聲符之字，當爲音同或音近，則其義自必或同或近矣！
　　（三）《說文》之讀若。夫「讀若」本爲直音之術，然《說文》之讀若，非止注音，且亦明文獻用字假借之已然者也。蓋《說文》之讀若，一則明異體字與古今字，如「亼，讀若集。」（頁 225）「集」爲亼之後起形聲字，集與「就」古音相通，就从「京」，「京，人所爲絕高丘也。」（頁 231）是就亦有集土成丘之義，則「亼」「就」「京」是爲同根詞也。再則以明同音字之假借，如「㣙，久也……讀若遲。」（頁 77）《離騷》:「恐美人之遲暮。」王逸《章句》:「遲，晚也。」《荀子·脩身》:「故學曰遲。」楊《注》:「遲，待也。」此之「遲」率皆「㣙」之借也。
　　案:《說文》讀若之明假借者，可參稽周何先生《說文解字讀若文字通假考》。
　　（四）異文。即古籍版本文字之異者也。
　　（五）聲訓之材料。
　　（六）審覈先正之用例。

引之謹案……（《尚書・禹貢》）云「厥篚元纁璣組也」。竊疑「璣」
當讀爲「暨」；暨者與也、及也。厥篚元纁暨組者，厥篚所貢，則有元纁
及組也。……璣與暨同音，故借璣爲暨。以六書之例求之，璣從「幾」聲，
暨從「既」聲，璣之通暨，猶「幾」之通「既」也。「歸妹」六五、「中孚」
六四：「月幾望」，《釋文》並云：「荀本幾作既」，是其例也。經不直曰「元
纁組」而加「暨」字於句中者，元纁皆采色之帛，而組則爲綬屬，故加暨
字以別之……西漢經師已不知其爲「暨」之假借矣。（孫氏伯淵曰：「璣是
綦字。……古音綦在「之」部，璣在「脂」部，二部不相通，不得以綦爲
璣也。」）（卷三・「厥篚元纁璣組」條，頁 78～79）

案：印刷不興，典籍流行，惟賴傳鈔，自是而用字假借、形近而謁者生焉！後之學
者欲觀先正之書，思覯聖賢之志，雖有古儒注解之力，然其闕未發明而沿舊誤者尚
多，皆由於本字未能通求故也。高郵王氏父子發明因聲求義之道，破其假借之字而
讀以本字，則疑誤者率皆渙然冰釋矣！王氏以爲「元纁璣組」不可解，悟「暨」之
聲與「璣」同，故「璣」當讀爲「暨」，如此則文從理順矣！若此者，於《述聞》中
所在多有，又如：

《傳》曰：「我不敢不極盡文王所謀之事。」引之謹案：《傳》意蓋訓
極爲「終」。案：「卒」已是終，不得復以極爲終也。極，當讀爲「亟」。《爾
雅》曰：「亟，疾也；亟，速也。」亟卒宵王圖事者，速終文王所謀之事
也。（仝上，「予不敢不極卒宵王圖事」條，頁 91）

若此者，蓋字非本形本義，故因聲之通轉流變，循其線索，求其本字，厥後字
義可得而說，有研究對象、研究過程、研究結果，故謂之眞正之音訓！故陳紱《訓
詁學基礎》曰：「所謂因聲求義，正是利用聲音的線索去考求詞義。」（頁 95）蓋字
形無由見其義，故藉「聲音的線索」破其假借，求其本字，則字義可見，文理可誦
也。因聲尋字求義，乃「利用聲音的線索」之謂也。准是而求諸《說文》之所謂音
訓，其與此術相符者鮮矣！蓋《說文》爲一字書訓詁，其所說解者，率以本義爲依
歸，逐下訓釋，非如《述聞》之輾轉推求而後知其爲何字何義。此《說文》所謂音
訓可疑者一也。夫語言無限，文字有盡；欲濟其窮，故一字多義者有之；文字非一
時一地一人所作，成之以形，配以方音，故一字多音者亦有之。職是，許君取以爲
說解之資者，固有聲義相合者，然此亦不爲因聲而求其義者也。《說文》說解用字，
容或聲音相涉，恐是適然偶會，非必許君有意爲之耶！不然，「璙，玉英華羅列秩秩」
爲雙聲釋義；「印，執政所持信也」爲疊韻釋義；「話，會合善言也」爲同音釋義。
若此者，或因解釋詞中有一字與被解釋字聲音相涉，即以爲聲訓，恐亦失之寬矣！

此《說文》所謂音訓可疑者二也。職是之故，若《說文》釋義之術，必有「音訓」一途，則或可定義爲「取聲音相同或相近的字來解釋字義」之說較爲允當！既以爲「聲音相同或相近的字」，則多字爲釋之詞，或可不與焉！

　　蓋傳統之言「音訓」者，往往合語言學之「推原（推因）」與語文學之「因聲求義（因聲破字）」混爲一談，故語義之有無必然關係，甚不措意；語言之發生先後，亦無所顧慮；但求一語音有關之字以釋之，而或雙聲、或疊韻、或同音，又復在所必取，抱殘言以爲寶，守舊缺而自珍，豈成國之「論敘指歸」歟？豈懷祖之「就古音以求古義」歟？故皆不足爲信也已夫！

　　夫釋字與被釋字既是「聲音相同或相近」，其義亦有所相承者，或可歸爲「同源字」之屬。王力先生曰：

> 　　凡音義皆近，音近義同，或義近音同的字，叫做同源字。這些字都有同一來源。或者是同時產生的，如「背」和「負」；或者是先後產生的，如「犛」（犛牛）和「旄」（用犛牛尾裝飾的旗子）。同源字，常常是以某一概念爲中心，而以語音的細微差別（或同音），表示相近或相關的幾個概念。例如：……水缺爲「決」，玉缺爲「玦」，器缺爲「缺」，門缺爲「闕」……「句」（勾）是曲的意思，曲鉤爲「鉤」，曲木爲「枸」，軛下曲者爲「軥」，曲竹捕魚具爲「笱」，曲礙爲「拘」，曲脊爲「痀」（駝背），曲的乾肉爲「胊」。……爲什麼說它們是同源呢？因爲它們在原始的時候本是一個詞，完全同音，後來分化爲兩個以上的讀音，才產生細微的意義差別。有時候，連讀音也沒有分化（如「暗」與「闇」）只是字形不同，用途也不完全相同罷了。（《同源字典》·〈同源字論〉，頁 3～4）

案：王氏此言「同源字」之義。觀其舉證，率皆音同音近義通者也，此或承王筠「分別文」之說耳〔註25〕。夫造字之始也，聖人取通象之形構字，文雖簡而事亦略，其用已足！降及後世，人事繽紛，文明愈進，字亦求其精審，故一「青」也，水之明曰「清」，日之明曰「晴」，人之美曰「倩」，艸之華曰「菁」，穀之純曰「精」；同一條理之「力」，木之理曰「朸」，地之理曰「阞」，水之理曰「泐」。若此者，莫不音同音近而義通，求其原，則一也。准是以往，《說文》中釋字與被釋字，其音同音近義通者，如「炳，明也」，二字同屬「唐」部，疊韻爲訓；「慔，勉也」，慔屬「明」紐，勉屬「微」紐，古聲同爲「明」紐，二字雙聲爲訓。既以爲訓，是釋字與被釋

〔註25〕王筠：「字有不須偏旁而義已足者，則其偏旁爲後人遞加也。其加偏旁而義遂異者，是爲『分別文』。其種有二：一則正義爲借義所奪，因加偏旁以別之者；一則本字義多，既加偏旁，則祇分其一義也。」《說文釋例》卷八·「分別文、累增字」，頁 327。

字之義當或同或近，則「炳」之與「明」、「慔」之與「勉」，迨爲音同音近義通之同源字也。至若同音爲訓者，或聲母釋聲子，或聲子釋聲母，或同聲符爲訓，其爲同源字之屬，愈益可信！

綜斯所言，可得數事：

（一）字書訓詁與傳注訓詁之所謂「音訓」者不類，乃同名異實耳！蓋字書之音訓，乃釋字與被釋字間或有聲音相涉，無須因聲求本字而後得其義也。

（二）《說文》之音訓，與析形索義同，亦直說字義，而非若訓詁之音訓，須先破後立，展轉求字得義也。

（三）音訓之名，歷有二說，審覈《說文》之訓例，或多字訓釋，明其得義命名之由來，而與被釋字有聲音相關者；或僅單字爲釋，別無他說而有聲音相涉者。其多字爲訓者，雖有聲音相關，恐或適然偶會，與其爲「音訓」，不若歸爲明字義之由來之屬允當。故以言《說文》之音訓，其類不與焉！

（四）《說文》之所謂音訓者，率爲音同近義通，其與同源字之說實無二致。職是，若有文獻之用例，則其爲同源字者可從。即或不然，亦可爲究同源字之參稽也。

第六章　結　論

綜斯所言，可得數耑：

　　吾人去倉頡造字也遠矣！其初文之點畫橫直，或形無定寫、或傳鈔致譌、或湮滅佚失，此古文之所以難識者也。遜清以降，卜辭、鐘鼎出土日滋，於漢字之初形，或可略窺其兒；於漢字之本義，或可略索其怡，許君《說文》之力也！意無窮而字有盡，故於取字表意之際，引申爲用者有之，假借爲用者亦有之。吾人研習古籍，知何者爲本字、本義，何者爲借字、借義，微《說文》，孰能正之？是又許君之功也。

　　吾人讀三代典籍，罔不以《爾雅》、《說文》說之。而於二者說釋異者，以爲其說相抵，茫昧無從，胡可解經？此實字、詞相混，字書、詞書不分故也。蓋字以記詞，詞以記言；然言無窮而字有限，故有造字之意，有用字之意：造字之義，字本義也；用字之意，詞本義也。漢語字、詞相當，分合難定，故《說文》之收字與經傳之用字，或有同字同詞者、或有同字異詞者、或有同詞異字者，凡此皆須覃思精研，非可以隱而栝之也。此其一。

　　復次，字義特立，詞義依傍，故單視一字，其義可說；單視一詞，則怡趣難定。是一字一詞，無上下語境以爲範疇，則其詞性若何，實難斷言。職是之故，或以字之動靜而爲六書類例之據者，是猶扣盤捫燭而以爲日；觸耳撫背而以爲象，豈不謬哉？

　　夫《說文》者，字書也，所以明造字點畫之由；《爾雅》者，詞書也，所以匯群籍訓詁之言。故《說文》一字一義，皆言其本；《爾雅》或一字二訓，皆言其用，至若義類之屬，反在所不論。此獨立訓詁與附屬訓詁之大較也。此之不明，而以《爾雅》、《說文》爲通釋語義之專著，是又其昧也。此其二。

　　再者，許君說義之失者，肇耑於析形之誤。析形之誤，又原於收輯文字之非初形故也。吾人其生也晚，得見卜辭、鐘鼎之出，以之直指幽微，幸何如之！故以殷契金文補《說文》所未備、正《說文》所譌誤則可；若以之讓許君之疏陋，責許君

之固執，則殆矣！蓋叔重之生也，鐘鼎得見者尠，遑論甲文之錄。甲、金文茲所不刊，是不能也，非不爲也。許君因此而誤者，蓋亦無可如何者也已。誠然，許君之說義也，有非因形誤而誤者，此即以後世制度、陰陽五行爲說者是。或訓以引申義、或說以假借義，要非本義之屬，此《說文》自亂體例，雖許君復起，亦莫得以自解脫也耶！此其三。

尤有進者，許君之釋義，雖犖犖大耑，要亦不離迻說字義者也。傳統訓詁學者，俱言訓詁之術有三：曰義訓、曰形訓、曰音訓。義訓、形訓，於《說文》俱可言之；至若音訓，乃釋字與被釋字有音韻相涉者稱之，則其與訓詁學「因聲求義」之道，恐是同名異實耳！其與「推因」之術迥不相侔，二者相去遠甚！學者失之，蓋掍語言學與語文學之別故也。職是之故，《說文》釋義之字與被釋之字有音聲相涉者，其既不爲訓詁學之「音訓」，亦復不爲語言學之「推因」，若稽覈經典，苟見用例，則屬之同源字可也。然同源字之與分別文、累增字、古今字，甚或因轉注而造之字，其字形之損益源流，字義之分合主從，是又可進而論之耶！此其四。

蓋倉頡造字以降，有以述典謨者焉，有以制雅頌者焉，有以道政事者焉，有以興禮樂者焉。惟魚則得矣，竟未能一究筌之爲狀，厥義何以用此字，厥字何以具此義，先秦之人概不暇詳焉！自是以往，馬頭人之言、風動虫之說，無可怪耶！職是，苟無《說文》，則千載以下，保氏掌養之義，我輩將不可得而聞歟！其書固未盡善盡美，然偶會之失，無毀其學。蓋族庖之刃，不能奪龍泉之利；東施捧心，不能損越女之顏，小瑕不足以掩大瑜，治經讀書、筆鍼墨炙之業，微叔重，其誰與哉？

參考書目

壹、經　學

1. 《十三經注疏》，阮元（臺北：藝文印書館，1982 年九版）。
2. 《尚書古文疏證》，閻若璩（上海：上海古籍出版社，1987 年初版）。
3. 《尚書今古文注疏》，孫星衍（臺北：文津出版社，1987 年初版）。
4. 《詩毛氏傳疏》，陳奐（臺北：學生書局，1967 年初版）。
5. 《禮記集解》，孫希旦（臺北：文史哲出版社，1973 年再版）。
6. 《論語正義》，劉寶楠（臺北：文史哲出版社，1990 年初版）。
7. 《積微居論語疏證》，楊樹達（臺北：大通書局，1974 年再版）。
8. 《爾雅義疏》，郝懿行（臺北：藝文印書館，1987 年四版）。
9. 《四書集註》，朱熹（臺北：世界書局，1982 年 26 版）。
10. 《四書釋地辨證》，宋翔鳳，《皇清經解》卷一三二九～一三三〇（臺北：漢京文化公司重編本冊二〇，頁 15481～15498）。
11. 《經義述聞》，王引之，（江蘇：江蘇古籍出版社，1985 年一版）。
12. 《群經平議》，俞樾，《俞樾箚記五種》上冊（臺北：世界書局，1984 年再版）。

貳、小　學
甲、《說文》之屬

1. 《說文繫傳》，徐鍇（臺北：中華書局・「四部備要」本，1970 年臺二版）。
2. 《說文解字》，徐鉉（臺北：中華書局・「四部備要」本，1986 年臺四版）。
3. 《說文廣義》，王夫之，《船山遺書全集》冊一三，頁 7115～7316（臺北：中國船山學會、自由出版社合印，1972 年初版）。
4. 《說字》，王鳴盛，《蛾術編》卷一五～三六，頁 231～527（臺北：中文出版社，1979 年初版）。
5. 《圈點段注說文解字》，段玉裁（臺北：南嶽出版社，1978 年初版）。

6. 《說文義證》，桂馥（臺北：廣文書局，1972 年初版）。

7. 《說文解字斠詮》，錢坫（臺北：台聯國風出版社，1968 年再版）。

8. 《說文釋例》，江沅，《小學類編》冊七（臺北：藝文印書館）。

9. 《說文校議》，嚴可均（臺北：廣文書局，1972 年初版）。

10. 《說文句讀》，王筠（上海：上海古籍書店，1983 年初版）。

11. 《說文釋例》，王筠（武漢：武漢古籍書店，1983 年初版）。

12. 《文字蒙求》，王筠（臺北：藝文印書館，1981 年五版）。

13. 《說文通訓定聲》，朱駿聲（臺北：藝文印書館，1975 年三版）。

14. 《說文解字注箋》，徐灝（臺北：廣文書局，1972 年初版）。

15. 《說文古本考》，沈濤，《小學類編》冊四（臺北：藝文印書館）。

16. 《說文引經例辨》，雷浚，《小學類編》冊七（臺北：藝文印書館）。

17. 《兒笘錄》，俞樾，《春在堂全書》冊二．〈第一樓叢書〉，頁 1172～1210（臺北：中國文獻出版社，1968 年初版）。

18. 《說文經字考》，陳壽祺，《小學類編》冊七（臺北：藝文印書館）。

19. 《說文補例》，張度，《叢書集成新編》冊三七，頁 89～93（新文豐出版公司，1985 年初版）。

20. 《說文古籀補》，吳大澂（臺北：商務印書館，1968 年臺一版）。

21. 《說文解字詁林正補合編》，丁福保（臺北：鼎文書局，1983 年二版）。

22. 《小學答問》，章太炎（臺北：廣文書局，1970 年初版）。

23. 《積微居小學述林》，楊樹達（臺北：大通書局，1971 年初版）。

24. 《說文段註指例》，呂景先（臺北：正中書局，1946 年臺初版）。

25. 《說文古籀補補》，丁佛言（北京：中華書局，1988 年初版）。

26. 《說文古籀三補》，強運開（北京：中華書局，1986 年初版）。

27. 《說文解字引經考》，馬宗霍（臺北：學生書局，1971 年初版）。

28. 《說文解字引群書考》，馬宗霍（臺北：學生書局，1973 年初版）。

29. 《說文解字引通人說考》，馬宗霍（臺北：學生書局，1973 年初版）。

30. 《說文解字研究法》，馬敘倫，《文字學發凡》收（臺北：鼎文書局，1978 年再版）。

31. 《說文解字六書疏證》，馬敘倫（臺北：鼎文書局，1975 年初版）。

32. 《假借遡原》，魯實先（臺北：文史哲出版社，1973 年初版）。

33. 《轉注釋義》，魯實先（臺北：洙泗出版社，1976 年初版）。

34. 《說文正補》，魯實先，《大陸雜誌》卷三七．第一一、一二期合刊；卷三八．第二、六、七、一〇期；卷三九．第一、二期合刊。

35. 《說文中之古文考》，商承祚（臺北：學海出版社，1979 年初版）。

36. 《說文讀若文字通假考》，周何（臺北：《師範大學國文研究所集刊》・第六號，頁1〜217）。

37. 《說文解字綜合研究》，江舉謙（臺中：東海大學，1970年初版）。

38. 《說文聲訓考》，張建葆（臺北：弘道文化事業有限公司，1974年初版）。

39. 《說文重文形體考》，許錟輝（臺北：文津出版社，1973年初版）。

40. 《說文解字古文釋形考釋》，邱德修（臺北：學生書局，1974年初版）。

41. 《說文省形省聲字考》，李國英（臺北：景文書局，1975年初版）。

42. 《段氏文字學》，王仁祿（臺北：藝文印書館，1976年再版）。

43. 《說文類釋》，李國英（臺北：南嶽出版社，1984年修訂三版）。

44. 《說文一曰研究》，周聰俊（臺北：《師範大學國文研究所集刊》・第二三號，頁225〜366）。

45. 《說文解字約注》，張舜徽（臺北：木鐸出版社，1984年初版）。

46. 《說文解字引論》，任學良（福州：福建人民出版社，1985年初版）。

47. 《許慎與說文解字研究》，董希謙等（開封：河南大學出版社，1988年初版）。

48. 《怎樣學習說文解字》，章季濤（河南：河南人民出版社，1988年初版）。

49. 《說文解字導讀》，張舜徽（成都：巴蜀書社，1990年初版）。

50. 《說文解字釋要》，王夢華（長春：吉林教育出版社，1990年初版）。

51. 《說文假借釋義》，張建葆（臺北：文津出版社，1991年初版）。

52. 《說文一曰論證》，吳淞淬，作者自印。

乙、古文字之屬

一、考釋類

1. 《急就篇》，顏師古・注，《叢書集成新編》冊三五，頁425〜463（臺北：新文豐出版公司，1985年初版）。

2. 《古籀拾遺》，孫詒讓，《孫籀廎先生集》（臺北：藝文印書館，1963年初版）。

3. 《契文舉例》，孫詒讓，《孫籀廎先生集》（臺北：藝文印書館，1963年初版）。

4. 《名原》，孫詒讓，《孫籀廎先生集》（臺北：藝文印書館，1963年初版）。

5. 《字說》，吳大澂（臺北：藝文印書館，1971年再版）。

6. 《增訂殷虛書契考釋》，羅振玉（臺北：藝文印書館，1981年四版）。

7. 《殷虛書契前編集釋》，葉玉森（臺北：藝文印書館，1966年初版）。

8. 《殷契新詮》，魯實先，《東海學報》一卷一期、三卷一期；《幼獅學報》二卷一期、四卷一、二期；《幼獅學誌》一卷二、三期；師大國文研究所。

9. 《甲骨文字集釋》，李孝定（臺北：中央研究院歷史語言研究所專刊之五〇，1970年再版）。

10. 《積微居甲文說・金文說》，楊樹達（臺北：大通書局，1974年再版）。

11. 《積微居卜辭瑣記・卜辭求義》，楊樹達（上海：上海古籍出版社，1986 年初版）。

12. 《金文編・續編》，容庚（臺北：洪氏出版社，1974 年再版）。

13. 《甲骨文字釋林》，于省吾（臺北：大通書局，1981 年初版）。

14. 《金文詁林補》，周法高（臺北：中央研究院歷史語言研究所專刊之七七，1982 年初版）。

15. 《甲骨學文字編》，朱芳圃（臺北：商務印書館，1983 年臺四版）。

16. 《殷虛文字甲編考釋》，屈萬里（臺北：聯經出版事業公司，1984 年初版）。

17. 《甲骨文字研究》，郭沫若（臺北：民文出版社）。

18. 《古文字類編》，高明（臺北：大通書局，1986 年初版）。

19. 《汗簡注釋》，黃錫全（武漢：武漢大學出版社，1990 年初版）。

二、通論類

1. 《古文字學導論》，唐蘭（臺北：洪氏出版社，1978 年再版）。

2. 《古文字學新論》，康殷（臺北：華諾文化事業有限公司，1986 年臺一版）。

3. 《古文字研究簡論》，林澐（吉林：吉林大學出版社，1986 年初版）。

4. 《戰國文字通論》，何琳儀（北京：中華書局，1989 年初版）。

5. 《中國古文字學通論》，高明（文物出版社）。

丙、文字通論之屬

1. 《中國文字學史》，胡樸安（臺北：商務印書館，1988 年年十版）。

2. 《中國文字學通論》，謝雲飛（臺北：學生書局，1965 年二版）。

3. 《文字學音篇形義篇》，錢玄同、朱宗萊（臺北：學生書局，1969 年三版）。

4. 《中國文字學》，顧實（臺北：文海出版社，1970 年初版）。

5. 《漢字史話》，李孝定（臺北：聯經出版事業公司，1977 年初版）。

6. 《中國文字學》，孫海波（臺北：學海出版社，1979 年初版）。

7. 《中國文字構造論》，戴君仁（臺北：世界書局，1979 年臺再版）。

8. 《文字源流淺說》，康殷（北京：榮寶齋，1979 年初版）。

9. 《中國文字學》，唐蘭（臺北：洪氏出版社，1980 年初版）。

10. 《中國文字學》，容庚（臺北：廣文書局，1980 年四版）。

11. 《文字學概說》，林尹（臺北：正中書局，1982 年臺 8 版）。

12. 《中國文字學》，龍宇純（自印・再訂本，1982 年三版）。

13. 《中國文字學》，潘重規（臺北：東大圖書有限公司，1983 年再版）。

14. 《漢字的起源與演變論叢》，李孝定（臺北：聯經出版事業公司，1986 年初版）。

15. 《文字學纂要》，蔣伯潛（臺北：正中書局，1987 年臺初版）。

16. 《漢字學》，蔣善國（上海：上海教育出版社，1987 年初版）。

17. 《中國語言學史》，王力（臺北：駱駝出版社，1987 年初版）。

18. 《中國小學史》，胡奇光（上海：上海人民出版社，1987 年初版）。

19. 《中國文字學概要・文字形義學》，楊樹達（上海：上海古籍出版社，1988 年初版）。

20. 《文字學概要》，裘錫圭（北京：商務印書館，1988 年初版）。

21. 《中國文字結構析論》，王初慶（臺北：文史哲出版社，1989 年四版）。

丁、聲韻學之屬

1. 《廣韻》，陳彭年等（臺北：黎明文化事業公司，1987 年九版）。

2. 《中國聲韻學通論》，林尹（臺北：黎明文化事業公司，1987 年六版）。

3. 《音略證補》，陳新雄（臺北：文史哲出版社，1980 年增訂 3 版）。

4. 《實用音韻學》，殷煥先、董紹克（濟南：齊魯書社出版，1990 年初版）。

戊、訓詁之屬

1. 《廣雅疏證》，王念孫疏證・陳雄根標點（香港：中文大學出版社，1978 年初版）。

2. 《釋名疏證》，畢沅（臺北：廣文書局，1979 年再版）。

3. 《方言箋疏》，錢繹（上海：上海古籍出版社，1984 年初版）。

4. 《爾雅音訓》，黃侃箋（臺北：藝文印書館，1988 年初版）。

5. 《中國訓詁學史》，胡樸安（臺北：商務印書館，1988 年年十一版）。

6. 《釋名研究》，李維棻（臺北：大化書局，1979 年初版）。

7. 《訓詁通論》，吳孟復（合肥：安徽教育出版社，1983 年初版）。

8. 《訓詁學簡論》，陸宗達・王寧（臺北：新文豐出版公司，1984 年初版）。

9. 《訓詁學要略》，周大璞（臺北：新文豐出版公司，1984 年初版）。

10. 《訓詁學概論》，齊佩瑢（臺北：漢京文化事業公司，1985 年初版）。

11. 《古漢語詞義分析》，洪成玉（天津：天津人民出版社，1985 年初版）。

12. 《訓詁學》，郭在貽（長沙：湖南人民出版社，1986 年初版）。

13. 《訓詁學概要》，林尹（臺北：正中書局，1987 年臺初版）。

14. 《訓詁學基礎》，黃大榮（貴陽：貴州人民出版社，1987 年初版）。

15. 《訓詁學綱要》，趙振鐸（西安：陝西人民出版社，1987 年初版）。

16. 《訓詁學導論》，許威漢（上海：上海教育出版社，1987 年初版）。

17. 《通假概說》，劉又辛（成都：巴蜀書社，1988 年初版）。

18. 《音訓與劉熙釋名》，方俊吉（臺北：學海出版社，1988 年初版）。

19. 《訓詁學教程》，黃建中（湖北：荊楚書社，1988 年初版）。

20. 《訓詁學新論》，劉又辛，李茂康（成都：巴蜀書社，1989 年初版）。

21. 《訓詁學概論》，黃典誠（福州：福建人民出版社，1988 年初版）。

22. 《訓詁學大綱》，胡楚生（臺北：華正書局，1989 年二版）。

23. 《訓詁學的知識及應用》，陸宗達・王寧・宋永培（北京：語文出版社，1990 年初版）。

24. 《訓詁學與清儒訓詁方法》，岑師溢成（香港：新亞書院博士論文，1984 年）。

參、史　學

1. 《國語》，左丘明（臺北：漢京文化事業公司，1983 年初版）。

2. 《史記會注考證》，日・瀧川龜太郎（臺北：漢京文化事業公司，1983 年初版）。

3. 《漢書》，班固（臺北：鼎文書局，1986 年六版）。

4. 《後漢書》，范曄（臺北：鼎文書局，1987 年五版）。

肆、子　學

1. 《管子》，管仲（臺北：中華書局・「四部備要」本，1966 年臺一版）。

2. 《墨子閒詁》，孫詒讓（臺北：華正書局，1987 年初版）。

3. 《莊子集釋》，郭慶藩（臺北：華正書局，1987 年 8 月版）。

4. 《荀子集解》，王先謙（臺北：藝文印書館，1977 年四版）。

5. 《韓非子集釋》，陳奇猷（臺北：華正書局，1982 年初版）。

6. 《韓非子校釋》，陳啓天（臺北：商務印書館，1985 年五版）。

7. 《呂氏春秋校釋》，陳奇猷（臺北：華正書局，1988 年初版）。

8. 《淮南鴻烈集解》，劉文典（臺北：商務印書館，1978 年臺三版）。

伍、目錄學

1. 《隋書・經籍志》，長孫無忌等（臺北：鼎文書局，1975 年初版）。

2. 《舊唐書・經籍志》，劉昫（臺北：鼎文書局，1976 年初版）。

3. 《新唐書・藝文志》，宋祁、歐陽修（臺北：鼎文書局，1976 年初版）。

4. 《通志・藝文略》，鄭樵（北京：中華書局，1987 年初版）。

5. 《郡齋讀書志》，晁公武（臺北：廣文書局，1979 年再版）。

6. 《直齋書錄解題》，陳振孫（臺北：廣文書局，1979 年再版）。

7. 《漢書藝文志考證》，王應麟，《玉海》冊八，頁 3983～4079（臺北：大化書局，1977 年初版）。

8. 《文獻通考・經籍考》，馬端臨（臺北：新興書局，1965 年新一版）。

9. 《宋史・藝文志》，脫脫等（臺北：鼎文書局，1978 年初版）。

10. 《小學考》，謝啓昆（臺北：廣文書局，1969 年初版）。

11. 《四庫全書總目》（臺北：藝文印書館，1979 年五版）。

12. 《唐以前小學書之分類與考證》，林明波（臺北：東吳大學，1975 年初版）。
13. 《四庫提要辨證》，余嘉錫（北京：中華書局，1980 年初版）。
14. 《中國目錄學史》，許世瑛（臺北：中國文化大學出版部，1982 年新一版）。
15. 《中國目錄學史稿》，呂紹虞（臺北：丹青圖書公司，1986 年臺一版）。
16. 《目錄學發微》，余嘉錫（臺北：藝文印書館，1987 年二版）。
17. 《中國目錄學史》，姚名達（臺北：商務印書館，1988 年臺九版）。

陸、文集、筆記

1. 《楚辭補註》，洪興祖（臺北：藝文印書館，1981 年六版）。
2. 《論衡校釋》，黃暉（臺北：商務印書館，1983 年臺六版）。
3. 《顏氏家訓集解》，王利器（臺北：明文書局，1984 年再版）。
4. 《夢溪筆談》，沈括（臺北：鼎文書局，1977 年初版）。
5. 《日知錄》，顧炎武（臺北：文史哲出版社・原抄本，1979 年初版）。
6. 《戴東原先生全集》戴震（臺北：大化書局，1978 年初版）。
7. 《段玉裁遺書》，段玉裁（臺北：大化書局，1977 年初版）。
8. 《讀書雜志》，王念孫（江蘇：江蘇古籍出版社，1985 年初版）。
9. 《潛研堂文集》，錢大昕（上海：上海古籍出版社，1989 年初版）。
10. 《十駕齋養新錄》，錢大昕（臺北：商務印書館，1967 年臺一版）。
11. 《揅經室集》，阮元（臺北：商務印書館，1967 年臺一版）。
12. 《東塾讀書記》，陳澧（臺北：中華書局・「四部備要」本，1966 年臺一版）。
13. 《籀膏述林》，孫詒讓（臺北：廣文書局，1971 年初版）。
14. 《古書疑義舉例》，俞樾（臺北：清流出版社，1976 年初版）。
15. 《春在堂雜文》，俞樾，《近代中國史料叢刊》四二輯・冊四一二（臺北：文海出版社）。
16. 《觀堂集林》，王國維（臺北：世界書局，1983 年五版）。
17. 《劉申叔先生遺書》，劉師培（臺北：華世出版社，1975 年初版）。
18. 《章氏叢書》，章太炎（臺北：世界書局，1982 年再版）。
19. 《黃侃論學雜著》，黃侃（上海：上海古籍出版社，1980 年初版）。
20. 《文字聲韻訓詁筆記》，黃焯（臺北：木鐸出版社，1983 年初版）。
21. 《沈兼士學術論文集》，沈兼士（北京：中華書局，1986 年初版）。
22. 《高明小學論叢》，高明（臺北：黎明文化事業公司，1980 年再版）。

柒、其 他

1. 《經典釋文》，陸德明（上海：上海古籍出版社，1985 年初版）。

2. 《古微書》，孫瑴（濟南：山東友誼書社，1990 年初版）。

3. 《馬氏文通》，馬建忠（臺北：河洛圖書出版社，1978 年初版）。

4. 《文始》，章太炎，《章氏叢書》上冊，頁 49～190（臺北：世界書局，1982 年再版）。

5. 《國故論衡》，章太炎（臺北：廣文書局，1973 年三版）。

6. 《國學略説》，章太炎（高雄：復文圖書出版社，1984 年初版）。

7. 《詞詮》，楊樹達（上海：上海古籍出版社，1986 年初版）。

8. 《古漢語通論》，王力（臺北：中外出版社，1976 年初版）。

9. 《古漢語論集》，彭潤琪編（長沙：湖南教育出版社，1985 年初版）。

10. 《語言文字研究專輯》（上、下），吳文琪·編（上海：上海古籍出版社，1986 年初版）。

11. 《同源字典》，王力（臺北：文史哲出版社，1983 年初版）。

12. 《辭典部首淺説》，蔡信發（臺北：漢光文化事業股份有限公司，1987 年臺三版）。

13. 《中國字典史略》，劉葉秋（臺北：漢京文化事業公司）。

14. 《中國古代語言學文選》，周斌武選注（上海：上海古籍出版社，1988 年初版）。